重為君婦 2

風文創 172

花樣年華 著

目錄

第十三章

世子夫人白容容正看著皇后幫她勾選的未來媳婦人選，嘴角不時露出玩味的笑容。其實她最希望的是歐陽家同白氏繼續聯姻，可是歐陽穆看不上白若羽和白若蘭，她的大兒子又看上了個村姑，燦哥兒同白若蘭培養得如親兄妹了，倒也沒有其他辦法。

正當她塗塗改改時，被外面一陣雜亂的聲音吵著，不由得皺起眉頭，吩咐丫鬟過去看看。丫鬟還沒來得及走出去，就看到歐陽燦失魂落魄地闖了進來，腳步踉蹌了一下，道：「娘親，孩兒有事。」

世子夫人愣住片刻，小兒子面容蒼白、眉眼冷漠，眼底竟然還閃著幾抹不明的淚光，不由得讓她心疼起來，急忙道：「這是怎麼了？快過來娘親這裡。」

歐陽燦手腳冰涼，他也不清楚是怎麼了，就是對梁希宜看上秦甯桓這件事情特別想不通。梁希宜明明是先結識他的，怎麼就讓秦甯桓那小子捷足先登？

他尚不及去告訴梁希宜，自己特別喜歡她的時候，就完全被判出局，又或者在梁希宜眼裡，他一直就是個男孩？

歐陽燦心頭一酸，委屈的眼淚都快落了下來。難怪大哥死活要娶陳諾曦，喜歡一個人卻無法得到她的感覺太痛苦了！

世子夫人哪裡見過小霸王似的兒子如此可憐的模樣，心裡難受得不得了，立刻遣走了眾人。

「告訴娘親，怎麼了？可是這京城有誰招惹你了？」

歐陽燦咬住下唇，他悶著聲音搖了搖頭，聲音堅定有力，目光清明，道：「娘親，我想娶梁希宜為妻！」

世子夫人一下子呆住了，她前幾日還在皇后面前，信誓旦旦地說燦哥兒同梁希宜沒什麼，怎麼今日他就提出了這個要求？男人對於女人太過癡情可未必是什麼好事，尤其是當她以母親的身分看待事情的時候。

她努力鎮定下來，冷靜道：「燦哥兒，你想娶梁希宜跟娘說便是，幹麼把自己弄成現在這副模樣，狼狽不堪。」

歐陽燦瞪大了眼睛，聽到母親的話後眼底閃過莫名的希冀，道：「娘親同意了？」

她見他儼然是一門心思走到底，不撞南牆不回頭的態勢，心裡暗自惱火起來。早知道就讓兒子同她一起上京好了，也不至於半路殺出個梁希宜。最主要的是她見過梁希宜，雖然舉止落落大方，溫婉大氣，但是眼底神色太過冷漠清明，一看就是清冷女子，完全不適合小兒子。

她不想讓兒子太過難過，勸說道：「婚姻是結兩姓之好，娘親可以答應你，託人問下定國公的意思，但是咱們家同定國公府的關係很一般，若是他們家對梁希宜的婚事有其他想法，你不能太任性，好嗎？」

歐陽燦想了片刻，腦海裡浮現出梁希宜對其他人笑著的模樣，胸口立刻悶得喘不上氣了，這要是讓她嫁給別人，豈不是要了他的命？對於現階段的歐陽燦來說，絕對不能接受梁希宜是別人的，所以他認真地搖了搖頭。

世子夫人見兒子面容堅定，目光清澈，一臉堅定地望著自己，心裡暗道——壞了，這個殺千刀的梁希宜！

她頭一次如此討厭一位姑娘，婆婆對於兒子死心塌地看上一個對他並不好的女人，心裡總是五味雜陳。

雖然極其不情願，但是面對此時毫無理智的歐陽燦，她只能硬著頭皮點了點頭，說：「明日我進宮問問你姑奶奶的意思吧。定國公再不樂意，也擰不過皇家的意思。」

歐陽家世子的小公子同沒實權的勛貴結親，對皇帝來說怕是非常樂意下旨賜婚，總比歐陽家同其他有實權的氏族聯姻好。

歐陽燦聽後，立刻咧開了嘴角，整個人彷彿又活了過來，一下子撲到了母親懷裡，肩膀止不住地顫抖起來，渾身出了一身熱汗。

世子夫人咬住嘴唇，心裡埋怨起梁希宜。這姑娘如今還沒過門，就能把她兒子欺負成這般模樣，要是真成了燦哥兒的媳婦，還不拿捏死兒子？做母親做到她這地步的人也不多，不管是歐陽穆，還是親兒子歐陽月、歐陽燦，就沒一個肯聽話的。別人家都是父母訂婚事，孩子不敢多說一句，怎麼到了自個兒家就全變了！

靖遠侯府京城外的西郊別院，歐陽穆坐在書房裡看舅舅發來的公文。外面傳來一陣爽朗的笑聲，他的副官上官虹手持一個包裹，面帶笑容大步而來，聲音略帶調侃地說：「大少爺，你多年的付出總算有點回報啦！」

歐陽穆抬起頭，冷漠剛毅的面孔在夕陽的餘暉下泛著金黃色，耀眼光華。

「陳諾曦派人送來的回禮，看來她對你送的小馬駒十分喜歡。」

歐陽穆眼睛一亮，這段日子他細細思量，並不改此生初衷，淡忘了在詩會對這一世的陳諾曦心生的質疑與失落，所以面對這麼多年來陳諾曦第一次肯搭理他，不免眼底閃過興奮神色。

新年時，當梁希宜在眾位貴人之間露面的時候，作為穿越女出身的陳諾曦必然是周旋於眾位皇子之間，然後大放異彩，奪得了很多上位者喜愛，於是獲得了好多禮物。

她回家一一篩選，然後再一一回禮。考慮到歐陽穆身後畢竟有皇后，又是以武立業，她琢磨了下，決定送出十部穿越女小說九部都會出現的護膝作為禮物。

歐陽穆打開包裹，撫摸了一下，套在腿上試了試，說：「想法倒是挺好的。」

上官虹不屑地撇撇嘴角，說：「老天，蠶絲棉做的護膝，就您能用得起。」

「可以換成木棉。」歐陽穆幫陳諾曦說話。

上官虹繼續挑了挑眉，道：「木棉也不是滿大街都有的，還不如直接做條棉褲實用呢。否則護膝加棉褲，太糟蹋咱們軍資了吧！」

歐陽穆冷著臉，沈默地看向他，墨黑色的眼底宛如古井般深邃幽暗。

上官虹頭皮發麻。好吧，誰讓他們少爺要討好陳諾曦，他想了一會兒，淡定道：「屬下立刻派人採購木棉，製作護膝。」

歐陽穆唇角微揚，滿意地點了下頭，回信洋洋灑灑寫了好多奉承陳諾曦的言語，最後說到——謝謝妳的點子，已經派人開始小量生產，先在親兵內試行一下。

三月底，定國公府又迎來了一樁喜事——長孫梁希嚴即將迎娶魯山學院院長嫡長孫女兒夏悠然。

對於這個長孫媳婦，梁佐十分滿意，同時可見魯山學院院長對於梁希嚴非常看好，才放心將孫女嫁給他。梁希嚴已經是舉人，卻打算暫時留在學院裡當老師的助手，不參加明年開春的科舉考試。

考慮到現在朝堂局勢不明朗，為了避開皇子們的明爭暗鬥，梁佐也認為長孫沈澱幾年再下考場比較好。當然，如果這幾年趕緊給他生個大胖重孫就更完美，定國公府就是四代同堂啦！

二夫人即將為人婆婆，整日纏著梁希宜陪她外出採購飾品，想要在大喜的日子裡出出風頭，同時震懾下未來的新兒媳婦。

在婚禮的前幾日，郊外某個莊子的管事突然要求見國公爺，丁管事同他說了會兒話後面色變得煞白，急忙去書房見國公爺回話。

此時，梁希宜在祖父的指導下臨摹大字，眼看著丁管事行為慌亂，有些驚訝。

丁管事看到三小姐在房間裡，謹慎道：「郊外莊子上的王管事求見，是關於夏雲的事情。」

梁佐微微皺眉，道：「直接讓他進來吧！夏雲的事情同三丫頭也有些關係，不用規避。」

梁希宜點了下頭，離開書桌，坐在旁邊的墊子上。

王管事身著布衣，腳下的泥土尚未打理乾淨，怕是當真有緊急之事。他猶豫地掃了一眼梁希宜，說：「夏雲姑娘生了。」

眾人大驚。去年年底似乎三個多月，如今最多應該不足八個月，怎麼就生了？

王管事擦了擦額頭上的汗漬，怕此事會挑起主子們間的恩怨，心頭不免暗道不好，怎麼就讓他管理了這事呢。

梁佐愣了片刻，皺眉道：「許勝呢？」

許勝是梁佐身邊的老人，此次特意留在別莊上盯著夏雲這件事情。

王管事渾身哆哆嗦嗦，說：「夏雲姑娘……是早產，生了男孩，還有呼吸，因夏雲姑娘產時大出血，許管事忙著善後離不開身，所以讓小奴迅速將此事稟報給老爺。」

梁佐沈默了片刻，道：「拿著我的牌子跑一趟陳太醫府，他有個學生在這方面醫術頗佳，讓他跑一趟別莊吧。另外，去喚大老爺和二老爺來見我。」

梁希宜聽到此處，主動起身，說：「祖父，既然大伯和父親要過來，我還是離開吧。」

梁佐想了一會兒，說：「好吧，夏雲若是真去了，這事兒也當是一個了斷，妳斷不可以有什麼自責的情緒，這一切都是她自找的。若是個女兒倒是能接回來撫養，日後不過一份嫁妝的事情。」

梁希宜聽祖父如此說，便知道這個孩子留不住了。否則等孩子大了，追究起來，就是大老爺、二老爺還有大夫人心底的一根刺。

孩子生得那麼早，誰都知道裡面存了什麼勾當，所謂早產不過是自己說給自己聽的罷了。

果然大老爺和二老爺對此事反應不一，二老爺直言自個兒被人扣了綠帽子，如此早生，怕根本不是他的種。

梁佐望著二兒子怨恨的目光，罵道：「虧你也好意思抱怨，連自己哥哥姨娘房裡的丫鬟都不放過，人家懷了就胡亂認下來，蠢貨！若不是過幾天是希嚴的婚事，真想把你家法伺候，再閉門思過一年。」

大老爺倒是一副悲痛的模樣，他先是失去兒子小十、寵愛的姨娘，現在連維護姨娘的死忠丫鬟也死了，不由得很是感慨，說：「夏雲是我和藍姨娘收留的孩子，若是可以，孩兒願意撫養此子，實在不成就讓秦氏認下他，反正他娘死了，秦氏還計較什麼？」

「胡鬧！」

梁佐目光複雜地望著他，吼道：「你倒是長情。」

大老爺腦袋垂得更低了，二老爺總算明白過來似地轉過身，朝大老爺嚷嚷：「莫非這孩子本來就是你的？夏雲這個賤人！」

「夠了！」

梁佐大怒，決斷道：「徐老夫人介紹了一戶人家，據說他們家的女兒都易生養，我打算給你納個庶女進門，儘早生個娃兒給秦氏帶。你娘同秦老夫人都說好了，沒有一點問題，別再整什麼雜七雜八的糟心事，否則我絕對不輕饒你們。」

大老爺垂下眼眸，沈沈地嗯了一聲，離開書房前忍不住問：「夏雲生的那個男孩……」

「七個月就生下來的孩子有幾個能活成的？死了。」梁佐低下頭，面無表情地說。

大老爺眼底閃過一絲傷感，算計來算計去，雖然說夏雲死了，但是結果還算不錯，至少擺平了軟硬不吃的秦氏。如果不是怕父親對他寒心，他是真想休了那個日夜同他對著幹，不解風情的大秦氏。

為人妻者，不知道替夫君籌謀打算，一個勁兒同妾室互相攻擊，還妄想收二房的兒子做嫡子，怎麼就讓他攀扯上這麼個傻女人。他又不是不能生，幹麼給別人養兒子還送爵位！

想到此，大老爺頓時心裡寬慰許多，也暫時放下了喪子之痛。就當這孩子與自己無緣吧！

世子夫人自兒子歐陽燦在她面前失態後匆匆入宮，皇后聽後大笑，直言道：「燦哥兒也年約十四了，與梁希宜倒是匹配，不過梁希宜的性子適合做長媳，或者宗婦，就怕燦哥兒娶了她以後反而對月哥兒的世子位置有影響，日後家宅不和。」

世子夫人翻了個白眼，被皇后的笑聲刺激地直跳腳，說：「我有說過成全他們嗎？燦哥兒對男女之事不懂，所以才會迷戀梁希宜，日後經歷多了未必能依戀不捨！而且梁希宜明顯心機頗深，真把燦哥兒交給她，我還不踏實呢，我養了兒子十幾年，轉手就讓他哄別人嗎？妳不知道燦哥兒那日有多可憐，看得我心疼死了！」

皇后望著使小性子的白容容，失笑出聲。

白容容一向與世子夫妻恩愛，最初幾年懷不上也沒見她侄子納妾，後來接連生了兩個兒子，他們家二房那頭又喪妻，全家五、六個男人圍著她一個女人打轉，那日子過得真是悠然自得、愜意無比。

如今眼看著大兒子喜歡上個村妞就很生氣，小兒子突然也說心中有人，還娶不到就不甘休的模樣，難免倍受打擊，她此時完全沒有往日從容的貴婦樣子，彷彿小婦人般不講道理。

按照皇后的想法，燦哥兒要娶梁希宜就娶唄，總比月哥兒堂堂一名大少爺看上了村姑強吧，她有至於如此跳腳嗎？彷彿天都塌下來似的。

見皇后無所謂的樣子，她更加難過了。「燦哥兒好歹是我親自帶大的，居然如此傷我的心，太煩人了，妳還覺得我無理取鬧。」

皇后無語地撇了撇嘴角，說：「那妳想怎麼樣？先去試探下定國公府的口風，若是不成就找太后或者皇帝討個旨意？如果是娶定國公府的姑娘，我相信皇上是非常樂意賣給妳這麼個大人情的！」

世子夫人揪著手帕，不悅道：「我不想讓他娶梁希宜。」

皇后無所謂地聳了聳肩。「那妳來找我幹麼？」

她紅著眼眶，咬住下唇，道：「我答應燦哥兒進宮和妳說。」

「容容，妳這麼大個人了可不可以不要這樣！」皇后越發懶得搭理她了。

世子夫人頓時脹紅了臉，委屈地說：「真討厭兩個孩子那麼快就長大了，還變得如此不聽話。」

皇后不屑地揚起唇角，心想，白容容就是被他們寵壞了，若是把她扔到皇宮，別說兒子，連夫君都是別人的了，還有工夫如此自哀自憐？

「成了，下個月入春有賞花會，我再幫妳看看梁希宜吧。」皇后一錘定音，此話題到此為止。

世子夫人發現入宮一趟的結果，居然是沒有任何法子阻止歐陽燦。「我到時候再讓燦哥兒接觸其他家的女孩，就不信擰不過他來。」

皇后望著她義憤填膺的樣子，對於奪走歐陽燦全部關注的女人都深惡痛絕，不由得搖頭。兒子就是給媳婦養的，當娘的如果連這點覺悟都沒有，日後等著哭吧。

世子夫人在皇后那兒哭訴完畢後，又去了榮陽殿看望太后李氏和長公主。

由於雙親去世得早，獨留下她和弟弟兩個人過活，但是家中完全沒有出現喪父孤女被欺負的情況，反而她還獲得了極好的婚事，弟弟也一直平步青雲，雖然官職不高，卻始終留在南寧，受到宗族照顧。

起初她以為是白老夫人鎮得住家裡雜七雜八的人物，進京後才發現李太后對她無比看重，眼底的溺愛神色發自內心，她不由得回憶起兒時聽說過的傳言——豫南公三房李氏一家並未死絕，南寧白氏暗地收養了那唯一僅存的二少爺——察覺出一絲隱密的真相。

十三年前，她的弟媳明明生的是龍鳳胎，卻對外宣稱是個女孩，男孩送去哪裡連她都不清楚。後來，一戶依附於歐陽世族的李姓人家逐漸在西北崛起，他們家的長孫同白若蘭長得特別像，更讓她確認了心中所想——自己極有可能是李家的後人！所以每次入宮，她都會去太后那裡待一會兒，算是慰藉下老人家。

太后一聽說靖遠侯世子夫人進宮，就讓宮女去皇后那兒催了好幾次。如今看到她紅著眼眶就過來了，驚訝地說：「怎麼了，瞧容容這委屈模樣。」

長公主身穿白衣，合上書本，淺笑道：「誰敢欺負容容，莫不是家裡出了糟心事情？」

世子夫人急忙擦乾淨眼角的淚痕，剛才委屈過頭了，連哭帶抱怨的，此時竟是不知道該怎麼說才好。她只是一時無法接受，連燦哥兒都變得鍾情於別人了！

在太后的逼問之下，她把剛才說過的話又重複一遍，沒想到長公主和皇后的語氣如出一轍，道：「定國公府的三小姐還不錯，燦哥兒定性差，找個能管得住他的也好。」

她原想反駁什麼，太后接話道：「我對那姑娘印象也不錯，很得體、知退讓，大家都知道本分兩個字怎麼寫，但是可以做到的人實在太少了。」

世子夫人頓時有一種無比噁心的感覺，她原本以為會得到太后娘娘的支持或者安慰，沒想到大家居然是一副燦哥兒眼光不錯，勸她欣然接受的意思。

太后感覺到她的反感情緒，說：「大門大戶裡少見有什麼真心實意，燦哥兒是難得的實誠孩子，看上個入眼的姑娘不太容易，妳不如就成全了他。」

世子夫人心底再不高興也不敢多說什麼，悶聲悶氣地回到侯府。

此時，歐陽燦一臉迫不及待來看望她，張口十句有八句離不開梁希宜，讓她忍不住對這三個字厭煩透頂。但是她又不想讓兒子難過，敷衍哄騙道：「入春的賞花宴，你姑奶奶會召見梁希宜，再看看吧，這種事總是著急不得。」

歐陽燦點了點頭，鄭重地同母親道謝，世子夫人看在眼裡更是一肚子的悶氣。她花了近十三年的工夫都不能改變的兒子，人家不過幾個月的時間，就讓他轉了性子。

望著歐陽燦離開的背影，世子夫人盯著四周的丫鬟打量半天，道：「蘭亭、蘭墨，妳們去小公子房裡伺候吧。」

蘭亭和蘭墨彼此對望一眼，不由紅了臉頰。歐陽家家規嚴苛，小少爺們貼身伺候的大多是小廝，在年滿十四的時候才會開始挑選通房丫頭，她們二人比歐陽燦年長兩歲，因為容貌出色、氣質淡雅、性子柔和，知道早晚都會被夫人塞到少爺房裡，只沒想到會這麼快。

世子夫人望著她兩個人眼底的春心蕩漾，一陣心煩。她這是怎麼了，心神不寧、鬼迷心竅，居然幹起了給兒子送女人的勾當。或許就是因為燦哥兒身邊女孩太少了，才會遇見個梁希宜就成了這般樣子。

歐陽燦一進屋時就發現多了兩個身材高䠷、纖細柔軟的丫鬟。他有些發懵，但是聽說是母親派來的就沒有太過注意，直到晚上兩個丫鬟近身伺候才覺得略有不對，索性發了頓脾氣把兩個人轟走。

翌日清晨，蘭亭和蘭墨又開始圍著燦哥兒打轉，既然夫人將她們送了過來，便是默許了什麼，唯有先爬上小少爺床上的女人才能是通房丫頭，從丫鬟變成通房是一步之遙。

歐陽燦年輕氣盛，在兩個柔軟女子的輪番上陣誘惑下，感覺到了身體的不自在，他從未經歷過人事，大半夜起身上茅廁的時候，不經意間撞上了故意留在外間的蘭亭。

蘭亭只穿著白色褻衣，單薄的衣衫貼在凹凸有致的身材上，著實讓歐陽燦嚇了一跳。

蘭亭有一雙細長的眉眼，眸底帶著水光，映襯在月光的昏黃下倒是有幾分特殊的氣息，她的聲音柔柔軟軟，在深夜裡散發著莫名的氣息。「小公子，奴婢伺候你吧。」她的雙手附在了歐陽燦的胸襟口處，撫摸到了他因為練武而健壯的胸膛，輕輕啊了一聲。
歐陽燦的呼吸開始紊亂，感受著胸前柔軟的小手，本能想起了初見梁希宜時纖細的手指，猛地退後了兩步，伸出腳踹了蘭亭一腳，怒道：「誰讓妳在這裡睡的！」
蘭亭嚇了一跳，急忙跪地，上面的褻衣因為拉扯露出了大半個肩膀，歐陽燦覺得腦門發熱，下身莫名一緊，但懊惱這個丫鬟居然算計自己，仍狠狠地將她踹了出去，說：「滾！」
他回想到這個女人剛才都幹過什麼，心有不甘地叫來兩個小廝將蘭亭拖到院子中央打了二十棍，方肯甘休。然後他回到床上躺下後，經歷了人生第一次遺精……
歐陽燦不知道自己的身體怎麼了，又考慮到母親的所作所為，隔日賭氣似地跑去郊區尋求大哥幫助。
歐陽穆近來忙於護膝製作大業，對於其他事情完全不關心，以至於歐陽燦坐在那裡半天他都懶得說一句話。
歐陽燦盯著大哥神采飛揚的模樣，忍不住問道：「陳諾曦終於有回應了嗎？」
歐陽穆悶悶地嗯了一聲，眼底是滿是憐愛的溫柔，他一定會再等到她的。
聞言，歐陽燦挑挑揀揀桌子上的護膝，不屑道：「這玩意算上成本，不實用吧。」
歐陽穆一下沈了臉，不悅道：「你什麼時候回去？」
耗了大半日的歐陽燦，突然拉住大哥的袖子，嘴巴附在他的耳邊，結巴道：「大哥，我……我好像長大了。」

歐陽穆一怔，眯著眼睛上下看了他一眼，道：「失身了？」

歐陽燦搖了搖頭，又點了點頭，小聲道：「沒……但是，流出那什麼了，而且就我一個人。」

歐陽穆嘴角輕微抽搐了一下，拍了拍他的肩膀，說：「你若是沒有必須守候的人，倒是不用忍得這般艱難，祖父是允許有通房丫頭的，男歡女愛也不是什麼見不得人的事情。」

歐陽燦想了片刻，堅定道：「誰說我沒有想守候的人，我……我想要梁希宜！」

「梁希宜？」歐陽穆微微一怔，難得有哪個女孩子讓他記得住名字，但是這個定國公府三小姐，卻著實讓他無法忘記。

他上下打量了一遍歐陽燦，搖頭道：「她不適合你，太過冷情，你值得擁有更好的女人。」

歐陽燦皺著眉頭，無法接受的說：「全家人還說陳諾曦不適合你呢！你不也等著她，啊，大哥，你不會……咳咳，一直是一個人吧。」

歐陽穆目光一沈，為了忍受情慾之苦，他每日早起都會練功。

歐陽燦忽然覺得心裡好過一些，不怕死地說：「我想三丫頭應該不至於讓我忍到二十歲……」

歐陽穆慢慢地撇開頭，浩瀚如同夜空般深邃的眼眸微微眯了起來，冷漠地說：「上官虹會在關城門前，把你送回去。」

四月中旬，京中的官家小姐們開始準備月底的賞花會。

幾年前，陳諾曦就是在賞花會上脫穎而出，揚名京城。梁希宜雖然不致力於出名，但是該應付的差事還是會做，總不能丟了國公府的名聲。

夏墨倒騰冬季的東西，將它們分別放入箱子裡收拾起來。

其中一個彩色的風箏吸引住了她的目光，她回頭看向主子，笑著嚷道：「姑娘，春暖花開，秦家二少送的風箏可以放啦。」

梁希宜故作不耐地掃了一眼丫鬟們，道：「不過就是個風箏，也值妳們三番兩次拿出來讓我看啊。」

「嘻嘻，上面可是秦家二少親自著色挑染，我當姑娘不玩是不捨得用呢。」夏墨眨著眼睛，身材出落得越發婀娜多姿。

梁希宜沒好氣地瞪了她一眼，站在銅鏡前試了試玉剪道訂製的春裝。這套衣服是淡藍色雞心領的外衫，搭配白色的抹胸，襯托得女子胸部更加堅挺起來。她發現自己又長高了！

四月底的賞花會說穿了就是太后娘娘舉辦的適齡男女相親會。即使男女分開飯食，由於男孩子們的地點在半山腰，女孩子們的地點在山下，若是男孩子有心，可以尋到想要觀看的佳人。

與前朝相比，大黎國風對於女子要求較沒那麼嚴苛，據說太后還想給喪夫的長公主再挑門親事呢。

這一日，女孩們必然將自己打扮得漂漂亮亮，花枝招展。尤其是府上的庶女，更是企圖藉著此次機會一步登天。

皇子裡面，二皇子只有一位嫡妻，尚有兩個側妃之位。五皇子、六皇子更是尚未娶妻呢，是很多名門閨秀的目標。

梁希宜穿了一身淡粉色裙裝，梳了一個時下少女中非常流行的垂鬟分肖髻，將頭髮分成兩股，盤在頭頂，圈成兩個角辮，耳朵前面留著一綹頭髮，自然垂下，顯得整個人俏皮可愛。梁希宛繼續走純情白蓮花路線，梳了百合髻，氣質高雅，越發顯得水汪汪的目光略帶嫵媚。

秦甯蘭雖然已嫁為人婦，但還是來參加了這場盛會。她婚後日子過得不錯，整個人面露紅光，皮膚白嫩，胖了不少。這些朋友裡面，她最為感謝梁希宜，所以同她坐在一起，說著悄悄話。

「姊姊這玉簪真漂亮。」梁希宛盯著秦甯蘭頭上的髮飾，笑顏初綻。

秦甯蘭捂嘴淺笑，說：「在熙幫我挑的，他知曉我最愛玉飾，前幾日還從市場買了好些沒磨皮的原石，我倆一起磨皮，賭石玩來的。」

「這衣服上的蘭花繡法別致，很像是玉剪道出品呀。」秦五不知道什麼時候膩到了梁希宜身邊，摸著姊姊衣服的料子。

秦甯蘭不好意思地靦覥笑著，道：「不是玉剪道的，玉剪道家初春帶蘭花的衣服就一件，這是翠花樓搭配胭脂推出的一款新品，據說是玉剪道出來的繡娘過去幫忙弄的，可以大量出品。」

「那改日我也去翠花樓看看。」翠花樓主營胭脂，怕是眼紅了玉剪道的銷量，高價挖來對方的繡娘做事情。梁希宜也滿喜歡這家花色，於是約好了下次大家一同前往。

秦甯蘭拉著梁希宜的手，塞給了她一顆小原石，道：「妳回去自個兒磨皮試試，這是我家相公高價淘來的，我們都覺得裡面的玉石應該質量不錯。」

梁希宜見她如此客氣，小聲道：「你們婚後生活不錯吧。」

秦甯蘭紅著臉頰，道：「在熙對我很好，妳清楚我們本身就是有情誼的，所以彼此很珍惜對方，如今就差個孩子，我在吃娘親送來的藥方，調養身體呢。」

梁希宜使勁握了握她的手心，道：「一切都會好起來的。」

秦甯蘭點了點頭，想起那段最困難的歲月，不由得眼眶有些發酸，說：「對了，我可是聽我娘說了，妳將會是我的二嫂子。哈哈，我二哥品格很不錯，最主要的是知道上進，清楚自己要的是什麼，日後就算是納妾也絕對不會讓任何人越過妳去。」

梁希宜微微一怔，不知道為什麼，納妾兩個字聽起來是那般刺耳，甚至隱隱讓她心裡作痛。她上輩子就是被姨娘弄死的，對於侍妾有所懼怕，不由得猶疑道：「李大哥也納妾了嗎？」

秦甯蘭嘆了口氣，說：「有兩個通房丫頭，畢竟是從小就伺候他的丫鬟，若是真遣走確實沒地方去。我抬了一個落過胎的通房做姨娘，若是我懷孕了，就打算把陪嫁的碧荷抬成姨娘伺候在熙，總不能讓他一個正常男人為我忍著，憋出毛病來。到時候沒憋住碰了不乾不淨的女人身子，最後收拾爛攤子的還是我。」

梁希宜愣了一下，心情莫名壞了，後來秦甯蘭又說了好些話，她也沒聽進去。

普通男子成婚的年齡大多數在十六歲到十八、九歲，規矩點的人家會在十四歲左右安排通房，不規矩的人家怕是孩子還很小就有丫鬟爬床了。

守身如玉的男人是鳳毛麟角，就算最初潔身自愛守住身子，日後也難免再次破身，想到此處，梁希宜忽然覺得婚姻特別沒意思，如果整日裡要防著這個、防著那個過日子，還不如一個人呢！

可是一個人過一輩子貌似也不實際，她到底該何去何從呢？

如今她對秦甯桓有些動心，才會覺得難過悲傷，如果未來的夫君注定要納妾，她情願找個沒感情的男人。思前想後，梁希宜決定尋個機會同秦甯桓說清楚。她骨子裡還是無法接受男方納妾，她上輩子就受夠了姨娘的氣，這輩子絕對不想再次面對了，否則寧願不結下這門親事。

梁希宜這一世對未來夫君的要求極其明確，要嘛是有感情但是不納妾的男人；要嘛是沒感情，她會守住自己的本心，可以允許對方納妾。如果有第一個選擇出現，誰都不會要第二個選擇吧？梁希宜忍不住嘲笑自己，她可真是苛刻。

白若蘭抽空跑了過來，黏著梁希宜道：「希宜姊姊，肥兔子和小狐狸最近怎樣？」

「挺好的，上次妳怎麼沒來我家，我給妳下了帖子呢。」梁希宜捏了捏白若蘭臉蛋，發現這丫頭清瘦不少，說：「妳長高了。」

「總不能老那麼矮的。」白若蘭鼓著臉頰，喃喃道。她恨不得天天去梁希宜家裡玩呢，可是小姑姑把小表哥禁了足，還不讓她找希宜姊姊玩。小表哥喜歡希宜姊姊是他的問題，同她和希宜姊姊又沒什麼關係，小姑姑這次做得真是過分！

「我給妳畫的樣子可是學著繡了？」梁希宜問道。

「沒呢，不過希宜姊姊的糕點食譜我日日讓人改良，還自創了兩種做法，下次讓妳嚐嚐。」

「好呀！」

梁希宜笑著應聲，看到世子夫人在一群人的簇擁下走了過來。她急忙福了個身子同她請安，卻沒想到熱臉貼了人家冷屁股，世子夫人厭棄地掃了她一眼，接走白若蘭後去拜見太后。

奇怪，她不記得自己得罪過她呀。

飯食剛剛進行到一半，就見有管事匆忙跑入大堂，求見太后同世子夫人。梁希宜詫異地抬頭，耳邊傳來了一句閒話：「秦家二少爺被人打了！」

她怕自個兒聽錯了，急忙去和白若羽確認，得到的消息果然是秦甯桓被人打了且昏迷不醒。

她心神不寧，不由得掛心起來。他不會出事吧？怎麼就被人打了。

昨日他還通過祖父捎給了她幾個可愛的普通小毛筆，想起那個站在樹蔭下，始終帶著笑意的朗朗少年，她突然特別急切地希望他沒有事情。

世子夫人帶人匆匆離開，白若蘭望著梁希宜欲言又止，因為周圍人太多，白若蘭只好拉著梁希宜沿著小路向角落走了過去，道：「希宜姊姊，對不起，是小表哥動手打秦家二少爺。」

梁希宜眉頭緊皺，咬住嘴唇，果然又是歐陽燦那個不懂事的小霸王！

「他……」白若蘭不知道該如何啟口，其實歐陽燦在西北的時候見他打誰也沒怎麼樣過，但是這次可是希宜姊姊的未婚夫婿，而且看起來希宜姊姊還挺擔心他的，她到底要不要說實話？

「到底是怎麼回事，怎麼把人弄得昏迷不醒！」梁希宜無法想像到底有多大的仇啊。

白若蘭咬著下唇，語無倫次地說：「好像是秦甯桓撞到了小表哥，然後弄髒了小表哥的衣衫，就吵了起來。小表哥把秦甯桓的荷包踩爛了，秦甯桓也忍不住同他動手了，但是一般人哪裡打得過小表哥，而且今個兒大表哥也在，怕是沒人敢幫秦甯桓……」

「這群……惡霸，歐陽家的人就可以這樣嗎？」梁希宜非常生氣，那個荷包還是她生辰時送給大家的回禮，當時白若蘭拿走了兩個，說是要同歐陽燦分享，這傢伙不會不知道是她做的東西，還故意踩爛了到底什麼意思？

梁希宜在這裡義憤填膺，背後卻傳來一陣冷笑，她回過頭，映入眼簾的是許久不見的三公主黎孜玉，還有陳諾曦同王煜湘。因世子夫人離開，白若羽幫著處理事情並未同她們在一起。

黎孜玉嘲諷地盯著梁希宜，不屑道：「妳還好意思在這裡指責歐陽家，明明是妳自己造的孽好不好，不然妳以為歐陽燦腦子進水了沒事去搭理秦甯桓？他算老幾，也值得人這般惦記。」

梁希宜眉頭皺起，說：「什麼意思？」

「什麼意思？呵呵，梁希宜妳也太能裝了吧！」黎孜玉揚著下巴。「如果不是妳們家要同秦家結親，秦甯桓怎麼會挨打？上次妳指責我時說的頭頭是道，怎麼在自己身上卻開始忽略了。妳別告訴我沒感覺出歐陽燦待妳不同，妳既然看不上歐陽燦，又幹麼招惹了他以後還去招惹秦甯桓，讓兩個男人為妳打架，還在此裝傻充愣，妳是不是很愉快啊。」

「胡言亂語！」梁希宜臉色一沈，大步走到了三公主黎孜玉面前，右手抓住她的手腕，冷聲道：「妳再敢說一遍！」

三公主黎孜玉臉頰通紅，她對梁希宜有些嚴重的心理陰影卻又不甘心認輸，倔強道：「陳諾曦和王煜湘都在呢，妳想把我怎麼樣？」

梁希宜頭一次無比厭惡一個女子，她目露沈色地盯著她的眼睛，深邃的瞳孔彷彿夜幕降臨，籠罩了所有的陽光，臉色十分嚇人。

「真想封住妳的嘴巴！」梁希宜銳利地瞪著她，聲音無比平靜地說。

她轉過頭，看向了白如蘭，問道：「三公主說的是真的？」

白若蘭微微一愣，紅著眼眶點了下頭，其實小表哥也很可憐，他不過就是喜歡希宜姊姊而已，並不是什麼壞心眼的人。

梁希宜深吸一大口氣，甩開了三公主的手，然後轉過身急速離開。明晃晃的日光將她的背影拉得特別長。

第十四章

梁希宜垂下眼眸，她從來沒有如此憤怒過，雙腳一步步用力地踩踏著地下鬆軟的草皮。

遠處的世子夫人身穿一襲紅衣，去而復返，來勢洶洶，因為身分特殊，她從小到大備受白家長輩疼愛，成親時又遇到家規嚴謹的靖遠侯世子爺，小倆口至今恩愛如初，極少爭吵。

進京後，她一路受到太后同歐陽皇后的雙重照顧，不管在哪位貴人面前都無須太過遮掩，所以歐陽燦同梁希宜的事情雖然不大，卻算是她生命裡難得的煩心事兒。

此時此刻，她聽聞單純的兒子居然當眾不分青紅皂白打了秦甯桓，自然不認為是歐陽燦品性的問題，將所有的埋怨都投放在梁希宜身上，因此在看見那張始終平靜無波的表情時，就忍不住感嘆梁希宜心機深沈、虛偽造作。

世子夫人擋在了梁希宜的身前，目光陰沈盯了她一會兒，強硬道：「妳跟我來，皇后娘娘召見妳。」

梁希宜抿住唇角，神情倔強，她低下頭盯著世子夫人一雙精緻繡花鞋呆滯片刻，又抬起頭，挺直背脊，在眾人竊竊私語目光中，昂首挺胸地隨同白容容離開庭院，向貴人們的大殿走去。

太后身子骨不好，此時已經被宮女服侍睡午覺了，尚不知道歐陽燦闖了禍。

長公主領著剛剛收拾妥當的歐陽燦，正巧也剛剛來見皇后。她迎面挽住世子夫人的手，說：「剛才讓太醫看了，燦哥兒沒事，只是皮肉傷，妳別心疼了。」

世子夫人緊繃的神色總算緩解幾分，她圍著兒子仔細看了又看，見歐陽燦身上確實沒有什麼明顯的傷痕，懸著的心總算放了下來，才有心情關心別人，道：「秦家少爺呢？」

她不認為兩個男孩有什麼結怨的理由，只是孩子間的打打鬧鬧，歸根結柢都是梁希宜的不是，小小年紀便惹得兩個男孩為了她拳腳相向，日後大了還指不定如何紅顏禍水！

梁希宜再傻也可以感覺到世子夫人眼底的不屑，雲淡風輕地笑了笑。她可以理解，卻完全無法認同世子夫人的想法。她前世也曾為人母，見到女兒對表哥一往情深卻戀而不得，心裡難免會反感總是動不動出現在女兒面前的侄子，但是她不會因此就對侄子怎麼樣的，而是教育自家閨女，人家既然不喜歡妳，妳又何必作踐委曲求全？女人的一生何其長，如同沒有邊境的海洋，妳以為愛情幻滅，其實不過是海水裡的一點波瀾，早晚會隨著歲月的流逝，淹沒在一次次的海浪之中。

再說，歐陽燦是男孩，日後是要成為男子漢，而不是胡亂滋事的紈袴子弟，在這一點上，若非世子夫人心底的嫉恨擋住了原本清明的心思，一時思慮不清楚，再不然就是她其實明白，只是不願意承認這一點罷了。

歐陽燦望著隨著母親一同進來的梁希宜，眼睛不由得亮了起來，本能收起袖子，蓋住了手背的瘀青，目光灼灼地凝望著梁希宜。他換了一身乾淨的白色長袍，神似世子夫人的俊美容顏在明媚日光下異常柔和，完全不像是剛同人大打出手，神色裡也沒什麼愧疚之意。

梁希宜根本懶得搭理他，歐陽燦盯著這張日思夜想的臉頰，忍不住當眾喚了一聲：「梁希宜！」

這個名字似乎含在他的嘴裡好久都不曾喊出，如今當著眾人面叫了她，只覺得胸口累積的鬱悶全部消散，整個人變得神清氣爽起來。他的目光帶著欣賞愛慕、執著和堅定，完全沒有一點遮掩情緒的本能。梁希宜真是怎麼打扮都讓他覺得舒服，粉白色抹胸長裙，恍若凝脂肌膚似乎帶著晃人的亮光，刺得他快睜不開眼睛。

梁希宜置若罔聞，面無表情地注視前方，恭敬地跪下。「皇后娘娘千歲。」

皇后不由得挑起眉頭。哎喲，小姑娘脾氣還不小呢，理都不理他們家歐陽燦。不過歐陽燦這次做的事情著實不太漂亮，哪裡有喜歡誰，就故意對人家心上人使用暴力的，這不是誠心招人討厭嗎？相較之下，大侄孫歐陽穆就低調多了，除了二皇子同五皇子以外，但凡想追求陳諾曦的少爺們都被他收拾得差不多了。

世子夫人原本就看不上梁希宜，此時更是討厭她，她察覺到歐陽燦被徹底無視後流露出異常難過的神情，心裡非常不舒服，忍不住擠兌道：「公府家嫡出三小姐，教養倒是極好的。」

梁希宜聽著陰陽怪氣語調，不由得莞爾而笑，不卑不亢回道：「謝謝世子夫人誇獎。」

妳既然要反著說，我自然就反著聽，反正是不會主動撿罵的！

世子夫人哪裡受過如此反諷，當下沈了臉色，扯回了上次的事情，不屑道：「定國公府的三小姐說話真是拐彎抹角，前些日子我聽說妳將燦哥的丫鬟打了，只當妳是小孩子心性，無知無畏，還同太后說妳是拚命三娘，性子應該是爽利的女孩，如今看來倒是小瞧了三小姐的脾性。」

梁希宜抿著唇角，清澈的目光沒有一絲雜質。她好歹活過兩世，骨子裡難免有人不犯我我不犯人，人若欺之必先辱人的倔強，所以毫不客氣地回應：「上次之所以同貴府丫鬟起了爭執，歸根結柢還是貴府小公子將我騙了出去。希宜雖然一介女流，性子膽小，卻絕對無法容忍任何人的調戲欺騙，所以出於自保才鬧出打人的笑話。可是話說回來，此事的結果對貴府公子沒有半點影響，反倒是希宜和丫鬟都受了傷，希宜尚且不願意提及此事，夫人又值得發這麼大的火嗎？」

「妳……」世子夫人咬著下唇，鼓著腮幫子目光轉向長公主求助。

皇后歐陽雪望著白容容眼眶發紅的樣子，朝梁希宜擺了擺手，敲打道：「成了，世子夫人不過是以長輩姿態說兩句而已，梁三小姐何必扯出那麼多？」說到底挨打的還是她親閨女呢，再這麼吵下去不又要扯到黎孜玉身上？

她停頓片刻，換上一副慈愛的神情，閒話家常，詢問道：「平日在家裡都做些什麼，妳祖父一手好筆墨，不知道傳給妳多少。」

梁希宜繃著臉頰，心中有氣，目光從始至終不肯看歐陽燦一眼，道：「希宜天資駑鈍，並未繼承祖父筆墨，不過是伺候在身邊磨墨罷了。」

世子夫人一聽，忍不住揚起唇角，笑著諷刺道：「梁三小姐何必自謙，上次詩會時的筆墨尚在太后那裡，我同皇后娘娘都是看過的，如果寫出這種字跡的人不過是伺候磨墨，誰還敢說自己的筆墨好了？」

梁希宜目視前方，不卑不亢地說：「祖父自小便時常告誡希宜，世界無限廣闊，知識永無窮盡。如果把自己看到的一個角落當作整個世界，豈不是同枯井裡的青蛙一般，成為孤陋寡聞之人。希宜從未想過要多麼的謙虛，只是真心認為這世上才華眾多者無數，比我強者萬千，我絕對不能隨意托大。」

妳認為我太謙虛，不過是因為妳見過的世面太小了！梁希宜礙於長公主和皇后的情面，終究沒直言說出來，但是這裡的人都是人精，自然會胡思亂想。

世子夫人臉色煞白，眼瞅著又要開口反擊，被皇后攔了下來。

皇后也是真心為白容容好，一個被大家當成寶貝兒養起來的姑娘家，從未同別人吵架，再說下去就真是給自個兒挖坑跳，她是真心看不下去的！

「妳腰間的荷包倒是精緻，拿上來我看看。」

梁希宜對於皇后面不改色地直接轉移話題非常佩服，不情願地摘下荷包，遞了上去。

「自己繡的嗎？」

「嗯。」梁希宜點了下頭，行為舉止彷彿剛才不曾同白容容發生過任何爭辯。

「做工不錯，針法精緻。」皇后同長公主圍繞繡品說了半天廢話，總算又繞了回來，順其自然地說：「妳今年多大了？」

「剛過虛歲十四歲的生辰。」

皇后忽地揚嘴，似乎回想起什麼，道：「在妳這個年紀，我都披上嫁衣了！」

梁希宜相信皇后做了如此多的鋪陳，都是為了現在的事。所以她沒有接話，沈默不語，恭敬地站在旁邊。

「妳也該說親了吧，可是定下了婚事嗎？」皇后正色道。

歐陽燦臉頰通紅，緊張兮兮地盯著梁希宜，對於她的刻意漠視，他覺得心如刀割。

若不是現在周圍人那麼多，他怕是都想大哭出聲，胸口悶得難受，尤其是梁希宜冰冷的目光，彷彿一把銳利的長劍，生生將他的軀體刺穿，然後毫不留情地拔出來，扔在地上。他不怕梁希宜不搭理他，他恐懼的是那道清澈目光，何時變得如此疏離、陌生起來。

梁希宜深吸口氣，沈聲道：「婚姻之事乃父母之命，媒妁之言，希宜從來不敢主動詢問，更不敢妄自猜測議論。」

皇后彷彿早料到她的反應，平靜地朝著宮女吩咐道：「今兒定國公府世子夫人在吧？請她過來小憩。」

梁希宜眉頭蹙起，陷入沈思。皇后娘娘莫不是要在今日逼迫她家承諾什麼？難怪連皇帝對於歐陽家族都懶得做面子上的工夫，如此強勢，放誰身上誰受得了呢？

不過在絕對的實力面前，連皇帝都只能忍著。前幾日又傳來皇帝兄長安王餘孽的消息，皇上已經下旨令心腹隨同歐陽穆前往南寧鎮壓。相較於邊境外的鄰國勢力，皇帝更懼怕可以輕易獲得子民認可的安王一派。因為從皇位順次計較起來，安王是他的兄長，憑什麼都不是皇后所出的情況下，安王成了亂賊臣子，而皇帝順利登基為正統帝王呢？一切還不是誰的根基深厚，誰說了算。

另一廂，奉了皇后旨意的宮女在宴會上轉了一圈，都未曾尋到定國公府世子夫人秦氏。鬧了半天，秦氏同嫂子在山上陪同昏迷不醒的秦甯桓呢。

秦甯桓是她的親侄子，此次的事情又有人傳言起因是梁希宜，那麼作為牽線人的秦氏總不好無動於衷，早早就陪著嫂子上山看望秦甯桓了。

宮女琢磨著若是尋不到定國公府世子夫人的話，回去也不好交差。剛剛皇后娘娘說要見的是定國公府的夫人們，那麼梁希宜的母親徐氏、三伯母李氏不都是定國公府的夫人嗎？她暗道自個兒聰明，於是為了完成差事，轉身向同娘家嫂子在一起的徐氏走了過去。

徐氏聽說皇后娘娘召見定國公府的夫人們，頓時覺得在娘家、嫂子面前風光無限，樂呵呵地招呼弟妹一同前往。至於秦甯桓被歐陽燦打了，皇后娘娘為何又要召見她閨女梁希宜、定國公府長輩這件事情，被她天真地忽略了。

徐家嫂子們看小姑如此風光，不由得也生出想一起去的念頭，一群人跟在徐氏後面，還跟宮女解釋不進去，就是在大殿門口等著徐氏，完全是想近距離沾沾光罷了。

定國公府上的二夫人徐氏和三夫人李氏進入大殿，同皇后行了大禮後，眼睛環視四周，緊張兮兮地朝女兒笑了一下，完全沒有一點大家婦人的氣度。

世子夫人皺著眉頭，毫不掩飾鄙夷厭棄的神情，她就怎麼也想不明白，兒子到底看上梁希宜什麼，脾氣倔強，言辭粗魯犀利，又攀上這麼個母親，有什麼好呀！

皇后歐陽雪隱約聽到外面的議論紛紛，不由得煩躁起來，道：「都是些什麼人在外面，嘀嘀咕咕的，以為我這是在幹什麼呢，讓她們進來吧。」

三夫人李氏臉頰通紅，她剛才勸說過徐氏讓娘家嫂子別跟著，可是徐氏那幾個嫂子力大威猛，真不是一般丫鬟、婆子能夠勸走的。

徐氏的嫂子們聽說皇后娘娘肯召見她們，立刻一副欣喜異常、歡天喜地的樣子。

雖然她們的行為舉止略顯粗俗不懂規矩，但是她們心底對於皇家是發自內心的仰慕尊敬，屈膝跪地，偶爾抬起頭偷偷瞄著皇后娘娘，真是覺得皇后娘娘簡直是畫中的天仙，氣度非凡，大紅色的長裙子下襬鑲著真金的鳳凰花式呀，這身衣服必定價值不菲吧！

望著地上跪著的一群不知道哪裡冒出來的拘謹婦人們，饒是想要成全歐陽燦的皇后歐陽雪，也開始動搖了。梁希宜的外祖母家是這種狀況，真的沒問題嗎？

她一直不認為定下梁希宜是什麼難事，如果是朝廷命官，重臣之女皇帝怕是會同她爭奪一番，不予以認同。但是一個沒實權的國公爺家的小姐，皇帝估計巴不得他趕緊定下對方同歐陽燦的婚事，總比太后日後給燦哥兒找個有權力的老丈人讓皇帝安心。只是她不曾想過梁希宜的母親竟是這個樣子，還有一群如此極品的親戚。

燦哥兒是她的親侄孫兒，歐陽家族是她最重要的倚仗，總不能委屈了她們燦哥兒啊。

世子夫人此時的臉色極差，紅著眼眶死死地盯著皇后，下嘴唇都快咬出紅痕，似乎在表達她是多麼厭棄這群人。

皇后一陣煩憂。還說今兒個就把此事定了，省得親侄孫兒老惦記著，沒事兒到處惹禍，沒想到又蹦出徐氏這一大家子人，看到徐氏嫂子們的模樣，她都心生不想同梁希宜有一點關係的念頭。

皇后心生不耐，敷衍地問了些話，賞賜了些物件就讓她們離開，同時放過梁希宜。

徐氏怕耽擱了女兒要事，挽著梁希宜胳臂，小聲說：「我是不是表現得不好呀？」

梁希宜一回想起皇后恨不得她們趕緊走的神色，就忍不住想要樂出聲，說：「哪裡，您今兒的表現我特別滿意。」她再也不想同歐陽家有任何關係，不管日後歐陽世族如何權傾一時。

梁希宜沒走兩步，就聽見背後傳來慌亂的腳步聲音，她回過頭，刺眼的日光將沒有遮擋的大殿門照耀得特別鮮紅，歐陽燦跑了幾步停在象牙白石階上，他從高處靜靜地望著已經走下臺階的梁希宜眾人，清澈的眼裡似乎帶著水花。

他身穿雪白色的錦袍，繫著鑲著翡翠的腰帶，挺拔的身姿帶著淩亂的氣息，他的眼睛很亮，神情卻有些複雜。

梁希宜皺著眉頭，皇后娘娘竟然就允許歐陽燦如此跑了出來！她哪裡知道歐陽燦在西北可是說一不二的性格，白容容又縱著小兒子無法無天，誰能攔得住？

梁希宜想到連皇后都攔不住歐陽燦，她自然沒法讓他一句話不說就轉身離開。為了避免自個兒成為別人茶餘飯後的話題，她主動跟母親說道：「妳們先回去吧，怕是皇后娘娘尚有其他事情尋我回去，我稍後就去找妳們。」

人精似的宮女們自然清楚歐陽小公子是什麼意思，但是她們肯定樂於裝傻充愣，順著梁希宜的話，道：「幾位夫人，妳們先隨我回去吧。這裡人多口雜，莫要停留太久。」

徐氏有些不放心，戀戀不捨地帶著嫂嫂們離開大殿周圍。

梁希宜站在臺階下面，淡淡地說：「你知不知道你這樣無所顧忌地追著我出來，會落下什麼口舌？」

歐陽燦微微一怔，嘴唇微張，冷冷地環視四周一圈，立刻有宮女開始清場，片刻後，四周已經空無一人，至於大殿裡的人們，此時正忙著安撫傷心透頂的白容容，沒人打算出來管這糟心事。

梁希宜見他不肯張嘴，卻又不願意離開，自嘲說：「你每次都這樣，不顧及別人感受，想起什麼就一定要去幹什麼，自以為這便是對別人好，如果別人不肯認下你的好，你反而會生氣。但是試問，別人為何要回應你什麼？你今兒打了秦甯桓，可是有一點愧疚之心？你當眾在外人面前提及我還追了出來，可否顧及到了我未嫁的名聲？」

歐陽燦愣了片刻，因消瘦而更加分明的精緻五官，冷峻中隱隱帶著幾分委屈。他從未見過如此冷漠至極的梁希宜，眼底的淚珠轉了兩圈，生生又憋了回去。他是大男人，不能輕易掉眼淚，況且這事兒，已經到了他哭都沒有用的地步，梁希宜眼底深深的厭棄讓他一瞬間有了窒息感，大腦一片空白，隱隱作痛。

「有話就說，沒話我就走了。」梁希宜垂下眼眸，從此再也不想和他有半分牽扯。她惹不起他們歐陽家，還不能躲了嗎？

「我……」歐陽燦深吸口氣，聲音彷彿淹沒在嗓子眼裡，多說一句都吐字不清，他寧願梁希宜大聲斥責他，而不是這般彷彿對一個人徹底放手、失望至極的模樣。

梁希宜見他不語，轉身離開。

歐陽燦本能地向前追了兩步，又怕梁希宜生氣而停住，聲音幾不可聞的說：「如果……如果我去同秦甯桓道歉，妳就可以原諒我了嗎？」

歐陽燦的聲音唯唯諾諾，漂亮的眼睛閃過掙扎，彷彿有什麼凝結在嘴角，不停地吸氣、吐出，又難過地捂住胸口。他始終感到如鯁在喉，連淚水嘩嘩地流下來弄濕了面孔，都一點沒感覺到。

梁希宜沈默片刻，心底有所決斷。曖昧不清對歐陽燦來說，也難以把她忘記，索性徹底斬斷彼此的關係吧。

況且，她也不想再次看到身邊的人因為莫須有的理由替她受罪，於是抬起頭，目光清澈明亮，誠懇地說：「歐陽燦，我不喜歡你。」

明晃晃的日光照射在兩個人身上，歐陽燦眼前一片模糊。他明明渾身僵硬，卻又感覺到胸口被尖銳的利刃鑽出了一個窟窿，不停地滲著血，讓他疼痛難忍。他使勁眨了眨眼睛，清澈的眼底有些看不清楚梁希宜的樣子，心底一片恐慌，身子搖搖欲墜。

梁希宜眉頭蹙起，終是咬住下唇，在那道絕望的視線下，低下頭不想再多說一句。

歐陽穆早早就站在一旁，他一直猶豫該如何繞過眼前僵持的兩個人進入大殿。但是梁希宜的言語，讓他停下腳步，憤怒起來，歐陽燦是他的弟弟，卻被眼前的女子傷得遍體鱗傷。

她，有什麼資格憑著歐陽燦的那點喜歡的感覺，如此欺負人？

在他看來，歐陽燦是赤子之心，不懂得如何討好喜歡的女孩，但是絕對沒有一點壞心眼，梁希宜的所作所為，未免太過絕情！若是歐陽燦想不開，出了事情如何是好？

梁希宜感覺到了身後的動靜，回過頭，入眼的是歐陽穆五官分明的剛毅面容。

歐陽穆深邃的眼眸冷冰冰地盯著她，嘴唇微張，語氣很平靜。「話說完了？」

梁希宜猶豫地點了下頭。

突然，耳邊傳來一道響徹四周的厲聲，無情道：「那妳可以滾了！」

歐陽穆嘲諷地望著她，聲音帶著讓人痛徹心腑的冰涼。他從來不是憐香惜玉的人，此時看著歐陽燦神色恍惚的樣子，心底無比厭惡梁希宜的不識抬舉。拒絕一個人有很多種方式，她偏偏選擇最激烈的一種，不留餘地、不講情面，將燦哥兒徹底摧毀。

歐陽燦猛地抬頭，在歐陽穆不近人情的目光裡又低下了頭，默不作聲。

梁希宜渾身冰涼，她兩世為人，還是第一次被一個男人如此大吼，要說心裡沒事兒那絕對是自欺欺人。梁希宜命令自個兒鎮定，這樣也好，從此以後同歐陽家斷絕往來。她沈著神色，大大方方地點了頭，像什麼都沒發生過似地揚著頭，按照曾經受過的教養一步一步走向遠處。

歐陽穆冷厲的視線落在了她的背脊上。

眼前的女孩從始至終神色波動不大，膚色如雪、面容秀美，粉色的薄唇抿成了一條直線，帶出幾分骨子裡難以馴服的倔強。她的背脊挺直，烏黑的頭髮盤在腦後，粉白色的裙襬拖到了地上，耳上的橄欖色玉石花墜小巧精緻，映在明媚的日光下閃閃發亮。

若不是剛才聽到她的冷酷言詞，他或許還對她有幾分另眼相看。

但是她偏偏如此對待歐陽燦，還可以神色鎮定、從容坦蕩，面對他如此斥責也能忍住眼底的委屈，昂頭離去，可見絕對不是一般閨閣秀女，饒是歐陽穆這種不太動聲色的人，在看到梁希宜離去的樣子時，都會覺得憋屈。或許弟弟徹底遠離了她也是好事。

但是歐陽燦顯然不想如此，他邁著沈重的步伐，似乎要追出去，一把被歐陽穆攔住。

歐陽燦流著眼淚，一臉倔強地站在地上，一動不動。兄弟兩個人彼此相望的對視著，時間彷彿就這麼安靜下來，靜止不動。

良久，歐陽燦擦了下眼睛，道：「哥，我想跟你去南寧平亂。」

歐陽穆怔了下，思索片刻，點了下頭。「明日就要啟程，你稍後就去打理行裝。」他盯著幼弟，冷漠的眼難掩一絲柔軟，道：「安撫下你娘，她是真擔心你。」

歐陽燦咬住下唇，沈沈地嗯了一聲，說：「我一定不拖累任何人！」

歐陽穆沒有說話，眼前的歐陽燦正是意氣風發的年紀，像他上一世那般，越是想對一個人好，反而越是惹得別人生厭，感情事從來不是努力便可以有所回報。

歐陽穆拍了拍他的肩膀，邊走邊隨意地說：「不是你不夠好，是她根本不適合你。」

歐陽燦身子一僵，悶聲道：「我不會再這麼遊手好閒下去，早晚有一天，我會適合三丫頭的。」

歐陽穆神情一沈，看著他異常堅定的神情，暗自決心，趁著這次南寧平亂一定把他的心給扳回來。梁希宜都已經那般說了，燦哥兒再往前衝只會撞得頭破血流，關鍵是對方不會有絲毫憐憫之心，而且歐陽燦顯然承受能力沒那麼強大，根本做不到對於女方的拒絕無動於衷。

大殿內世子夫人已如同淚人一般，哭得淅瀝嘩啦，長公主圍著她不停地安慰，見到歐陽穆總算把歐陽燦帶回來，小聲吩咐宮女說：「命人倒水，來給燦哥兒梳洗一下。」

世子夫人抬起頭，難掩怨氣地說：「你追出去人家也不搭理你吧，我再也不想聽關於梁希宜這個丫頭的任何事情！」

歐陽穆戳了一下身後的歐陽燦。歐陽燦識時務地走了過去，輕聲說：「娘，您別哭了，我錯了。」

世子夫人胸口的怒火在聽到兒子軟軟的一句道歉後，立刻散去了大半，但是礙於面子不好摟住兒子痛哭，只是使勁地嘆了口氣。孩子真是爹娘的討債鬼！

歐陽燦咬著下唇，低聲道：「我下次再也不隨便欺負他人，讓人看不起了。」

她微微一怔，總覺得哪裡不太對勁。

「我不想繼續在國子監蹉跎下去，我書也讀不好，我要跟著大哥去南寧平亂！」

聞言，她頓時呆住，如同五雷轟頂，本能吼道：「不成！」

長公主也被驚訝到了，皇后和歐陽穆對視一眼，心裡想——完了，怕是又要崩潰了。果然世子夫人剛剛恢復的神色立刻變得不好起來，泛紅的眼圈立刻溢滿盈盈淚珠。

歐陽燦低著頭，神色堅定，屈膝跪地，沈默起來。

世子夫人深吸了一口氣，怒道：「你為了女人就要如此忤逆我嗎？這次進京你爹是怎麼和你說的，你忘了自己的責任了嗎？」

歐陽穆急忙咳嗽了一聲，長公主和皇后同歐陽家再親近，也是黎國公主和出嫁女兒，不是什麼都可以當著她們面前隨便說的。

世子夫人氣憤地瞪了一眼歐陽穆，捂著胸口委屈得不得了。在西北的時候，長子歐陽月偏要娶農婦為妻就已經令她傷心得不得了，考慮到歐陽家第三代在京中許久不曾露面，這才決定讓歐陽燦入讀國子監，籠絡住京中勢力重新打理一遍，再尋一門得力的親事。

可是現在……他居然要和穆哥兒跑到南寧平亂！安王餘孽若是好打發，不會在皇帝登基三十餘年後的今日尚未剷除。當然，這也和靖遠侯府私下裡的縱容有一定關係，畢竟若是安王一派真死絕了，歐陽家的用處就少了許多。

但凡打仗就會有死傷，她哪裡捨得親手帶大的兒子跑到這種地方去，不但要小心安王餘孽，還要提防皇家的暗算……

母子二人僵持在大殿中，連皇后都不知道如何勸說。照她的意思，燦哥兒想娶梁希宜就讓他娶，想去南寧就讓他去，白容容就是被寵得太嬌蠻了，於是動不動就覺得受了莫大的委屈，但是偏偏寵她的人還是會繼續寵她。

思及此，剛睡醒的太后已派人過來接世子夫人了。

白容容盯著跪在地上的歐陽燦，心裡其實特別心疼無奈，但是若此時點了頭，日後又怎麼說拒絕的話呢？還好太后傳來旨意，剛好給她解了圍，她擦了下眼角，挽著長公主的手，隨同宮女一起前往太后午睡的地方覲見去了。

皇后長吁口氣，急忙吩咐人傳太醫，幫歐陽燦收拾收拾。跪了那麼久，別說白容容當娘的覺得心疼，她也看著不舒服呀，畢竟她也姓歐陽。

歐陽燦膝蓋發軟，始終站不起來。歐陽穆見眾人亂七八糟地攙扶著，二話不說蹲了下來，屈膝跪地，稍微替他揉按了一下，抬頭道：「如何？」

歐陽燦點了下頭，哽咽地說：「大哥，我心裡真難受。」

歐陽穆沒說話，站起身子拍了拍手，淡淡地說：「忍著。」

歐陽燦的下唇已經可以見到牙印咬出的血痕，使勁地點了下頭。

皇后看在眼裡略微驚訝了一下，她聽說娘家的幾個侄孫兒都是兄長親自教導，就是怕他們會有許多大家族經常鬧出的隔房矛盾，現在看來兄長的教育倒是有一定成果。

她本是家裡嫡出最小的女兒，年齡其實比靖遠侯世子爺還要小上幾歲，同歐陽穆父親差不多大，小時候兩個人玩得最好，所以歐陽穆後來屢次進京，她都是當成親兒子般仔細照顧，非常看重。

「皇后娘娘，二皇子偕同六皇子在外面等候。」宮女從門外走了進來。

皇后點了下頭，示意讓兩個孩子進來。六皇子比歐陽燦小上一歲，生得唇紅齒白，原本白淨的膚色因為這幾年長待西北，變成了古銅色。

他一臉焦急地看向了歐陽燦，同母后問安後便走了過去，道：「你沒事吧，誰欺負你了，揍人的時候幹麼不叫上我！母后沒說你吧？」

皇后看了一眼同兩位侄孫兒站在一起拉拉扯扯的六兒子，又看了看始終面如常色站在一旁的二兒子黎孜啟，不由得心底五味雜陳。

黎孜啟年方二十，身材修長，氣質儒雅，像極了聖上年輕時候的樣子。但是為人有些不知通變，被那群老古董教育得重文輕武觀念根深柢固，難怪連皇帝有時候都說他太古板了，從而更偏好疼愛五皇子多一些，她是真希望二兒子可以多親近她娘家呀。

大皇子去世後，二皇子是皇上最為年長的孩子，同時出自東宮，按理說是板上釘釘的太子人選，卻多年來被皇上壓著，隱約有執意立賢之意。不過朝中大臣都不贊同如此選擇，否則容易引起內亂，更何況皇后娘家手握兵權。

皇后回想起這幾年她同皇上的關係，如果小四沒有去世，或許一切都變得不一樣了。小四性子活潑懂事，非常懂得進退，還會討皇上歡心，即使那時候歐陽家同皇上已經隔了心，皇帝都不曾苛待小四，可是後來……

皇后攥了攥拳頭。有人讓她的小四死了，那麼她便讓對方生不如死！

六皇子聽說歐陽燦要和歐陽穆一起去平亂，不由得眼睛一亮，回過頭朝著母后嚷嚷道：「我也要和大哥一起去！」

二皇子皺著眉頭，道：「誰是你大哥？」

六皇子察覺到口誤，急忙修正，說：「我也想跟去平亂！」

二皇子不等母親說話，便阻攔地道：「昨日大學士留給你的作業還沒有做吧？」他可不希望唯一的嫡親弟弟成了武夫。

六皇子吐了下舌頭，說：「都什麼時候了，這幫人還讓我做作業。偏要等安王餘孽都跑來京中作亂，我扔過去一本作業他就走了嗎？」

皇后咳嗽了一下，道：「胡言亂語！你好不容易回京待些時日，就要跑出去嗎？為娘不許！」

「母后……」六皇子撒嬌似地喚道。

二皇子一本正經訓斥他，說：「你也年近十三，已算半個大人了。父皇說過你在京中的時候，要按月分考校你的功課，莫讓父皇失望。」

六皇子無語望著兄長，父皇就是那麼一說而已，他還當真啦？父皇哪裡有時間考校他的功課，若是當真心疼他，也不會在宇文靜這件事情上提都不提他一個字。這種冠冕堂皇的言語，唯有二哥信吧。

二皇子生於皇后同皇帝關係尚可的年月，自然同皇帝的感情非同一般。

六皇子在七、八歲時就被扔到西北外祖父家，心裡難免對父皇有些隔閡，更何況離開皇宮遠了，眼睛才不會被拘禁起來，聽到得更多、知道得更多、想到得更多，於是越發寒心。

尤其皇上這幾年來對於外祖父家的種種誣衊和削除權力，身在西北的六皇子可以說是親身經歷，慘不忍睹。還有他記憶裡四哥哥的死……

皇后的目光投向了歐陽穆，歐陽穆心領神會地點了下頭，道：「南寧其實根本沒多少安王餘孽，皇上不過是不放心才令我親自前去，怕是沒幾日就可以平定，你還是留在京中等我，多多陪陪父母、兄弟，怕是待不了多久就又要啟程回西山軍營了。」

六皇子一向最聽歐陽穆的話，此時歪著腦袋想了片刻，道：「那好吧！你們快些回來，京城太過無趣，父親給我請了好幾個大學士管著我，實在是無趣透頂。」

「身為人子，怎麼可以對長輩不敬？」二皇子又插話了。

歐陽穆垂下眼眸，六皇子不屑地撇了撇唇角，說：「皇兄，你剛剛不還說要去看望一下祭酒秦大人的孫兒嗎？我剛才聽人說他已經醒了，要不然你過去看看，傳達一下燦哥兒向對方的慰問。」

歐陽燦打了人，讓皇子去慰問，夠可以了吧！

皇后思索片刻，道：「我剛才已經派人過去看望，如今太后醒了，怕是還要安排一撥人過去，你也一起去看看吧！這事兒畢竟燦哥兒不占理，我們在大道理上應該認錯。」

二皇子點了下頭，恭敬道：「孩兒也覺得這事兒是表侄的錯，不管發生什麼，君子動口不動手，世間事情都應該先講道理，以理服人，而不是動不動便拳腳相向。」

歐陽穆挑眉，拉了一下又要說話反駁的六皇子，偷偷搖了搖頭。六皇子本就同二皇子不親近，他不想六皇子在他們面前過多維護歐陽家，反而令二皇子更加親近不起來。如今皇帝怕是巴不得他們兄弟二人鬩牆，歐陽家自個兒內部出現問題。

六皇子在西北生活慣了，完全繼承了歐陽家護自家人的性格。不管歐陽燦對或者不對，他們自個兒人可以說，卻無法允許外人多說什麼。再說不就是個女人嗎？照著六皇子的意思，他們家燦哥兒看上梁希宜是梁希宜的福氣，在這兒矯情來矯情去有什麼意思。

這件事情鬧到最後，雖然連太后都認為燦哥兒不應該胡亂打人，但是梁希宜如此不留情面地拒絕燦哥兒，在他們看來就是欺負自己家的孩子！

第十五章

四月中旬，定國公府的大老爺被人參了一本，說是北方一處養馬的畜牧場鬧了瘟疫，太僕寺兩位少卿都被皇上訓斥，勒令停職回家反省。一時間，定國公府愁雲滿布，梁希宜心裡清清楚楚，這不過是歐陽家在故意為難大伯父，給歐陽燦出氣而已。

她心裡不會太過悲喜，但是怕祖父傷心，平日裡整日陪在祖父身邊。

秦甯桓的傷勢已無大礙，之所以會昏迷不醒是因為打架時被推倒在地，磕到了額頭。還好多是皮外傷，沒多久便已經痊癒。關於此次事件的原因大家都閉口不提，秦家似乎還有同梁家結親的意思，秦甯桓還在養病期間給梁希宜寫了一封長信，除了談論傷情之外，最後寫到：

聽聞歐陽家小公子怒火攻心的緣由，竟是妳思念我、喜歡我，我亦甚是歡喜。

梁希宜讀到此處只覺得眼眶發脹，有些濕潤起來。近幾日她壓力巨大，感受到眾多異樣的眼光，胸口彷彿堵了一道悶氣，無處發洩。此時看到秦甯桓故作輕鬆的口氣，如沐春風，有一股暖流湧上心田，不由得唇角噙住幾分笑意。

這個不要臉的傢伙，傷勢都已經如此，還敢拿自個兒打趣。

她合上了信封，放入百寶盒子裡。

由於大夫人秦氏的兄長在吏部工作，掌管官員調度，被停職的大老爺倒也識趣，整日裡留宿秦氏房裡，企圖讓舅爺幫忙說情。整整一個月過去了，居然傳來秦氏懷孕的消息。

梁希宜望著大夫人紅光滿面的容顏，真心希望她可以一舉得男。這樣大老爺估計就不這麼折騰了，她爹也能不異想天開，企圖讓兄長過繼自個兒兒子，大家相安無事最好啦！

四月底，南寧傳來安王餘孽平亂大捷的喜訊，皇上尚不及賞賜歐陽穆，就有人將靖遠侯府縱容家裡小公子，毆打朝廷命官之子的事情重提，企圖蓋住歐陽家原本的功績，朝中眾人熱議。

隨後，南寧再次傳來活捉此次叛亂的主謀——自稱安王庶子的黎孜英，並且把他送到了京城，於是皇帝一陣頭大，朝中重臣為了如何處置黎孜英展開了激烈的爭辯，歐陽燦的事情彷彿滄海一粟，被眾人遺忘了。

如果殺了安王庶子黎孜英，未免有骨肉相殘的輿論導向，日後提起來難免會說皇帝無情，更何況現在皇帝已有些年紀，不願意殺人，尤其是親人，於是無奈中採取了幽禁的處置。心裡暗罵歐陽穆不懂事，直接在南寧殺了不就得了，弄出這麼多事情來。

五月底，歐陽穆在世子夫人三番兩次的來信催促中，率先帶著歐陽燦啟程回京。歐陽燦這兩個月下來皮膚曬得黝黑，更顯得一雙炯炯有神的大眼睛明亮清澈。

抵達京城後，城門口的禁衛軍一看是歐陽家的子弟，立刻恭敬行禮，迅速將擋在路中間的柵欄搬開。周圍百姓不時抬眼望了過去，這年頭敢在大街上騎馬的人非富即貴，但是像這般英俊高挺卻又隱隱帶著幾分貴氣的少年卻是鳳毛麟角，於是忍不住佇足觀望。

兩個人抵達靖遠侯府的時候，發現世子夫人已經在外面候著，她一下子撲到歐陽燦的面前，兩隻手不停摸著兒子的臉頰，擺正了仔細查看，心疼地感受著兒子手腕處變得粗糙的痕跡，淚水順著眼角流了下來。

歐陽燦頭皮發麻，不時向歐陽穆使眼色，最後兩個人勸了世子夫人半天才得以進入侯府。

晚飯後，歐陽燦熬不過娘親再三的嘮叨，逃命似地飛奔回屋子悶了起來。他打開自個兒的包裹，倒出了所有在南寧攢下的小玩意，一一篩選，琢磨著梁希宜會喜歡什麼。

歐陽燦將玩意兒整理好，但是轉念一想，不管他準備什麼，梁希宜都不會喜歡的，整個人一下子又變得低沈，萬念俱灰。

在南寧時，歐陽穆找了幾個曾經玩在一起的朋友帶他上了煙花之地，妖嬈美女眾多，也有故作清高的，更有看起來十分純情的少女，但是他就是對誰都提不起半點興趣。見的女孩子越多，反而越是忍不住拿她們同梁希宜比較，於是越發覺得她更好看、更爽利，還更冷酷無情。反正不管梁希宜在別人眼裡多麼的差勁，都敵不過他自個兒樂意喜歡。

歐陽穆總說他一個大男人有什麼拿不起放不下的，但是唯有歐陽燦自己清楚，他現在拿得起、放得下的就剩下筷子了。

嘎吱，屋門被推開，歐陽燦尷尬地回過神，對上了兄長無奈的視線。「哥！」

歐陽穆沒說話，盯著桌子上被歐陽燦包裹整齊的一件件禮物，一時間也不知道該作何感嘆。感情這種事情，如果自己想不開，誰說都沒有用。

「你不是說再也不打擾人家了嗎？」

歐陽燦一愣，垂下眼眸，無精打采地呢喃道：「我不打擾她，就是看她一眼，把東西送過去。要不然交給白若蘭，就當是她給的好了。」

「那你還想看人家？」歐陽穆無語地盯著歐陽燦。

歐陽燦臉頰通紅，低聲道：「我……我還是想去看一眼三丫頭，然後明天就離開，成嗎？」

歐陽穆皺著眉頭，說：「大伯母不會同意的。」

歐陽燦煩躁地撇開頭，道：「求你了，哥……」

歐陽穆無語地搖了下頭，冷漠的眼在望向他的時候始終帶著憐惜的情緒，說：「好吧！稍後我就帶你去定國公府，不過舉止小心點，別被人發現了，否則那個臭丫頭又會心裡陰暗地胡亂揣測，講出一堆戳人心的話來。」

歐陽燦一想起梁希宜的不講情面，眼眶就莫名發脹，胸口揪心地發疼，他點了下頭，道：「嗯，我有志氣，看一眼絕對就走，也絕對不去找無關人士的麻煩。」

歐陽穆點了下頭，盯著眼前這張稚氣未脫的臉頰，在燭火的跳動下，隱忍不發。

夜幕降臨，歐陽穆同歐陽燦換上夜行衣，偷偷溜進定國公府。

兩個剛剛平定安王之亂的少年小將軍居然回到京城的第一件事情是夜探國公府。

歐陽穆有那麼一瞬間的後悔，這一世他還是第一次為了見個姑娘把自己搞成這樣。歐陽穆心裡嘆了口氣，就當是再允許燦哥兒任性一次吧！他或許真應該同大伯母商量一下，不如讓燦哥兒和他去西山軍營，或者回西北，反正只要不留在京城就好。

梁希宜對歐陽燦影響實在太大了！

大夫人秦氏懷孕以後，為了保住肚子裡難得懷上的子嗣，將管家大權放手交給二夫人徐氏和三夫人李氏。

定國公府果然陷入一片混亂之中，最後還是梁老夫人拍板，由三夫人李氏帶頭，二小姐梁希榴、三小姐梁希宜和四小姐梁希宛協助理家。四人裡，梁希宜脾氣最硬，做事情講究鐵腕政策，不知不覺中成了四人之主，婆子們也不敢得罪她，於是梁希宜變得異常忙碌起來。

進入六月，天氣變得炎熱起來，梁希宜基本上天天都要洗澡。

房間的書桌上堆了一疊厚厚的帳本，考慮到大夫人年底要生了，怕是沒時間管年底的帳單，索性在半年結帳時她徹底都接過來，不明白的立刻去請示秦氏和祖母，防止年底忙亂得不知失措。

她梳洗完後，將長長的髮絲晾乾，梳了起來盤在腦後，手裡拿著筆，對著帳單同夏墨一起做筆記。豢養的小兔子為了勾外面的胡蘿蔔，竟是衝出了沒有上鎖的籠子，在桌子上蹦蹦跳跳，然後被旁邊忽然鑽出來的小狐狸撞了一下，滾了一圈，跌落在墨盒裡，變成了黑胖兔子。

梁希宜一陣惱怒，又無法置兔子不管，命人去倒水給牠洗一洗。

「姑娘，奴婢去給桓桓洗澡吧！」有丫鬟過來接過兔子，闖禍的小狐狸尚不知怎麼回事，見兔子跳進墨盒裡就黑了，自個兒也毫不猶豫地跳了進去，於是梁希宜怒得把牠揪了出來，扔給夏墨。

小狐狸取名為小阿壽，是梁希宜上一世二女兒的名字。

她上一世只有兩個女兒，兒子是過繼而來，所以始終說不上有多疼愛他。原本在和歐陽燦決裂的時候，她想過處理掉小狐狸和肥兔子，但是養了一段時間，又喚那些名字喚習慣了，著實捨不得扔掉，反而越發寵愛起來。

這一世她上有祖父疼愛，下有弟弟維護，沒誰需要她溺愛著，索性把兩隻寵物當成親閨女養了。

小狐狸人精似地趴在丫鬟的肩膀上可憐兮兮地盯著梁希宜，梁希宜不由得莞爾一笑，道：「把木盆就放在院子裡吧，我幫牠們一起洗。」

夏墨笑著應了聲。姑娘真是疼愛這兩隻小動物，不過話說回來，姑娘平日裡除了管家就是寫字，有兩隻小動物陪著解悶也是好事情。

因為梁希宜正式管家，再加上她大部分閒暇時間都是陪著祖父，便將房間搬到了老太爺旁邊的院子獨立居住，不再陪同二房女眷留在香園了。

丫鬟們將木盆放在院子中間，試好水溫同梁希宜稟報。

梁希宜放下並收拾好帳本，做下記號，走出房門，盯著被兩個婆子放在水盆裡泡著的狐狸，不由得失笑出聲。狐狸毛遇到水後，緊緊貼在了小狐狸身上。

小狐狸彷彿去了一層皮，一對渾圓渾圓的黑眼珠特別明顯。

梁希宜挽起袖子蹲了下來，將溫水輕輕地擦拭過牠的身體。那雙墨黑色眼珠露出的膽怯神情，像極了她上一世的二女兒阿壽，出生在她同李若安感情最差，卻是鎮國公府最為輝煌的年月。

關於歐陽燦同皇家的那些記憶彷彿不曾發生過，她根本沒有去關注安王之亂的事情，雖然偶爾聽下人們追捧歐陽家的小將軍是如何英勇無比、英俊瀟灑，與她都是無關緊要的事情。

梁希宜的心思很簡單，只想找個祖父喜歡的普通人，嫁個普通人家踏實地過完餘生，所以她並不清楚歐陽燦已經回到京城。

歐陽穆沒想到會看到梁希宜如此溫情的一面，立刻暗道不好！

果不其然，歐陽穆回過頭，發現身後的歐陽燦完全看癡了！他的視線目不轉睛盯著遠處笑盈盈的梁希宜。她穿著最為樸素的白色長裙，綢緞般的墨黑色髮絲很有質感地盤在腦後，露出了小巧的耳垂、堅挺的鼻尖，和一雙宛若夜空裡燦爛寒星般明亮的眼眸。

歐陽燦的呼吸變得急促起來，歐陽穆擔心他發出聲音，右手捂住了他的鼻息，往後輕輕一拽，帶著他躍到了旁邊的牆上，低聲道：「穩住！」

歐陽穆可無法接受自個兒一世英名被毀，最後傳出爬出牆頭的傻事兒。

他真是腦子一時傻了才會同情歐陽燦，從而任由他來了這裡，什麼只看一眼，全是狗屁。在梁希宜這件事情上，歐陽燦就是沒有原則、沒有誠信的代表。

梁希宜似乎給小狐狸洗完了，拿著一塊布將牠包裹起來遞給夏墨。

墨憂手裡裹著小兔子，說：「姑娘妳不管桓桓啦，這傢伙剛才可不老實呢，八成是清楚娘親居然只顧著小狐狸，而不管牠了。」

歐陽穆渾身微微一震，墨黑色的瞳孔深深一縮，心口莫名發疼，手一顫不由得加大手勁攥住了歐陽燦的手腕。歐陽燦好像也受到什麼刺激，渾身顫抖起來。

歐陽穆這才反應過來，所謂桓桓和他記憶裡的桓桓不同，怕是暗指秦家二少爺秦甯桓吧？他竟是渾身冒出冷汗，真是奇怪，他在震驚什麼又在害怕什麼，不過是一個名字而已。

梁希宜給小兔子起名秦甯桓的字，一切順理成章。

他握住情緒不穩定的歐陽燦的手腕，眼神莫名地又掃了一眼梁希宜。

她正抱起小兔子，輕輕地放在嘴邊，使勁親了一下，她的動作極其自然，怕是平時就是如此同兔子相處。她對待一個畜牲都可以做到如此平和，為何就不能包容燦哥兒呢？

梁希宜抱著兔子回來屋內，吩咐丫鬟們幫桓桓換了新鮮的草墊褥子，放入籠子。她平時不太關著桓桓，雖然放入籠子裡，但是籠子的門都不上鎖。

梁希宜親了親桓桓，又抱了抱阿壽，吩咐夏墨熄了燈，上床睡覺，明日又是如往常的一天，但是梁希宜享受每一日陪同祖父，寵著桓桓、阿壽的輕鬆生活，偶爾還會接到秦甯桓的書信，她當個樂子欣賞，又暗自對他故作輕鬆的調侃有些感激。這世上有幾個女孩可以在婚前同未婚夫相見呢？她實在是比大多數女孩子都要幸福萬分，所以她很知足，越發孝順祖父，希望他安享晚年。

歐陽穆見梁希宜睡了，就拉著完全拎不清楚自個兒在幹什麼的歐陽燦離開了定國公府。

城東昏暗的街道空無一人，明黃色的月光傾灑而下，將兄弟二人的身影拉得特別長。

歐陽燦不情願地邁開腳步，每一步都走得那般沈重，他突然停下，低聲道：「哥，我……我還是不能放下梁希宜，你能不能幫幫我？」

他抬起頭，倔強地看著歐陽穆，眼底是亮閃閃的淚光。

歐陽穆微微一怔，目光幽深地凝望著眼前稚氣的臉龐，思緒卻莫名回到了第一次見到梁希宜的時候，她盯著自己，一副震驚錯愕的容顏。

她，真的沒見過他嗎？

不知道為什麼，在面對歐陽燦的請求時，他竟是無法很確定地點頭。

他同梁希宜第一次見面，她就很肯定地認出他，但是他很確定自己不曾見過定國公府三小姐，不過，考慮到歐陽燦和白若蘭同梁希宜的關係，倒是不排除梁希宜可能會從白若蘭那裡得知他樣子的可能。

然而，梁希宜懂得陳諾曦外祖家特殊的刺繡手法，雖說這種手法稀奇卻不是陳氏外祖家獨有，倒也可能來自其他途徑，可是除了這一件巧合，她那葡萄乾醬的特殊用法竟也與前世的妻子如出一轍……而這一切竟都發生在一起，意味著什麼？

歐陽穆渾身一震，根本不敢繼續深思下去。怎麼會呢……

他望著歐陽燦乞求的目光，沈聲道：「回去再說，明日還要進宮呢。」

歐陽燦點了下頭，呢喃道：「若是我去求皇上呢。我娘一直想為我尋門得力的親事，盯住了禮部和吏部大官家的嫡出女兒，皇上一直未能許諾，若是我去求姑爺爺想要娶梁希宜，他應該會許了我吧。畢竟如今定國公府現在就是個空架子，唯一有官職的世子還在停職反省中。」

歐陽穆微微一怔，抿住嘴唇冷冷看著他良久，才淡淡地說：「還是先別提了，你若是用強權逼迫梁希宜嫁給你，同最初又有何區別，你不是希望她樂意嫁給你嗎？」

歐陽燦皺眉，低頭懊惱道：「可是大哥，你前幾日不是說過她肯定不會喜歡我的，所以我若是真沒了她就活不了，不如同皇上請旨，娶她算了。」

歐陽穆說不出來心底到底在刻意躲避什麼，彼此沈默地對望了一會兒，決斷道：「此事先放在一旁，容我想想再說，況且，你總是不能不顧伯母的意見，就任意行事吧。」

歐陽燦還想再說什麼，見歐陽穆已經有了決斷，鼓著臉一路跟在他的身後回到府邸。

此時的歐陽穆心裡有些煩躁，洗了個涼水澡，讓自己清醒一些後，他躺在床上，平靜地回憶著遇見梁希宜後所發生過的種種事情，若是單純從性格來說，梁希宜倒是有一些陳諾曦骨子裡的影子，都是那種外表柔弱，實則倔強，原則性極強的女人。

可是……這種事情怎麼可能呢？

他的靈魂重活於世，所以李若安死了。他特意查過李若安死亡的時間，同他甦醒的時間基本吻合，那麼現在陳諾曦活得好好的，梁希宜就不可能同她有關係啊！

天啊，他到底在幹什麼？怎麼可以因為幾個莫名的巧合就變得心神不寧？

可是，如果上一世的陳諾曦重活於世……而這可能嗎？一股說不出來的喜悅情緒占據了歐陽穆的全部心思，若是可能的話，那麼他這一世就當真無憾了。

他對陳諾曦的感情早就超過世間的任何一種情感，他懷著對她濃濃的愧疚自盡身亡，懷著對她無比的眷戀想要娶這一世的陳諾曦為妻，然後庇護在羽翼下好好照顧，他懷著對她無盡的思念度過了無數寂寞的夜晚，到底是一種什麼信念支撐著他走在這裡？

陳諾曦對他來說不只是愛人，也不只是妻子，而是他的心肝、他的命啊。

歐陽穆無論如何都無法入睡，他必須搞清楚這件事情，否則一輩子都難以安心。他從懷裡拿出帶著他體溫的陳諾曦雕像，輕輕地撫摩，她真的存在嗎？他人生唯一的念想，他的妻子……

歐陽穆睜著眼睛想了一夜，腦海裡、耳邊全是前世妻子的一顰一笑。陳諾曦的樣子同梁希宜不停重合，揪著他心口泛著莫名疼痛。

有一點點期望，又多了莫名的擔憂，如果一切成空，他倒是希望自己不曾期望過什麼。

清晨，他把自個兒悶在屋子裡不吃不喝，渾身上下都被這件事情折磨著。

桓桓……

他快呼吸不了，若是探索背後的真相後，他承受得起再一次擁有，或者失去的感覺嗎？

上官虹發現歐陽穆似乎變了個人，什麼都不關注，卷宗也不再看了。終於在第六天忍不住闖了進去，發現主子邋遢得不像個樣子。

歐陽穆心不在焉地盯著他，突然說：「上官虹，你去查一下定國公府三小姐的所有資料。越詳細越好，尤其，五年前可是發生過什麼特別的事情。」

上官虹點了下頭，猶豫地拿起另外一本冊子，說：「這是陳諾曦近兩個月的所有行蹤。」

歐陽穆嗯了一聲，沒有仔細審閱，而是放在桌角沈思了片刻，道：「還有，定國公府三小姐似乎要和秦家二少爺秦甯桓議親，幫我查下他們第一次見面是在哪裡，是否有很多的交往，到底進展到了哪一步？」

上官虹點頭稱是，目光不由得同旁邊的公孫陽對望了一眼，納悶大少爺怎麼突然對定國公府三小姐感興趣了，是為了歐陽小公子嗎？但是怎麼早前不見他關注對方呢。

歐陽穆的指尖敲打著桌角，又想起什麼，道：「定國公府三小姐身邊有隻兔子叫桓桓，這應該是之前在西郊別院燦哥兒給她抓的，我一直不明白她為什麼給牠起名叫桓桓，尋一下定國公府裡面的眼線，我想知道她是那時候就同秦甯桓有私情了嗎？」

上官虹目露詫異的神色，難道連一隻兔子都要查嗎？人家姑娘要議親的人叫做秦甯桓，養的兔子起名叫桓桓，這還需要查啊？

歐陽穆始終無法鎮定下來，總覺得有什麼遺漏的地方，再次囑咐道：「問問白若蘭身邊的丫鬟，她到底和梁希宜提過我沒有？這個很重要，實在不成你就親自去問白若蘭！」

上官虹一怔，讓他去應付肥若蘭，不要這麼殘忍好不好……

大少爺真是想起什麼是什麼，說要就要。五年前說非陳諾曦不娶，然後就真的不搭理駱家婚約，那麼此時怎麼又開始打聽定國公府的三小姐了？

歐陽穆深吸口氣，還是覺得哪裡不對，他心神慌亂，怕是一日沒有結果，一日無法正常做事情。

歐陽燦同樣頂著黑眼圈走了進來，道：「哥，你還沒換衣服啊？」

歐陽穆愣了片刻，這才想起還要進宮的事情，他有些意興闌珊，什麼論功行賞、平安王之亂，都變成浮雲，對於他來說一點意義都沒有，即使如此，他還是換了一套衣服，跟著世子夫人進宮了。

歐陽穆同歐陽燦先是去榮陽殿聽太后說話，然後去皇后的寢宮，皇上也在那裡等候，笑呵呵地誇獎他們二人，卻未提要給予什麼賞賜。

六皇子見到歐陽燦同歐陽穆回京，立刻展開笑顏，整個人快要掛在歐陽穆的身上，抱怨道：「咱們什麼時候回西北？我都快被二皇兄那個老學究煩透了！」

歐陽穆想起梁希宜的事情，決定暫時不回去了，道：「按理說是六月中旬以前啟程，要不然你和燦哥兒先走，我有點事情要留在京中。」

歐陽燦愣了片刻，說：「哥，你怎麼突然有事情了，那天還說急著回去呢。」

此時此刻，歐陽穆最不願意的就是面對歐陽燦，索性悶聲道：「臨時出了點狀況。」

六皇子立刻恍然大悟，道：「又是關於陳諾曦的吧？你不在的日子裡，她可是同我二哥還有五哥走得很近，考慮到她爹的身分，怕是賢妃娘娘有意讓她做五皇子嫡妻呢。這事兒你怎麼想的，母后目前沒出手呢，我感覺她不太看得上陳諾曦。」

這一世陳諾曦的性格同上一世完全不同，很是高調，又同皇子走得極近。

歐陽穆一時間理不清楚自個兒的心緒，只是敷衍地說：「再說吧，有你愛管閒事的二哥在，五皇子未必就能如意呢。再說五皇子現在可不缺文官的支持，反倒是在軍中沒有任何威望。皇上就算想將陳家清流領頭的威望轉嫁給五皇子，也沒必要獻出五皇子妃這個位置吧，完全可以用賢妃娘家鎮國公府的男孩來聯姻。」

歐陽穆說完話就不由得愣住。如果照此發展，那豈不是同前一世的歷史完全一致嗎？陳家終究是躲不開鎮國公府的姻親，又或者不管誰重活或者死去，歷史都不會發生任何改變。

六皇子一聽，樂了起來，說：「也對，陳諾曦在二皇兄眼裡簡直是天縱奇才，如此巾幗不讓鬚眉的女人怎麼可以便宜了老五那個小子，他肯定會這麼想的，那麼我們反倒不用太過擔心，且讓他們去爭奪，大哥你才可以漁翁得利。」

歐陽穆頭皮發麻，他還真不是這麼想的。

他不知道該如何解釋，索性不再去想，但是整個人始終心神不寧，無法恢復往日冷漠的神態。

定國公府

梁希宜瞅著黃曆，眼看著就要到王煜湘的父親倒楣的日子了。

她吩咐府中管事幫她盯著點最近的國家大事，不久就傳來禮部侍郎王孜劍在上朝時御前失儀，被皇上怒斥而貶官的消息。

她印象裡此次貶官是因為王孜劍得罪了賢妃娘娘，所以王家會沈寂好長一段時間，直到新皇登基以後，才被再次啟用。記憶中的王煜湘在上一世幫助過她，所以梁希宜不管別人如何落井下石，都決定親自去城外送她。她喚來了府中馬車，帶著夏墨到城門口處。

王煜湘從未想過梁希宜會出現在這裡，望著她的目光滿是不可置信。

梁希宜戴著紗帽，遞給王煜湘一封筆墨，是她臨摹的一幅字畫。畫中寓意明顯，一位科舉失敗的故友離開京城，後沒有喪失信念，不甘墮落、奮發圖強，最終獲取了人生圓滿的故事。

王煜湘目光複雜地盯著她，最後道了一句：「謝謝。」

梁希宜點了下頭，輕聲道：「珍重，我的朋友。」

王家稍微打點行囊便急速離開城門口處，他得罪了此時正權傾一時的賢妃娘娘，前來送別的人少之又少，就連王煜湘曾經最好的摯友陳諾曦，也不過是派了人送來東西罷了，沒有親自相送。

梁希宜望著遠處的漫天黃沙，不由得輕輕嘆了口氣，她送走了王煜湘，心中好像了卻一件心事，不由得輕鬆許多。她轉過身打算上車，遠處傳來一陣急速的馬蹄聲，四周塵土飛揚，她眉頭蹙起，捂著嘴巴望了過去，不期然對上一雙冷漠的目光。

膽敢如此囂張的在城門口處騎馬狂奔的人，也就唯有剛剛立下大功，風光一時的歐陽家了！

歐陽穆在家裡思索許久，猛地想起上一世的陳諾曦曾經感嘆過，相交的那些個朋友之中，唯有王煜湘是坦誠相待，在他們落魄之時反而恢復了同她的交往。現在王家受辱遠離京城，若梁希宜是陳諾曦，那麼必定會前去相送。

所以他快馬加鞭追了出來，沒想到果然遇到了梁希宜！

歐陽穆坐在馬上，手腕攏住韁繩拉著馬停了下來，他盯著眼前這陌生的容顏，竟是有一種情怯的恐懼感，一句話都說不出來。炎熱的日光暴曬在他直挺的背脊上，五官分明的英俊面孔不停地流汗，那一顆顆汗珠映襯在陽光下有若帶著光的寶石，刺得梁希宜快睜不開眼睛了。

真是喪氣，出門送個王煜湘還可以碰到歐陽穆這尊大佛。

她以為自個兒擋了歐陽穆出城的道路，急忙戴好紗帽低下頭進入了馬車，不打算同他有任何交流。梁希宜心胸再寬廣也是個姑娘家，歐陽穆上次那個滾字，她怕是記兩輩子也難以忘懷。

一陣嘈雜的馬蹄聲從後面揚聲而來，上官虹帶著一隊親兵追了過來，道：「出了什麼事兒嗎？」

早上歐陽穆明明召集大家聚在一起說有要事商量，然後莫名地好像想起什麼就跑了出來。

眾人有些措手不及，留在屋裡等候大少爺，沒想到大少爺一去不復返。眾人驚覺主子是不是發生事情，一路追趕出來，沒想到在城門口處看到停下來發呆的歐陽穆。

兩旁的商戶小販見眼前都是人高馬大的軍爺們，急忙收拾攤子，躲在旁邊，大氣不敢喘一聲。

歐陽穆沈默不語，目不轉睛盯著梁希宜的馬車平靜掉頭遠去，然後變得越來越小，消失在街道盡頭。

上官虹微微一怔，舔了下嘴唇，小聲道：「要追過去嗎？大少爺尋定國公府三小姐有要事相談？」

歐陽穆回過神，冷冷瞪了他一眼。「誰也不許擅自妄為！」

他不再是上一世的毛頭小子，感情這種事情，總要徐徐而圖之，他有一輩子的時間同她耗著。

他垂下眼眸，深邃的目光蕩漾著莫名的情緒，忽地啟口說：「上次查的事情如何了？」

上官虹愣了一下，道：「資料都放在書房裡了，大少爺現在就可以回去審閱。」

歐陽穆點了下頭，胸口暢快極了，兩腿一夾，甩鞭子揚長而去，唇角忍不住微微揚起，真是，眾裡尋他千百度，驀然回首，那人卻在燈火闌珊處！上天果然憐他，待他不薄呀！

歐陽穆頓時覺得意氣風發，一回到府上就直奔書房，翻看資料仔細閱讀，果然不出所料，梁希宜在六年前陪同祖父入住東華山，五年前遭遇雪崩奇跡般救活，原本柔弱的身體反而越來越健康了。

歐陽穆一點一點審閱裡面的記錄，生怕錯過一點梁希宜成長的細節，簡直是越看越激動，在看到兩隻寵物一隻叫桓桓，一隻叫阿壽的時候，他平靜無波的眼底再也無法控制地流下了淚水。

他們的桓姊兒、阿壽，這一世終於有機會再次團聚。他可以沒有兒子，但是一定會有兩個女兒，他會好好為妻女建築起堅固的堡壘，誰也無法輕易闖入。

當然，目前首要解決的問題是，秦家已經正式將提親提上議程，打算交換庚帖了。

歐陽穆垂下眼眸，原先的空殼子陳諾曦他都不打算讓給別人，更何況是找到了此生苦苦追尋的真正媳婦。他不會像燦哥兒般意氣用事，卻絕對不會讓梁希宜嫁給秦甯桓及其他男子。

他不介意梁希宜是否變心愛上誰，他根本沒指望梁希宜可能愛上他，他就是執著地想守護她，為她遮風擋雨一輩子，否則他活著這輩子有什麼意思嗎？還不如變成一抔黃土，撒在她前世的墓地旁邊，隨風流逝。

在他看來，秦甯桓一個小書生能有多少定性？這門親事又不是他娘看重，而是秦老夫人安排的，梁希宜嫁過去早晚會受婆婆的刁難，待小書生同梁希宜情分淡了，她也不會幸福的。

得到一個人的方式有很多種，他不再是李若安，不會像上一世那般單純幼稚，今生一切都重新開始，他有決心、毅力，充分的準備擄獲梁希宜的全部。他同秦甯桓不一樣，他不用考慮任何人，不在乎科舉、無視皇權，對於家族之心都十分淡薄，他的生命裡，只刻著上一世關於陳諾曦的一切，他的眼裡、心裡，有她的存在就足夠了。

至於歐陽燦，歐陽穆則微微有一點愧疚的。但他重活一世便是為了補償前世的陳諾曦，所以誰也無法阻擋他悶頭走下去，哪怕這是一條黃泉路，他也會毫不猶豫往下跳，在萬丈深淵、披荊斬棘中，風雨無阻地獨自前行。

他曾經以長劍穿胸，親手結束自己的生命，還親眼看著鮮紅的血液浸染前世妻子素色的衣衫，他不怕死，更不怕疼痛。

他對愛人的心比誰都堅定，真正的陳諾曦活著，這便是他心底前所未有巨大的慰藉，他也因此變得無所畏懼。

此時，上官虹在門口等了半天，副官公孫陽過來催促數次，主人原本吩咐的商討事宜到底是否如期進行，能否給個明確答覆！

上官虹猶豫半天，頂著巨大的壓力叩響了木門，決定進入屋內稍微打擾下悶不吭聲的主子。

他前腳剛剛邁了一步，沒想到一抬頭，映入眼簾的竟是少主臉頰上掛著淚痕。他真是瞎了眼才會在這種時候貿然撞入……

歐陽穆彷彿什麼都沒有發生，眼底霧濛濛一片，淡淡地說：「你坐過來，我有事兒要問。」

上官虹戰戰兢兢地坐在他的書桌對面，琢磨如何立刻閃人離開。此時大少爺明顯氣息紊亂，情緒異常，傻子才會認為有什麼話題值得商討。

「我要查下秦家大少爺秦甯桓，他有幾個表姊妹，可是有關係極好的？我記得他娘親王氏同白氏三房的某個舅母是姊妹？他娘親如何，可是有心儀的未來媳婦人選，等等七零八碎的迅速幫我整理，明日拿過來。」

上官虹毫不猶豫地點了下頭。

「還有，無須再查梁希宜了，誰都不許去打擾她，權當沒這個人便是了。」歐陽穆不想打草驚蛇，如今他同梁希宜的關係交惡，已經是差得不能再差了。

想起上次自個兒對她發怒，歐陽穆恨不得抽死自個兒。此時的歐陽穆立場已改變，也頓時看清了這整件事情，明明是歐陽燦糾纏梁希宜，難道還不能允許她拒絕嗎？

歐陽穆忽然想起什麼，啟口道：「秦甯桓應該是有通房丫頭吧？」

上官虹快面露愁容了，大少爺到底是喜歡陳諾曦，還是梁希宜？又或者他們一直搞錯了，秦甯桓才是他的真愛，如今連秦甯桓的娘親和表妹們都不放過，一定要查個底朝天！

夜晚時分，幾匹快馬從城門入城，一名英姿颯爽的少年帶著兩個小兵抵達靖遠侯府，汗水順著黝黑的臉頰流了下來。

這名少年先去給世子夫人請安後，朝著歐陽燦說：「大哥呢？聽說你有喜歡的人啦！」

他身材高大，面容同歐陽穆有些相似，繼承了歐陽家典型稜角分明的俊朗容顏，但是一雙眼睛細長，習慣性彎起來，比歐陽穆多了幾分讓人親近之意。

這次來到京城的是靖遠侯府二少爺，歐陽岑。他比歐陽穆小兩歲，虛歲十八，妻子是西平郗氏嫡出女兒，小倆口正是濃情愜意之時，成親不到一年便懷孕了。為了保證靖遠侯府第四代能安然出生，靖遠侯老夫人吩咐孫子按照規矩同妻子分房而居，歐陽岑索性領了這次的差事來到京城跑腿，順便看望大哥和幼弟。

歐陽燦情緒一直很低落，尤其是娘親白容容對梁希宜的厭棄，讓他特別為難。

聽說自從他和大哥去南寧平亂，娘親便生了一場大病，還同皇后發下狠話，若是她敢依著他的性子，同皇帝請旨賜婚，她就立刻出家……

打過招呼之後，兩人來到後院找歐陽穆。

因為忙於整理資訊，歐陽穆自始至終就沒離開過書房，全心琢磨著如何讓梁希宜願意嫁給他，還樂意生下桓姊兒和阿壽，然後一家人團聚過上幸福的生活。這已經成了歐陽穆此生奮鬥目標，他不允許出現任何偏差。

上官虹見到歐陽岑，詫異地說：「二少爺，你怎麼來京城啦？」

歐陽岑撓了撓後腦，笑道：「上官大哥，祖父讓人給大哥信兒，我閒著就來了。反正也好久沒見大哥，怪想他的，哈哈。」

上官虹年方四十，雖然是歐陽穆的下屬，同時也是看著他長大的長輩，不由得目光露出慈祥的神色，道：「二少爺最是讓人放心，聽說二少奶奶懷孕了，真是我靖遠侯府的一大喜事。」

歐陽岑靦覥一笑，說：「我還想親自同大哥說，看來已經有人報備過了。」

上官虹情不自禁地大笑起來，道：「你們稍等一下，我去通知大少爺。」他回想起歐陽穆此刻的模樣，為了維護他在弟弟們面前的形象，還是通報一下吧。

歐陽岑一怔，想到或許大哥私下有什麼要件，倒是沒有攔住上官虹。

他右手耷拉在歐陽燦的肩頭，道：「你個小東西，怎麼可以為了個女人把大伯母氣成那樣？」

歐陽燦紅了臉頰，心裡有些不好受。「你們幹麼都說我小、我不懂事，可是大哥當年不肯履行同駱氏的口頭婚約，求娶陳諾曦的事情，你們就沒人會攔著？」

歐陽岑皺起眉頭，道：「大哥當然跟你不一樣啦，大哥要做什麼肯定有他的理由。」

他們三兄弟早年喪母，凡事習慣以歐陽穆為尊，始終覺得他認為對的就一定是可以實現的。

歐陽燦不服氣地道：「但是我也有理由呀，我喜歡梁希宜，她的好、她的壞我都喜歡！」

歐陽岑搖了搖頭，說：「那你能堅持多久？你認識她才多久？」

「我肯定會堅持一輩子的！」歐陽燦感覺到二哥眼底不屑的目光，再一次受到嚴重打擊。

歐陽岑看到上官虹走了出來，見長兄心切的他懶得再搭理歐陽燦，加速走進了屋子。

歐陽穆因為上一世妻子的重生，心情好得不得了，臉上帶著幾分掩飾不住的喜氣，歐陽岑詫異地圍著他轉了好幾圈，打趣道：「大哥，你看起來氣色不錯嘛。」

歐陽穆冷哼一聲，嘴角噙著一抹淡淡的笑意。

「不會是陳諾曦那裡有什麼突破啦？」歐陽岑壞笑地貼近他，小聲道。他是家裡最為支持歐陽穆娶陳諾曦的人，原因極其簡單，只要是大哥喜歡的，他就無條件支持。

歐陽穆微微一怔，倒是把陳諾曦的事情完全給忘了。

「怎麼？」歐陽岑驚訝地看著臉色有異的大哥，最主要的是他這次提起陳諾曦的名字，大哥不像是曾經那般陷入一種說不出的狀態，而是沒有任何反應，太奇怪了。

「咳咳……」歐陽穆尷尬地咳嗽了兩聲，道：「珍兒身子如何了。」

珍兒是歐陽岑的妻子郗珍兒，乃郗氏三房嫡出獨生女，因為早年喪母親事不太好說，不過他們婚前便偶然相識，私下情分甚深，大哥暗中做了很多工作最終讓他如願以償。兩個人也最為尊敬兄長，郗珍兒又是半個孤女，常以妹妹自居，便常喚她珍兒。

「她身子目前還不錯，可是祖母說府上規矩前三個月必須分房，我就被轟出來了，還給安排了兩個通房，我怕傷了珍兒的心，就跑出來躲清閒了。」

歐陽穆皺著眉頭。「可是父親繼室王氏安排的通房？」

歐陽岑搖了搖頭，說：「不是，她倒是挺老實的。就是祖母最近很不對勁。你這兩年不住在祖宅，不清楚因為三弟的婚事，祖父和祖母及整個宗族都鬧起了彆扭。也不知道祖父腦子哪根筋不對了，竟是讓個賤蹄子丫鬟爬了床，氣得祖母臥床不起，病好後就變了個人似的，嚷嚷給大家都弄通房，省得便宜了小丫鬟。府裡氣氛壓抑極了，珍兒又是身子最不爽利的時候，我只好往外跑寬她的心了。」

歐陽穆無奈地看了他一眼。「祖母歲數大了，你就當也忍不了多少年，別同她計較。」

歐陽岑咧嘴笑道：「放心啦！母親去世後，祖母當年那麼疼我們，我怎麼會真傷了她的心。就是月哥兒的日子是真難過，祖父原本都同意他娶李么兒入門了，但是祖母這麼一病，大伯母又跑到京城不肯回西北，一下子又被延遲了。」

「李么兒就是阿月心儀的女人？」

「是啊，長得是挺好的，就是……怎麼說呢，太小家子氣了。動不動就哭，祖母病了以後她差點上吊自殺，著實沒有一點大局觀，日後哪裡能做得了宗婦啊，所以宗族裡的長老都不同意月哥兒和她的婚事，祖母也是這個意思。月哥兒是大伯父嫡長子，靖遠侯府的爵位早晚屬於他的。」

歐陽岑屬於嘴下留情的性子，他都如此評價李么兒，可見這個女人當真麻煩至極。

「那祖父怎麼就同意了？」歐陽穆皺著眉頭。

「祖父也是被逼無奈，月哥兒當時說李么兒懷了他的孩子，祖父就想著先進門再說，反正日後也不是不能休掉，可是誰知道她是假懷孕，祖母得知真相後就堅決認為她品格太差，絕對不能讓月哥兒同她有任何牽扯。可是祖父都同意了，還知會了幾位重量級老友，兩個人都堅持認定自個兒才是為了靖遠侯府的門面好，於是就變成了現在的結果！」

歐陽穆一陣惡寒，靖遠侯和夫人這麼多年夫妻都不曾如此吵嘴，沒想到一個李么兒就讓他們兩個人折騰成這個樣子，難怪大伯母也是一副堅決不能接受的樣子。

還好定國公府雖然落魄，卻是正經八百的鐵帽子國公府邸，梁希宜的教養又是出類拔萃，祖父祖母挑不出任何毛病。至於他爹和繼母，他娘都不在了，爹還管個屁用。

歐陽岑望著心中最為敬仰的兄長，笑嘻嘻地得意道：「歐陽月畢竟沒有個處處為他著想的嫡親大哥，所以現在只能乾瞪眼著急。哈哈，我有大哥，所以我抱得美人歸。」

歐陽穆無語望著一臉臭屁的二弟，不由得笑了起來，囑咐道：「正巧我這裡好多公文，最近忙得脫不開身，你來應付吧。」

歐陽岑一陣頭皮發麻，他明明是來散心的好不好！

「對了，舅舅還來信催你回去西山軍營呢。」

歐陽穆一愣，思及嫡親的四弟歐陽宇。「哦，咱們家小四該出去歷練歷練，讓他替了我的官職吧，我最近這幾年怕是要忙其他事情。」

歐陽岑瞪大了眼睛，不可置信地說：「什麼事情那麼神神秘秘的呀？」

歐陽穆搖了搖頭，並未多說。送走了自家兄弟後，歐陽穆整天也不知道忙些什麼，反正就是悶在屋子裡不肯出來，誰都不見。

上官虹動用了手下所有人馬，總算將秦甯桓周圍姊妹情況打聽得一清二楚，就連母親王氏的家族也分別記錄下來，供歐陽穆參考。

秦甯桓，年近十七，通房兩個，其中一個有過落胎紀錄。

不過根據秦家家規，少爺們娶妻後會將兩個通房都打發走。如今的兩個通房同秦甯桓感情一般，到時候怕是不會留下，全部遣送出去。嫡親表姊妹六人，他同大姨母、二姨母家的兩個表妹關係最為親近，據說王氏曾想過讓兒子娶其二姊的長女為妻，後來又嫌棄對方門第低，從而作罷。

王氏大姊的夫家親戚嫁入鎮國公府的旁支，如今鎮國公府嫡出三房、四房分別都有待嫁女數名，在出了歐陽燦同秦甯桓打架的事件後，她們通過王氏大姊對王氏表達了善意，王氏也略有動心，尤其在定國公府大老爺被停職後，往大姊家走動略勤。

歐陽穆啪的一聲摔了一下手冊，秦甯桓這不是吃著碗裡、盯著鍋裡的嗎？

定國公這是給梁希宜挑的什麼婆家，光看這個王氏，梁希宜嫁過去也是受欺負……歐陽穆更堅定了自己非娶梁希宜不可的決心，反正誰都不會比他能夠完全對妻子守身如玉、死心塌地的。

歐陽穆十分清楚，他比秦甯桓、歐陽燦的優勢便是他有一顆不論發生什麼事情、不論面對什麼人、不論身處何等境地，寧可赴死，也會始終堅定支援梁希宜的真心。

這世上，任何人想成就任何事情，首先要具備足夠的實力。

他有出身背景、有能力，還有兄弟親兵，不久之後的黎國內亂，他是唯一可以護得住並且不求回報守護定國公府的人，他相信，梁希宜早晚都是他的人。

他仔細評估現在的情勢，以他和梁希宜現在的關係及曾經發生的種種劣跡來看，她絕對看不上自己，為了不讓梁希宜對他生厭，他只好忍住一腔熱情，繞著梁希宜走路，然後默默地關注她、護著她、看顧她，期待最終的一擊制勝。

現下雖不宜直接出擊，他卻也不會坐以待斃，他不會允許其他人窺伺自個兒的獵物，於是打算從梁希宜周邊入手，讓別人沒機會娶走梁希宜，那麼她便只能是他的。

歐陽穆在等一個機會，等一個讓梁希宜無法拒絕、定國公必須接受自己心意的機會。

第十六章

大夫人秦氏為了保胎，大熱天仍悶在屋子裡完全不出屋。

大老爺對她這一胎十分上心，爵位繼承這件事，如果可以有名正言順的嫡子是最完美的。他以前反感大夫人的主要原因就是她生不出嫡子，還不願意過繼他的庶子，如今秦氏要是真給他生了兒子，哪怕看在秦氏在吏部任職的二哥面子，他都會同她好好過下去。

關於此次丟了官職的原因，他通過疏通打點，再三考證，總算發現了竟是因為得罪了皇后。於是從眾人閒話的捕風捉影中發現，歐陽小公子看上了他們家三小姐梁希宜，還為此同其他人發生爭執，導致歐陽家對梁希宜有些意見，拿他出氣敲打定國公府。

他真是無法理解，梁希宜被歐陽小公子看上是好事情啊，幹麼自視清高的拒絕，然後打了皇后臉面還得罪太后，導致他受池魚之殃。

這一日，被定國公禁足的二老爺同停職在家的大老爺居然聚在一起，喝起了小酒。

大老爺拍了拍二老爺的肩膀，說：「你呀，有福氣，兒子都是嫡子不說，女兒也生得花容月貌，日後定是可以許配個好婆家。不像我那麼倒楣，大閨女與禮部王家的親事已近，沒想到，他們家居然御前失儀，堂堂禮部侍郎被貶到窮鄉僻壤當縣令，我一點光都沒沾上。」

二老爺拿起酒杯一飲而盡，道：「好福氣什麼啊，我媳婦就是個母老虎，只允許我寵幸她安排那兩個醜丫頭，前幾日剛看上了清香樓的七娘子，那七娘子的母親就被她哥哥給揍了一頓，見到我就往外轟，爺給錢都不讓我進門。」

「瞧瞧你那個出息，青樓女子有什麼好眷戀的。」

「有個眷戀的總比沒有好吧！我那些個嫡子沒一個和我親的，閨女就更別說，前幾天不過是多花了點銀子掛公帳，第一個來質問我的居然是我們家三丫頭，她真是不知道她爹是誰了！」

「三丫頭？我覺得你這些個閨女裡面就她最大氣端莊，老太爺和老太太都偏疼她，怕是私底下沒少給你們二房私產吧？」

二老爺一怔，瞇著眼睛盯著哥哥，道：「你又套我話呢！不過實話和你說，給不給我都不清楚，那孩子和我可不親。」

大老爺抿了下酒杯，說：「你真是個傻玩意，連籠絡住自個兒的搖錢樹都不會啊，我可是聽說三丫頭被貴人看上了，我這次官職起復遙遙無期就是你們家三丫頭害的。」

「我們家三丫頭害的？」二老爺呸了一聲，好奇道：「她被誰看上了？哪位皇子嗎？未來登頂的還不清楚是誰，給皇子看上了可未必是好事兒！」

「皇子？」大老爺不屑地揚著唇角，小聲說：「皇子有個屁用，全靠著皇帝一時寵愛而已，唯有真龍天子才可以一飛衝天，其他都是小蟲，能不能活著還是個事兒。」

二老爺嘆了口氣。「從來都是一朝天子一朝臣，現在你閒散在家也未必是壞事情。反正爹也敲打我了，爵位我也不怎麼奢望，你們養著我就成！以後就靠著嫡子、閨女養，反正他們生是我的孩子，死也是我的孩子，不能不管我。」

大老爺盯著平凡無奇的二老爺看一會兒，倒是真生出幾分羨慕的情緒。

老二家的孩子都是從一個娘肚子裡跑出來的，全家力氣可以往一處使。不像他這一房，小秦氏使勁地撈錢啊，反正爵位不是她兒子繼承，能往自個兒小金庫裡多撈點油水，就肯定多撈一些油水。夫人秦氏沒有嫡子，想著反正是個不相關的人繼承產業，使勁給兩個親閨女添妝，她入門那點嫁妝恨不得都給閨女了，定國公府反而成了空架子。

「到底誰啊，你說不說。」二老爺終於不耐煩了，催促道。

大老爺想了片刻，嘴巴附在他的耳後，道：「靖遠侯大房嫡親的小少爺。你沒注意前陣子朝廷上有人參奏靖遠侯管教子孫不嚴，縱容子孫在外面惹是生非，說的就是靖遠侯的幼孫兒歐陽燦。」

大老爺見二老爺一頭霧水，繼續解釋道：「這個歐陽燦對你們家三丫頭一往情深，聽說咱們家同秦家走得特別近，就為此無緣無故揍秦家大少爺一頓，後來為了躲風頭，陪著靖遠侯府的長孫一起去南寧平亂，活捉安王世子，如今鋒頭在京中可是正盛，是許多貴人心中希望的女婿人選呢！」

二老爺沈思片刻，眼睛忽地一亮，道：「真的假的，你是說皇后娘娘嫡親侄孫兒喜歡三丫頭？」

「是啊，我騙你做什麼，再說這事只要稍微打聽一下就知道了。」大老爺停頓了一下，睜大眼睛道：「你不會不清楚父親想把三丫頭許配給秦家吧？」

二老爺撓了撓後腦，尷尬道：「聽了一耳朵，沒太關注，不過要是能搭上歐陽家這條線，我肯定是樂意做歐陽家嫡出少爺的岳丈呀！歐陽家有兵權，現在連皇帝都不敢輕易怎麼樣，皇后娘娘又有兩個嫡出的親兒子，這要是有一個登基了，我這個岳丈豈不是就成了皇親國戚了？」

「對啊，到時候我也能藉著你這個皇親國戚的光，耍耍威風。」

大老爺慫恿著二老爺，說：「咱們府裡虛歲十三、四的丫頭有三個呢，幹麼偏把被貴人看重的三丫頭嫁給秦家呢，老二或者老四都可以嫁給秦家，但是能夠嫁入歐陽家的可就你閨女一個人！」

二老爺心思亂轉，不停琢磨著這事兒的可能性，他的心裡癢癢的，多好的親事啊，一步登天，未來皇帝嫡親小舅子的岳丈大人！這事兒要是成了，別說清香樓的老鴇害怕挨打，就是她被打死了也不敢輕易轟他出門吧！

「那麼大哥，你說怎麼辦才好！父親可是一心護著三丫頭，不會輕易鬆口的。」

大老爺眼珠一轉，道：「歐陽家又不是龍潭虎穴，三丫頭那麼厲害，嫁過去肯定不會吃虧，我們也不算是害了她，不過這件事情不能讓老太爺和你媳婦知道，咱們從長計議。」

二老爺點了點頭，打算看看大老爺想要如何去做，再說歐陽燦也是英俊少年，沒有缺胳臂缺腿，三丫嫁給他說不上什麼委屈，他當爹的人不會真想害了女兒。說到底就是物盡其用，這麼多個姑娘呢，不能浪費他們的婚事嘛。

進入七月，天氣越來越悶熱，定國公梁佐的身子骨不太好，時常呼吸困難，就醫頻繁起來。

梁希宜查看眾多相關醫書，始終找不到特別好的辦法治療氣短。考慮到日漸炎熱的天氣，她決定勸說祖父回到山裡居住一段時間。

山裡人煙稀少，空氣清新，又遠離朝堂亂七八糟的事情，或許可以讓祖父徹底放鬆，安心養病。

梁佐猶豫許久，終於抵不住梁希宜整日哭哭啼啼，以淚洗面地不斷勸說，從而點了頭。

梁老夫人這些日子身子也不太舒坦，又發現夫君的身體也每況愈下，一時間感念夫妻情分，沒有太過瞎折騰，想要帶著三房孫子同梁希宜他們一起去山中休憩。

梁希宜望著老人家和藹的容顏，笑著點了頭，如果祖母陪著，祖父或許能覺得舒坦一些。

另一廂，靖侯府內的歐陽穆聽說定國公要去西郊養病，心情頓時如湧上熱血般興奮起來。

梁希宜自從上次送王煜湘出門一次後，就再也沒離開過府邸，他夢裡好幾次都想要再見她一面，卻始終沒法成行，如今梁希宜竟然主動離開大宅門了，他又怎麼會放棄這個機會？哪怕是遠遠陪著她都好。

歐陽燦自然也聽說了梁希宜出府的消息，一時間沒了頭緒跑來找大哥求助。

歐陽穆頓時愣住，他從來不曾把燦哥兒當成對手，梁希宜對他的厭棄不會比對他少，所以他完全不擔心這一點。

他雖然說不介意梁希宜是否愛他，卻無法眼看著別人對梁希宜動了心思而無動於衷。更何況歐陽燦是他的堂兄弟，哪能整日裡惦記自家嫂子的？

他垂下眼眸，淡淡地說：「這是族內一封私密急件，需要立刻送往西北，岑哥兒被我安排去做其他事情，你跑一趟如何？」

歐陽燦想要拒絕，又不想再做任性的紈褲子弟，他要做頂天立地的男子漢，不能耽誤公事，於是點了下頭，忍不住輕輕呢喃：「哥，我臨走前想偷偷看她一眼再走。」

歐陽穆神色一沈，堅決地搖了搖頭。

歐陽燦咬住下唇，也認為自己太兒女情長，最終垂下頭，選擇立刻啟程。

歐陽穆目光複雜地望著他落寞的背影，輕輕長嘆一聲。一雙粗糙的手掌按住胸口，不停揉搓，這世上他什麼都可以給歐陽燦，唯獨梁希宜，是他讓不起的。

這可是他的媳婦，桓姊兒和小阿壽的娘親，誰都沒資格惦記。

哪怕僅僅是偷看一眼，現在想起來都非常介意！

梁希宜清點行囊，將府裡手頭的活兒同兩位姊妹做了交接。

其實她帶走兩尊大神，國公爺和國公爺夫人後，府裡的事情就少了許多。反倒是為了兩位老人的安全，府裡得力的管事和強壯男丁被帶走大半數。

在一個風和日麗的夏日，他們大清早就出發，估計一個多時辰便可以抵達西郊別院。定國公坐在寬敞的馬車裡，梁希宜在裡面陪著他用早膳，他盯著孫女擺好碗筷，然後把每一種有營養的穀物各取少量，放在他的粥裡，動作小心，隱隱散發著女性的柔和之美。

梁希宜抬頭，正對上定國公懷念的目光，不由得問道：「祖父，這次祖母難得同我們一起，我把你們安排在一處房間吧。」

梁佐愣住，失笑道：「老夫老妻，分屋那麼多年，我們都彼此習慣一個人了。」

梁希宜不認同地皺眉。「人家都說夫妻是老來伴，越是年歲長了越是應該親近，您總是對祖母不冷不淡，祖母才會一心撲在三叔叔身上。這次我看著佑哥兒，您同祖母敘敘舊情吧。」

梁佐無奈地笑了笑，敘舊情？他早已年過半百，長孫都已經娶妻，或許來年定國公府就可以四代同堂啦。回想起自己碌碌無為、韜光養晦的一生，許多曾經出現過的，他以為會無法忘記的面孔都變得不那麼清晰了。

他同夫人劉氏也曾有過溫柔似水的纏綿時刻，那時候剛剛成親，他年少輕狂，劉氏亦花容月貌，身分尊貴。不知從何時開始，他們日夜爭吵，陷入繁瑣的生活之中。

想到此處，梁佐憂心地看向了梁希宜，他自認已經是品行不錯的世間男兒，如今年老回憶起來，都有過風流的人生階段，那麼希宜和秦家二少爺呢？

秦家二少爺會不會也變得同他一般，如此朗朗明白人，卻依舊是要負了髮妻的？

梁希宜搭配好膳食，遞給祖父一個小碗，說：「來，都喝掉。」

她發現祖父心情恍惚，滿面愁容，不解道：「怎麼了，祖父，你心情很不好嗎？」

梁佐搖了搖頭，聽話地將藥膳全部喝光。

梁希宜滿意地揚起笑容，輕快道：「明日起我讓祖母陪您一起吃飯，然後我給希佑講習書本，帶他練字，以免他一個九歲的男孩，還只會抱著祖母哭。」

梁希佑是三房獨子，梁老夫人因為疼愛三老爺，親自教養梁希佑，難免縱容了佑哥兒的性格。這麼大的孩子，因為父親的風流韻事在族學裡受了其他兄弟笑話，就嚷著不上學了。當時梁老夫人心疼他，又考慮著過年就沒送他去學堂，沒想到一直拖到現在，課業停了將近大半年，整日裡只知道爬樹、鬥蛐蛐兒，再如此下去，梁希佑會養得比他爹更無用。

所有嫡出孫子裡面，定國公最看不上梁希佑，但是因為老夫人的偏袒，他都懶得同她較勁說什麼，如今藉著這個機會讓梁希佑徹底脫離梁老夫人的庇護，從而真正成長起來倒也不錯。就是有些太麻煩梁希宜了，他怕孫女受委屈，猶豫道：「這孩子不好管，我怕妳吃力不討好，要不然算了？」

梁希宜是真心希望祖父可以在晚年過得快活，而不是總是心事重重，於是笑道：「祖父，您就放心吧，家裡四十多歲的婆子都嫌我厲害，何況是佑哥兒，他要是真弄不清楚跟我較勁，我就徹底治治他，您只需要幫我籠絡住祖母，我就受不了任何委屈。」

梁佐聽到此處不由得失笑，歸根結柢還是希望他同老太太過得好，他怎麼可能不偏疼梁希宜呢，若不是有這麼懂事孝順會寬慰人的孫女，他估計早就被這群不孝子給氣死了。

過了晌午，太陽高掛天空，定國公府的車隊總算抵達西郊別院。梁希宜戴著紗帽分派活計，催促管事迅速搬運行李，丫鬟、婆子井然有序地跟在後面，服侍主子們進屋。梁希宜昨日就已經派了小廚房嬤嬤同丁管事率先來到別院準備。

如今院子裡早就整理完畢，只是把主人們的東西放好便可以了。

梁老夫人盯著桌子上冒著熱氣的飯菜，心裡對梁希宜不由得看重幾分，凡事未雨綢繆，處理得極是妥當，讓人心裡覺得舒坦，難怪他們家老頭子那麼喜歡這個孫女。

梁希宜望著祖父吃了兩大碗米飯，叮囑道：「旅途勞累，坐了那麼長時間的車子，稍後好好睡個午覺，休息下吧。」

定國公點了下頭。

梁老夫人發現孫女居然把她和定國公安排在同一個兩進小院子裡。最裡面的南北向屋子中間是個敞亮的大廳，大廳兩旁各有一個裡外套間的屋子。最裡面的屋子放的都是大寬床，套間外面的屋子是兩個單床，供值夜的丫鬟使用。

梁老夫人怔了半天，發現丈夫也沒說什麼，她有些害臊，可是又莫名不願意提及，索性進了大廳左手邊的套間（注）躺下休息。

梁佐早就得了梁希宜的囑咐，知道將他和老夫人放在了一個院子，反正他辦公會去另外的書房，不過是住宿而已，倒也不是很介意，所以並未發表任何意見，而是走進右手邊的套間休憩。

梁希佑平日裡即便是午睡都是在老夫人院子裡的，此時見老夫人居然沒搭理自個兒，不由得追了過去，撒嬌道：「祖母，這床好寬，我陪著您一起午睡吧。」

梁希宜皺著眉頭，尚不等祖母回話，道：「祖母年紀大了，你留在這裡會吵著她老人家的。」

梁希佑瞪著漂亮的眼睛，心裡實在不喜歡眼前這個神情肅穆的三姊姊，撇著嘴巴，說：「要妳管，我平時都是在祖母房間裡休憩的。」

梁希宜神情一沈，暗示周圍丫鬟過去服侍小主子，帶他離開。梁老夫人也覺得孫子說話太過嬌慣，梁希宜的要求也不太過分，所以沈默下來。

梁希佑身邊丫鬟們躊躇片刻，還是很給面子走了過去，要知道從年初到現在不過半年時間，因為三小姐管家，有臉面的嬤嬤失去職位的可不在少數，她們幾個普通丫鬟哪裡敢得罪梁希宜。大夫人秦氏年底還要生孩子，可以預見的是未來一年時間內，定國公府可都是三小姐說了算的。

梁希佑見平日裡奉承他的丫鬟們居然不顧情面地要帶他走，祖母也沒有向著他說話，立刻委屈地撇著嘴角，哇哇地哽咽出聲，道：「不要，我要和祖母一起午睡。」

梁希宜抬眼見祖母並未阻攔自個兒，心裡想著祖母好歹出自威武侯府，肯定清楚如此嬌慣梁希佑下去不是什麼好事兒，歸根結柢是心疼孫子罷了，所以才一次次縱容。但是現在她既然沒說話，骨子裡應該是認同她的觀點，那麼她不如放手一搏，徹底從根拔起。

梁希宜親自走到梁希佑面前，她的身形繼承了母親徐氏的高眺健美，高出了梁希佑大半個身子，她的年歲雖然不大，卻儼然有當家婦人的氣勢，她使勁拉住梁希佑的手腕，道：「你如今年近九歲，還纏著同祖母午睡，說出來的話不覺得沒臉面嗎？當年祖父九歲的時候，都已經以一手好字揚名在外，還獲得過先皇讚賞，跪在朝堂上可以堅持一個半時辰紋絲不動，而你此時居然還有臉說離不開祖母，平日耍賴不去上學，在一群丫鬟裡面逗留，哪裡有幾分定國公府嫡出少爺的模樣！」

梁老夫人的目光一怔，不由得回想起自己年少時，聽說定親對象是梁佐時的心情，有幾分雀躍，有幾分期盼，更有幾分傾慕。

他們有過最美好的時光，但是轉眼間，如今都成了半百的老人，梁佐身體近來越來越差，搞不好還會先她一步離開塵世。她的眼底忽地有些發酸，難過異常，年少夫妻老來伴，她就是太過倔強強勢，不懂得體諒退讓，才會同丈夫越來越疏遠起來。

注：與正房兩側相通的房間，一般比較窄小，沒有直通外面的門。

或許是感嘆歲月蹉跎，老夫人沒來得及去注意梁希佑眼底委屈的悲傷，從而什麼話都沒有說。

丫鬟、婆子們習慣看人臉色行事，梁希佑最大的依仗就是梁老夫人，可是梁老夫人居然沒說話斥責三小姐，那麼她們肯定是要聽管家的三小姐的話了，於是駕著梁希佑的胳臂，想要把他弄出去。

梁希佑怨恨地盯著梁希宜，吼道：「妳有什麼資格管我，妳又不是我親姊姊！」

頓時，周圍安靜了下來，梁希宜沈默不語地盯著梁希佑，梁老夫人也很不高興，瞪著孫子。

梁希宜聽見右邊套間有什麼動靜，擔心祖父被吵醒，平靜地說：「我為什麼不能管你？你父親是祖母最寵愛的親兒子，我父親也是祖母嫡出的親兒子，我自然就能管你了！又或者你不認老太君這個親祖母，然後同我撇清楚關係嗎？」

梁希佑徹底被梁希宜繞暈了，同時他也非常後悔剛才那句話，他們還沒分家呢，怕是祖母也極其不高興。梁希宜的聲音特別平靜，平靜到聽不出喉嚨的一絲顫抖，但是明明溫和的言語卻鏗鏘有力，有一種直達人心底的力量。

梁老夫人點了點頭，疲倦道：「佑哥兒，同你三姊姊認錯。」

她還沒死呢，佑哥兒就敢不認他二叔了嗎？再說這爵位早晚是老大的家產，佑哥兒是需要叔伯們庇護的，現在說這種話實在誅心，被人抓到把柄吃虧的是他自己。

梁希佑咬著嘴唇，含著眼淚，在眾人面前極其沒有面子地說：「三姊姊，我說錯話了。」

梁希宜面色沈靜如水，淡淡道：「我們是一家人，所以我心疼你不同你計較，但是在外面可不要如此任性妄為。」

梁希佑聽著這冠冕堂皇的話快要吐死了，他是吃飽了沒事撐著啊，偏要和三姊姊較勁。

眾人一陣沈默，丫鬟、婆子們更是對梁希宜佩服得五體投地！梁老夫人最疼愛的佑哥兒在三小姐眼前都討不到一點便宜，只能忍著委屈著，她們可絕對不能得罪這尊大佛爺。

梁希宜帶著梁希佑離開，來到另外一座兩進小院子，她指著右手邊的三間房，道：「你同伺候你的丫鬟住這裡，我在你對邊，若是有事情可以隨時來尋我。今日車途勞累，我暫且不過問你學業上的事情，你先去休憩，晚飯前過來一趟便是。」

梁希佑一陣頭大，望著眼前並不熟悉的三姊姊，道：「咱們不是來玩的嗎？」

梁希宜望著他紅腫的眼睛，不由得有些想笑，說：「勞逸結合，純玩也沒意思的。」合著不是讓你學習，你是覺得玩也沒意思……梁希佑暗自非議，但是識相地沒敢說出來。

梁希宜根本不在乎他是什麼想法，吩咐丫鬟帶小少爺回房休息，自個兒也打算睡個午覺。日子還長，她總是可以將他扳過來，否則日子多麼無趣？梁希宜的唇角微微揚了起來，生活如此充實呀。

晚飯後，梁希佑在老太君面前一陣撒嬌。梁希宜看在眼裡，默不作聲，小孩子鬧脾氣，反正他不可能在這裡待上一夜。

良久，梁老夫人流露出一絲疲倦的神色，梁希宜立刻吩咐丫鬟收拾，半強迫地把梁希佑帶走。

梁希佑白天在梁希宜手下吃過虧，現在倒也老實，見祖母完全沒有留他的意思，沮喪地跟在梁希宜身後，一同回到梁希宜的屋子。他早就聽說過三姊姊的厲害，沒想到這麼凶。

梁希宜吩咐廚娘做了可愛的糕點擺在小桌子上。梁希佑一進屋子，果然被五顏六色的小動物形狀點心吸引住了，心不在焉地瞄著說：「三姊姊，這是什麼，可以吃嗎？」

梁希宜溫和地望著他，說：「特意讓廚房給你做的，自然能吃了！橘黃色小熊那個是南瓜麵粉裹的，紫色狗狗是糯米豆沙糕，白色貓貓是澱粉砂糖包，你嚐嚐味道，可覺得喜歡？」

梁希佑微微一怔，眼睛明亮得不得了，立刻忘記同梁希宜之間所有的不愉快，靦覥道：「這些點心好可愛，我都捨不得吃了，要不我一會兒拿回去，每天吃一點點好了。」

梁希宜望著他稚氣的容顏，見梁希佑心情不錯，直接道：「你如今在學堂都學些什麼？」

梁希佑愣了片刻，如實道：「先生讓我開始背《大學》了。」

梁希宜點了下頭，沈默片刻，說：「你在別院總不好將功課落下，我琢磨著，不如從明日開始，你每天下午溫習《大學》裡的一篇文章，次日上午早膳後，背給祖父祖母聽，然後三日休息一日，第五日不用背書，下午溫習。之後再循環往復，如何？」

梁希佑頓時呆住，對梁希宜的好感瞬間沒了，不快道：「我不想背書。」

梁希宜一怔，認真道：「祖母心疼你才讓你留在家裡讀書，但是你早晚有一天是要回到學堂，到時候大家發現你學業退步，會不會笑話你呢？最主要的是，你跟著祖父出來，回去居然學業退步，豈不是很丟祖父的臉面嗎？」

梁希佑低著頭，他學業已經很差勁了，還怕更差勁嗎？

梁希宜清楚他因為小叔叔的風流韻事，一直在學堂受親戚家的小孩子擠兌，作為長輩的祖父就算清楚此事，也不好大張旗鼓地說什麼，小孩子之間不都這樣嗎？大人出頭就顯得沒意思了。

梁希佑沈默不語，悶了好久，不情願地說：「我不喜歡讀書，以後再也都不想讀了。」

梁希宜盯著他倔強的臉頰，不由得失笑出聲，道：「你知道嗎，前幾天剛離開府邸的時候，你二伯母私下來尋我，想讓我帶著小弟弟們一同來別院小住，我怕擾了祖父的清靜就拒絕了。所以小弟弟們都特別羨慕你，可以陪著祖父祖母出來住。學院先生也肯定認為祖父對你另眼看待，才樂意帶著你來西郊別院，又不能讓你耽誤功課，自然就是需要親自教導，這麼難得在祖父面前露臉的機會，你確定要放棄嗎？」

梁希佑迷惑地抬著頭，總覺得三姊姊哪裡說得不對，似乎又完全說得通。家裡誰不想得到祖父的重視，可是他背幾遍書就可以了嗎？

梁希宜望著他迷茫的目光，循循善誘，道：「若是在家裡，祖父自然沒時間管你，但是現在在別院，你聽我的好好背書，讓祖母看得見你的努力，相信不管是祖父他老人家，還是心疼你的祖母都會欣慰的。而且我也不是讓你日日唸書，三天後就可以休息一整日。你知道嗎？我特意查了周邊的環境，有溫泉、狩獵場、蹴鞠場、賞花池，還有可以釣魚的小河流，更有普通務農的人家，你不想去看看嗎？這可比你在府裡和丫鬟們玩什麼翻繩胡鬧有意思多了！」

梁希佑傻傻地聽著，感覺到梁希宜為他畫了一張巨大又香的餅，只要他樂意，似乎隨時都可以啃一口的樣子。但是前提是他要做功課，要背書……不過別院裡的日子本就枯燥，要不然背就背吧，看看日子可會不會像三姊姊講的那般有意思。

梁希宜見梁希佑完全被她說服成功，打鐵趁熱道：「夏墨，把我給佑哥兒準備的書籍都搬到他的屋子裡。你若是真希望祖父、祖母開心，不如今晚背一篇簡單的文章，明日就讓他們聽。」

梁希佑迷迷糊糊地點了頭，帶著丫鬟和書籍回了屋子後，怎麼想怎麼不對勁，他不過背了一會兒就感覺大腦發沈，累得不行，睡著了。

翌日清晨，梁希宜主動提出讓梁希佑背書，梁老夫人詫異地盯著孫子，不敢置信地說：「佑哥兒自個兒開始溫習功課啦？」

梁佐也是吹鬍子瞪眼地撇了他一眼，道：「肯定是三丫頭盯著他的唄，否則就依著他那性子，怎麼可能主動學習功課。」

梁希佑見祖父瞧不起自己，不由得不甘心地說道：「我背了，真的背了。」於是他張口將昨晚特意看的東西背了出來，不過因為他後來睡著了，所以背得磕磕絆絆，完全無法達到定國公的標準。

梁希宜也覺得他背書有些差了，不過還是鼓勵地說：「祖父祖母，佑哥兒昨日先在我那裡坐了好久，所以背得不熟練，但是我相信，只要他認真學習，在功課上用心，日後可定會表現得越來越好的，對吧，佑哥兒。」

梁希佑紅著臉頰，暗自後悔昨晚幹麼不背好一點呢？這樣祖父或許真會對他另眼相待！

梁老夫人對孫子要求不高，只要孫子端正態度，願意學習，她就覺得很欣慰了，不由得露出幾分真心的笑容，說：「佑哥兒，這院子清靜，你好好溫習功課，肯定會越來越好的。」

梁希佑渾身一僵，看到祖母眼底滿足的神色，突然覺得自己不好好讀書真的太對不起祖母了。

梁佐在梁希宜不停的暗示下鼓勵了兩句，梁希佑只覺得渾身湧上熱血似地興奮異常，還沒吃完早飯就率先告辭，要回房間內溫書。

梁希佑走後，梁希宜給祖父挾菜，笑著道：「佑哥兒挺好的，特別在乎您的誇獎，祖父，瞧瞧您不過是一句話，可比我說十句還管用的。」
梁佐沒好氣地瞥了她一眼，又拿起了個桂花糕偷偷吃掉。
梁希宜無語地望著他，對祖母說：「祖母，您看祖父，現在跟個小孩子似的特愛吃甜食，但是大夫說了，歲數大的人吃太多甜食不好，我只允許每日讓祖父吃兩塊桂花糕，到時候您也要盯著祖父，省得他又偷吃。」
梁老夫人沒好氣地說：「妳那個祖父，脾氣硬得跟頭驢似的，我可攔不住他。」
梁希宜掩嘴而笑，道：「您不管他，誰還能管得了他，日後希宜也是要嫁人的，到時候陪在祖父身邊的只有祖母呢。」
梁老夫人微微一怔，忽地有些傷感起來，不由得看向一旁的定國公梁佐，雪白的頭髮快趕上他的皮膚了，一時心軟，說：「要不然你還是少吃點吧，大夫都說了不能多吃甜食。」
梁佐想反對幾句，視線對上妻子的臉時，沒有說出來，只是淡淡嗯了一聲，算是聽進去了。梁希宜心底非常開心，這世上能給祖父溫暖的人只有祖母了吧，所以她是真心希望他們可以和好如初，而不是意氣用事、各過各的。
梁希佑果然發憤圖強，接連幾日認真背書，讓梁老夫人心裡特別高興，從而有時候定國公梁佐不滿意孩子的時候，她都會在一旁調侃對方，兩個人多了很多交流。梁希宜看在眼裡，安樂於心。
三天後，梁希佑迎來了他的第一個休息日，但是讓他自己都覺得奇怪的是，他居然不想休息。

祖父和祖母對於他的誇獎和批評，讓他異常滿足。三姊姊說得沒錯，書院裡那麼多的兄弟們，誰不想得到祖父和祖母的另眼看待？他一定要在這裡把學業好好溫習，回去讓他們看一看，他可是得到定國公親自教導，誰也沒資格看不起他。

梁希宜見他如此拚命，不認同地說：「該學習的時候學習，該休息的時候就一定要休息。你若是覺得三日太短，想要多學習幾日可以在日後的生活裡面調整延長，而不要剛開始，就要一張嘴把自個兒餵成大胖子，萬一消化不良呢？」

梁希佑再次被梁希宜說服，他心裡暗道，難怪祖父看重三姊姊，因為三姊姊做事情有規矩，話又著實有幾分道理，他以後一定要和她學習。

梁希宜叫來梁希佑身邊的嬤嬤，指著一個小廝，道：「這是丁管事尋來的嚮導劉三，他對這周邊可以玩耍的地方很是熟悉。我們的鄰居除了莊子上的租戶以外，還有兩個別院是當地劉員外和李員外的宅府，你們到時候不要誤闖，然後可以帶佑哥兒去附近玩一會兒。我今兒個還有事情，就不管著他了，你們帶上幾個壯丁，千萬盯住了少爺，他最近著實辛苦，讓他好好放鬆放鬆。」

管事嬤嬤笑著回話，道：「姑娘放一百二十個心吧。」她們都是梁希佑身邊的老人了，不是第一次服侍少爺出去玩。

梁希宜點了點頭，總算有時間幹些自個兒的事情了，她還有好多帳本沒對呢。祖母昨天突然讓老嬷嬷又扔給了她兩個鋪子，她也不明白祖母是個啥意思，是說私下送她的嗎？反正她也沒法不接著，再說他們二房孩子多，她倒是真需要幫兄長弟弟們籌備些私房錢呀。

第十七章

位於定國公府旁邊的劉員外府邸，此時正站著一名身穿藏藍色長袍的男子，他玉面如冠，皮膚古銅，一雙眼睛炯炯有神，五官分明恍若雕刻，俊容剛毅冷漠，正是不務正業的歐陽穆。

上官虹和公孫陽站在他的身旁，背面有八、九個訓練有素，身著便服的親兵正在搬運物件。

上官虹環繞一周，嘴角發出嘖嘖聲，不滿道：「大少爺，這房子有些破舊，要不然讓人加速修葺下再入住好了。」

「不需要。」歐陽穆唇角微楊，近日來他的心情一直特別好，從而連帶著原本冷峻的容顏都染上了幾分柔情的色彩。

上官虹繼續撇著嘴角，說：「這麼破的府邸，居然花了五百兩銀子……」

歐陽穆冷冷掃了他一眼，似乎再也不想就這個府邸值不值得買這個話題做任何探討！

公孫陽倒是不在乎大少爺花錢幹什麼，他著急的是大少爺的兩位舅舅已經連發好幾封信，催促他回到西山軍營，他們擔心大少爺久留京城，皇帝隨便找茬罷免他差事，又尋個其他官職將他外派就比較麻煩了。索性遠遠地躲開京城，讓皇帝忘了維繫歐陽家和隋家之間紐帶的歐陽穆比較好！

「大少爺，大舅爺又來信問道，何時啟程回去。」

歐陽穆一怔，道：「我已經給祖父寫信，讓四弟阿宇去舅舅那裡歷練幾年，岑哥兒媳婦懷孕了，他怕待在內宅早晚忍不住做出讓珍兒傷心的事情，我索性也讓他輔佐阿宇，去舅舅那躲一年清閒。況且我手下大部分來錢產業，都是岑哥兒管的，有他在小四身邊，我也比較放心。」

公孫陽沈默片刻，大少爺如此安排也不是不可以，他們這幾年不停養兵，開銷極大，基本上在訓練士兵方面是歐陽穆管理，銀錢方面是歐陽岑去處理，四少爺年齡小，被靖遠侯留在了西北，現在也是該出去真正做點事情的時候，他就是擔心，如果大少爺不在的話，四少爺鎮不住那群兵……更何況兩位舅公雖然疼愛大少爺，但是舅公隋氏自個兒也有幾位嫡出小少爺，這幾個少年都不是什麼善茬，誰不願意多養點兵，到時候會不會有人有異心呢？

歐陽穆根本不擔心這些事情，如果他不在一年就能出那麼多事情，那麼以後他不在兩年、三年呢？他這輩子可沒什麼要成就大業的目標。

他是早晚要帶梁希宜走的人，現在如此努力不過是擔心日後內亂要能有守得住梁希宜的力量。等到天下太平，六皇子最終登基後，他打算辭官走人，除非梁希宜希望他在朝為官，可是以他對梁希宜的瞭解，對方必然不會這麼期望的……

他們都是經歷過鎮國公府最為輝煌的時候，所以才更能體會那種一夜之間，從高處摔得粉碎的感覺，天下再大那是皇家的，他們貪戀的權勢不過是皇家的一點點恩賜而已，他現在還真看不上。如今他唯一在乎的是定國公不能把梁希宜嫁給別人，且她還要肯嫁他這件事情！

一名年齡不大的家僕從外面小跑著進來，道：「少爺，定國公府的別院有動靜了。」

歐陽穆眼睛一亮，立刻聚精會神地聽了起來，問：「然後呢？」

「這次隨同定國公和夫人前來別院小住的主子，除了三小姐梁希宜，就是七少爺梁希佑。這個三房的七少爺最得梁老夫人寵愛，今天梁希佑要出去玩，他們家的管事果然去附近村落上尋找嚮導，村長把劉三推薦過去，劉三不負眾望，脫穎而出被選中了。」

上官虹在背後皺著眉頭，劉三是歐陽穆手下最看好的幾位親兵之一，居然跑去作嚮導。

歐陽穆點了下頭，自從他聽說梁希宜要來西郊別院小住，早就把附近村落狀況弄清楚，照著梁希宜謹慎的性格，必然會在當地尋可靠的人來問話，索性他就安插了多個人供她選擇。

「劉三說七少爺對後山釣魚比較感興趣，他們可能是要去那裡。」

歐陽穆瞇著眼睛，唇角微揚，道：「很好，一切按照前幾日說的去做。」他親自帶著兩個弟弟長大，這輩子最擅長的就是哄小男孩。他相信，不久的將來，他可以順其自然的出現在梁希宜面前。爬牆窺探別人的方法是最沒水準的，而且容易讓對方發怒，他是絕對不會去幹的。

後山這條小河屬於旁邊一處村子的管轄範圍，河水非常清澈，河底的青色小石頭清晰可見，斑斕的小魚在水底游來遊去。

這條河水的魚都很小，但是養得漂亮，因為附近大多數都是京城權貴的別院山莊，養得漂亮的魚兒容易引起姑娘們和少爺們的喜愛，所以這條小河垂釣是有費用的，釣出一條魚的費用，相當於在京中去買一條觀賞魚的價錢。

梁希佑雖然年近九歲，但是常年養在家中，見識不多，此時望著清澈河水裡的魚兒，非常興奮地說：「幫我拿魚竿。」

奴僕遞給他一支長竿，他扔了下去，發現魚兒都繞著他的竿走。劉三在一旁眨了眨眼睛，笑道：「七少爺，這裡的魚必須用小竿釣魚。」

「小竿？」梁希佑瞪著明亮的大眼睛，詫異道。

「嗯，前面有賣，不過也有人喜歡自個兒動手做，村裡也有賣。」劉三謹記歐陽穆的吩咐囑託，一點點循循善誘起來。

梁希佑畢竟年幼，對於所有新鮮事物，都特別感興趣。

劉三見他露出希冀的神色，帶著他順著河水一邊向前走一邊小聲說：「壞了，今天人少，賣竿和材料的人也不知道出不出攤子了。不過前面有人搭了棚子在河邊燒烤呢。這位少爺性格很好，溫文儒雅，最初也是尋我做的嚮導，不如我先去詢問他一下，借竿成不成吧？」

劉三說起謊話面不改色，上官虹在不遠處聽著卻是嘴角抽了抽。溫文儒雅，性格很好？

梁希佑順著他的目光望了過去，入眼的是一個穿著白色錦袍，頭戴橄欖色玉簪，身姿高大挺拔，氣息內斂柔和，側臉稜角分明的英俊男子。

他不由得多看了幾眼，對於這般氣質的男子心中生出親近之意，又有些不好意思，小聲說：「可以嗎？」

「小的去試試看吧。不過這位少爺看起來必是高門之後，七少爺您稍後千萬別失了禮儀。」

梁希佑點了點頭，他好歹是定國公府嫡出七少爺，基本的道理還是懂的。不一會兒，興奮的劉三便跑了過來。「那位木公子邀請七少爺過去呢！」

梁希佑頓時笑開了嘴，後面府上的嬤嬤走上前道：「對方看起來身分不凡，七少爺如此去打擾合適嗎？」

梁希佑不快地瞪了她一眼，說：「人家都說沒關係了，現在根本沒人出售魚竿，難道妳們讓我來這裡看著魚兒到處游啊？那我們回府看池塘裡的魚兒就好了！」

管事嬤嬤被梁希佑訓斥一番，不敢再多說什麼。

歐陽穆坐在河邊，安靜地拿過小鈎鈎放在竹竿的末端，編製起來。靜謐的神色彷彿融入大山，整個人的氣息分外純淨。

梁希佑不敢打擾他，老實地坐在一旁看他製作竹竿，大氣不敢喘一聲。

歐陽穆掩住眼底笑意，忽地抬起頭，溫和道：「你試試這個竿，可不可以釣魚。」

梁希佑微微一怔，視線落在對方澄淨的目光裡，不由得傻笑，真心道：「謝謝你，木公子。」

「叫我大哥吧。」歐陽穆神采飛揚，目光真誠。

梁希佑撓了撓後腦，開心地說：「那我去釣釣看，謝謝你，木大哥！」

歐陽穆望著他走向河邊的背影，靜靜地斂起笑容，恢復常色。

站在歐陽穆身後幫忙搭棚子的上官虹撇了撇嘴角，他現在真是很懷疑大少爺不會是喜歡男孩吧！

梁希佑坐在荷塘邊上，明亮的大眼睛專注地盯著劉三的動作，生怕錯過什麼。

長魚竿釣不上魚來的原因是劉三給他的魚餌有問題，所以定國公府帶出來的魚竿都沒法用。不過，當地確實有使用漂亮小竹竿的說法，因為來此地遊玩大多數是京城的官家少爺和小姐們，為了引起他們的興趣，讓他們眼前一亮，村民們故意鼓吹出這麼一種類型的魚竿。

梁希佑愛不釋手地摸著色彩鮮豔的小竹竿，忍不住偷偷去看歐陽穆，輕聲說：「木大哥，你能教我怎麼做這麼漂亮的魚竿嗎？」

歐陽穆失笑地點了下頭，耐心地手把手教他如何選木、削木、調色，修正魚竿末端，讓一旁的侍衛們目瞪口呆，瞠目結舌。

上官虹暗道，饒是對家裡的二少爺歐陽岑，大少爺也不曾如此和藹可親，這個梁希佑到底哪裡值得大少爺如此費心？

梁希佑平日養在老太太房裡，整日同丫鬟、婆子混在一起，並沒有什麼同性小夥伴。因為定國公府三房的糟心事，宗族裡的小孩子們都不跟梁希佑玩。大家都說是他爹把國公爺氣到住到山上，還導致定國公府被皇家厭棄。但是他的父親不知廉恥，絲毫沒有悔改之意，全宗族的人都恨不得立刻把他爹從宗族除名才好。

事實上，若不是梁老夫人護著，早在幾年前，他父親可能真會被祖父斷絕父子關係。

所以梁希佑骨子裡有點自卑又不願意面對這一點，索性不和同齡人玩了，混在梁老夫人的院子裡做他的小霸王，至今一個朋友都沒有。

此時此刻，他傻愣愣地盯著眼前溫文儒雅的少爺，這位優秀的木大哥竟是對他這般友好，真是讓人感動。他擔心木大哥也會因為他爹的臭名聲疏遠他，於是說了謊話，不肯承認自己是定國公府三老爺的孩子，而是模糊地只道是定國公旁系親眷家的孩子，暫時居住在定國公府的西郊別院。

歐陽穆知道他在隱瞞什麼，卻並不戳穿，只是隨意淡淡地說：「我此次來西郊是為了靜養身子，前一陣子隨同靖遠侯大軍去南寧平亂受了點傷，怕是要至少在這裡居住兩、三個月，你若是願意隨時過來尋我，反正我一個人閒著也是閒著。」

梁希佑愣了片刻，睜著一雙澄靜的眼眸，揚聲道：「木大哥，你這麼年輕就上過戰場啊。」

歐陽穆莞爾一笑，他早就習慣了男孩子們對於他仰慕的神色，不過此時想到，眼前的男孩是梁希宜的弟弟，他的心裡就不由得湧上一股甜蜜的感覺，對於他的奉承特別受用，輕快道：「你若是有此志向，日後可以考慮走武狀元之路。」

梁希佑靦覥地紅了臉頰，結巴道：「其實我家祖上也是有從聖駕之功的，不過這些年生活很安逸，祖……父親只是讓我們讀書，我腦子慢，又天資駑鈍，幹什麼都一事無成。」

梁希佑的神色分外落寞，沒有誰天生就願意被人稱作紈袴子弟。

每個少年郎心底都懷揣著保家衛國的英雄夢。但是他們家大伯、二伯都不是善武之輩，當今皇上又喜好文臣，世道如此，他若是說出想習武的話怕是更被宗族兄弟們恥笑。

歐陽穆沈默片刻，忽地啟口，道：「我就住在劉員外的別院處，離你家似乎很近，你若是有武道之心，改天過來尋我，我讓人看看你的筋骨是否適合習武。哪怕是學點基本的動作，也可以強身健體，男孩子整日裡悶在屋子裡怕是早晚被養廢了。」

梁希佑興奮地看著他，發自內心地說：「那真是太好了，木大哥，我可不想就這麼荒廢度日。不過，就是怕太叨擾你，只要你不嫌棄我煩就好！」

歐陽穆唇角微揚，其實他巴不得梁希佑日日過來，怎麼會煩呢？

梁希佑想到木大哥這麼年輕就已經殺敵上戰場保家衛國，對此深受鼓舞，主動延長學習時間，朗朗的背書聲音響徹後院，在面對祖父的時候他也不再唯唯諾諾，整個人煥然一新。

梁老夫人感到特別欣慰，同時覺得在定國公面前很有面子，整日裡笑呵呵的，連帶著對梁希宜越發看重。

梁佐望著妻子偶爾露出的孩子氣，臉上不由得爬上幾分寵溺的情緒，他對於日漸努力上進的梁希佑，也漸漸給予了幾分真切的指導。

時間轉瞬即逝，三天很快就過去了，梁希宜以為梁希佑會提出延長學習時間，沒想到他一早上就不見了人影，於是不放心地尋來管事詢問。

梁希佑身邊的管事嬤嬤特意受到七少爺的命令，絕對不可以將他的真實行蹤告訴梁希宜，梁希佑可不想自個兒剛剛結交的朋友被古板的三姊姊轟走！

但是管事嬤嬤寧可得罪梁希佑，也不敢和梁希宜說謊，索性留有餘地，模糊道：「前幾日七少爺在河邊釣魚，因為魚竿不成就向周邊的一位公子借了魚竿，沒想到那位儒雅公子也是一個人來這養傷，就玩到一起去了。」

梁希宜微微一怔，追問道：「你們可打聽過對方是誰？住在哪裡？」

管事嬤嬤仔細地沈思了片刻，道：「問過的，否則哪裡敢讓七少爺隨便搭理呢。他就住在劉員外的別院裡，姓木。丁管事尋的那位劉三嚮導證實，他好像是劉員外的親戚。不是什麼壞人，人家比咱們還先來西郊休養，整個人看起來跟畫裡的仙人似的，明顯是極有教養的世家子弟。」

梁希宜點了下頭，心裡暗道，七弟難得在這個窮山僻壤的地方尋到玩伴，反正每三日才休息一日，索性就由得他自個兒的喜好吧。

管事嬤嬤見三小姐沒有繼續探究的意思，總算放心下來，否則還真沒法同七少爺交差呢。

此時，歐陽穆安排兩個小兵哄著梁希佑，梁希佑紮馬步堅持了一會兒就臉色煞白，這孩子身子骨太軟，著實不是能吃苦的料。

歐陽穆也沒曾想過真要讓梁希佑習武，於是又派了耍花槍耍得好看的侍衛，過去教他一點皮毛的入門槍法。

梁希佑果然覺得稀罕，玩了半個時辰都不覺得煩，渾身的汗水在明晃晃的日光下閃閃發亮。

歐陽穆留下梁希佑和劉三一起午飯，劉三機靈地奉承道：「木公子，您這裡的飯食可真鮮美呀。」

上官虹沒好氣地掃了他一眼，道：「公子上午親自狩獵的小鹿，味道能不鮮美嗎？」

梁希佑咬了口肉，眨了眨眼睛，渴望地說：「上官大叔，下次可以帶我一起去狩獵嗎？」

梁希佑身旁的小廝急忙輕輕拍了下主子的肩膀，他們家七少爺真和對方不客氣！

上官虹無所謂地聳了聳肩，爽朗應聲。

梁希佑的小廝無語地環視四周，他可比梁希佑多留心。木公子是不是對七少爺有點太好了！這座別院雖然看起來一般，可是家具都是九成新的黃花梨木，丫鬟不多，但個個標致有規矩，小廝們也一個個跟士兵似地訓練有素，不像是一般人家可以培養出來的。

最主要的是他們家少爺沒什麼可圖的呀，莫非真是木公子閒得無聊，索性拿他們少爺當個樂玩了？

然而，和梁希佑結識了一個多月後，卻不見梁希宜有半點表示，歐陽穆不由得有些鬱悶起來。他哪裡會猜到，梁希佑根本沒有同梁希宜說實話，而梁希宜發現七弟變得自發學習，準時回家，也不太管他在幹什麼，認真休憩起來。

白日裡繡繡手帕，陪祖父下會兒棋，陪祖母說一會兒話，還有時間讀雜書、寫大字，這日子過得悠閒自得，很是快活，連別院小門都沒出過，歐陽穆想見她一面簡直比登天還難。

在一個烏雲密布的日子裡，一向殺伐決斷的歐陽穆終於決定改變策略，提前出手。

劉三在和梁希佑聊天中，不經意地透露，後山有很多自然山洞，京城來的小少爺們最愛成群結隊去山洞探險，有時候還可以發現很稀奇古怪的東西。說者貌似無心，聽者卻是暗暗記下，梁希佑盤算著能不能讓木大哥帶他一起去呢，並且試探性地說了出來。

歐陽穆明顯怔住，看了眼灰濛濛的天色，猶豫道：「不是不帶你去，而是稍後可能會下雨吧。」

劉三撇了撇嘴角，佩服自家少爺，這事情明明是歐陽穆私下讓他挑頭，慫恿梁希佑提出，現在歐陽穆居然可以臉不紅、氣不喘地為難著，而且一臉猶豫不決。

梁希佑可憐兮兮地望著歐陽穆，木大哥可是從來沒拒絕過他呢。

歐陽穆嘆了口氣，望著他滿是渴求的目光，道：「既然如此，就多帶點人走吧。」

梁希佑眼睛一亮，恨不得興奮地跳起來，他望著歐陽穆幫他挑選的馬匹，不好意思地紅臉道：「木大哥，我不會騎馬。」

歐陽穆愣了片刻，上官虹憋著笑意，腦海裡浮現出歐陽穆前面坐著柔弱的梁希佑的情景。

「這樣吧，上官虹，你帶著他。」歐陽穆毫不猶豫地命令道。

上官虹立刻傻眼……

一行人騎著高頭大馬急速上山，梁希佑第一次騎馬，感覺非常舒暢。尤其是歐陽穆身後跟著七、八名侍衛，動作整齊劃一，訓練有素的樣子經常讓道路兩旁的農戶佇足，仰視觀望。

梁希佑漸漸生出一種自己與他人不同的自豪感，他平日裡站在人群中，觀看勝利凱旋而歸的將士們入城，然後和周圍百姓一起議論紛紛。但是此時，他成了別人仰望議論的對象，這種感覺實在是太鼓舞人心了。這一切都是木大哥帶給他的，祖父常說近朱者赤，近墨者黑，他發現他最近一個多月以來，經歷了不同的生活，而且甚是喜歡這種生活。

他一定要維持好木大哥這個朋友……

他們先後進了兩個洞穴，都未曾發現什麼，梁希佑表現得異常興奮，時不時主動要做先鋒兵。

歐陽穆看了一眼天色，決定繼續上山。他們半途發現一個比較深的洞穴，上官虹往裡面扔了石頭，沒有任何回音。

歐陽穆見梁希佑躍躍欲試，讓劉三和兩個親衛舉著火把，跟在他的身邊。

忽然，洞穴深處傳來一聲嘶吼，梁希佑嚇傻了似地不敢動。

歐陽穆見狀急忙上前，依靠直覺，本能地揮刀朝著撲過來的黑影砍了下去。

眾人立刻圍了過來，將他們包圍在中間。梁希佑傻愣愣地回過頭，入眼的是歐陽穆血淋淋的肩膀，一陣反胃的感覺湧上心頭，竟是暈了過去。

上官虹吩咐大夫過來幫歐陽穆醫治，猛地抬頭，居然發現歐陽穆在笑。

歐陽穆無所謂地聳了聳肩膀，道：「沒事，就是被那頭畜牲抓了下肩膀。」

上官虹不認同地搖著頭，眉頭緊皺，道：「劉三怎麼辦的事情！不知道從哪裡尋了頭野豬，他不知道這玩意身形大、體積重，容易造成誤傷呀！」

歐陽穆唇角微揚，他是真的不介意，比起戰場上的真刀真槍，這種抓傷算什麼。

「梁希佑醒了嗎？」

「還昏著呢，娘們似的。」上官虹極其受不了大宅門裡的小姐少爺們。

「外面下雨了？」歐陽穆回過頭，聽到了雨水拍打著樹葉的響聲，看起來雨還不小呢。

「是啊，稍後怎麼辦？」上官虹探了探頭，用力地在他的傷口處打了個結。

歐陽穆深深吸了口氣，道：「雨太大，回去有危險，而且我們騎馬冒雨的話，梁希佑的身子搞不好就染病了。這樣吧，等他醒了，跟他說在此留宿一晚，他們家可有需要通知的人？」

歐陽穆幾乎是帶著悶笑聲說完全句，他不但要讓梁希宜出現在他的生活裡，還要讓她懷著感激之情。梁希佑徹夜不歸，再加上他還為梁希佑受傷了，梁希宜總不能不聞不問吧。

梁希佑不一會兒就清醒了，他深感愧疚，若不是他纏著木大哥出來，木大哥根本不會受傷。他趴在地上，一邊吸著鼻子，一邊給梁希宜留信。

我被大雨困在山裡，一起的人還有我的大恩人朋友木大哥。不用掛心。

不用掛心，梁希宜怎麼可能不掛心呢！

梁希宜沈著臉閱讀梁希佑的信函。她信誓旦旦同祖父祖母保證，把梁希佑的看管權力要了過來，如今這麼冷的天，大雨瓢潑，他一句困在山裡就完了嗎？

梁希宜小心地打量眼前蓄著鬍鬚的中年文士，他的目光十分清明，舉止有禮卻帶著幾分傲然，怎麼可能會是梁希佑的朋友？

上官虹同樣在關注梁希宜，小姑娘年齡不大卻善於掩飾心裡的想法。對他恭敬客氣中卻帶著幾分疏離，聽說弟弟被困在山裡，立刻井然有序地安排了強壯家丁隨他一同上山。同時打包了幾件厚衣服，其中一件價值不菲的深色錦袍，特意強調帶給他們家少爺。

上官虹只是負責帶信，並未打算多留，所以很快就離開了。

梁希宜望著他遠去的背影，怒道：「把七少爺身邊的人全給我叫來！」

因為歐陽穆身邊大多數是小廝，梁希佑喜歡模仿他，索性將丫鬟、婆子都扔在家裡。

梁希宜望著眼前一大群花兒似的姑娘們，心裡就氣不打一處來。

「姑娘，丁管事問這事兒要不要和國公爺說呢？」夏墨撩起簾子，問道。

梁希宜一怔，說：「祖父還沒睡嗎？」

夏墨搖了搖頭，如實說：「這兩日老夫人精神大好，下午同國公爺下棋還贏了兩局，國公爺不服氣要贏回來，現在還沒睡呢。」

梁希宜琢磨了一會兒，說：「算了，還是別告訴老夫人了。事已至此，多一個人知道也是跟著乾著急，正巧明日是不需要背書的日子，你再去囑咐下現在陪同上官先生去山裡的家丁，讓他們雨停後立刻帶七少爺下山，小心伺候著，省得老夫人看不到七少爺胡思亂想。哪怕七少爺病了，躺在家裡也比這樣在外面讓人心裡踏實。」

「奴婢知道了。」夏墨急忙追了出去，又跑著回來，說：「小姐，那位上官先生說，若是雨停了，他們會第一時間下山，但是要先回劉員外府上，他們家大少爺因為七少爺受了傷，沒法單獨派人送七少爺回府。而且他……」

梁希宜見她欲言又止，直言道：「妳直接轉述就好，我撐得住。」

夏墨不高興地說：「那位上官先生態度惡劣，似乎有責怪的意思，還明言，姑娘若是真著急七少爺，就去劉員外府上等好了。」

梁希宜臉頰微紅，她確實有些太著急，從而忘了關心一下人家受傷的大少爺。

梁希宜急忙尋來丁管事，開始整理府上藥材，還特意命令小廚房，做了一些有利於傷口癒合的藥膳點心，打算明日親自送過去。

梁希宜晚上徹夜難眠，趁著祖父還沒醒就前往劉員外府邸。並且告訴丁管事，若是她耽擱時辰，祖父問起來便如實說就是，她儘量在此趕回來，省得老人們掛心。

一路上，她聽管事嬤嬤介紹木公子其人，年近二十，身材高大偉岸，五官分明，眼睛細長，給冷漠的俊美容貌增加了幾分柔和。總之就是一個性格柔和、心地善良的英俊富家子弟。

梁希宜再三確認，不是人家主動和梁希佑說話，而是梁希佑纏上對方性格良善的大少爺，從而打消了對上官虹的那一點點疑慮。或許這真是佑哥兒的造化，又或者對方也是一個人在郊區生活，著實無聊，有個少年郎陪著自然是好的。

歐陽穆在山裡聽說梁希宜啟程出府，顧不得肩膀傷勢，就想立刻下山。

上官虹望著他眼底的迫切神色，確定大少爺應該是對這位三小姐有意思。但是繞了這麼一大圈子循序漸進，實在不符合大少爺勢在必得的性格。包括最初看上陳諾曦，不也是放出言論，怎麼此時卻這般小心翼翼起來？

這名副官哪裡曉得，梁希宜是歐陽穆前世實打實的媳婦，他們之間不僅是愛情，還有親情，更有刻苦銘心的恩情。

梁希宜承載著歐陽穆所有的想像，他不介意現在的梁希宜愛不愛他，但是歐陽穆骨子裡，是期望可以得到她情感上的回應。他希望梁希宜的眼睛裡可以看到他這個人，他希望她注意到自己，他希望自己的人生可以融入梁希宜的血液裡，執子之手，與子偕老。他好不容易尋找到了她，如何面臨再次失去她的痛苦，又如何能承受得起？

眾人回到了劉員外府，歐陽穆心情紊亂，慌亂不已，梁希宜會不會怪他把她弟弟弄成這樣，又或者因為上次他過分的言詞厭惡了他……

歐陽穆越想越緊張，渾身冰涼，傷口在他僵硬的自我較勁中裂開了，眾人急忙圍了上來，就連梁希佑都是滿心關切，恨不得替他承受，眼底漾出了絲絲水花。

歐陽穆冷著臉頰，他此時的樣子一定是萬分狼狽，他不能這樣去見梁希宜。

他看了一眼上官虹，淡淡說：「你們先進去，別讓梁……佑哥兒的姊姊等急了。我去換身衣服……」

上官虹一陣無語，他沒想到梁希宜對大少爺影響如此大，就連以前的陳諾曦，大少爺提起來雖然整個人有溫暖的感覺，卻絲毫不會是這般劇烈的情感波動。這真不是一個好現象。

梁希佑一進門就看到戴著白色帽紗的三姊姊，連累三姊姊拋頭露面，梁希佑真的有些不好意思。

梁希宜當著外人不好多說他什麼，見到梁希佑毫髮無損，總算放下心，轉頭同上官虹客氣一番。

上官虹頭一次意識到，若是大少爺如此看重眼前的女孩，那麼燦哥兒怎麼辦？

一個是靖遠侯世子一脈，一個是掌控侯府大部分軍中力量一脈，再加上宗族勢力左右搖擺，這是分裂歐陽家的趨勢啊。

梁希宜見他面色不善，只當是因為她家大少爺受傷，所以對她家有些意見吧，於是不好意思地主動說道：「聽說貴府大少爺為了救舍弟受傷了，不知希宜是否有機會親自道謝。」

上官虹鬱悶地回過頭，梁希宜順著他的目光望過去，清晨的日光下，歐陽穆一襲白衣，遠處雲彩間穿透而出的朝陽傾灑在他的身上，將他的脊梁襯得越發直而挺拔，俊朗的容顏略顯躊躇忐忑，深邃的目光逆著光，目光灼灼地望著她。

梁希宜準備好滿腔熱情的言語在發現他是誰後，頓時如鯁在喉，一句都說不出。

這個男人化成灰她都不會認錯！

梁希宜故作鎮定地深吸了好幾口氣，最終還是無法違背內心，略顯刻薄地說：「真沒想到，救下我七弟的人竟然是鼎鼎大名的歐陽穆。」

她永遠也無法忘記上一次，這個男人是如何侮辱她，她又是如何渾身冰涼地離開，被一個男人當眾大吼滾的時候，她是有多麼羞憤。

梁希佑一怔，他詫異地張大了嘴巴，原來他的木大哥竟然是京城風頭正盛的歐陽穆。

他臉頰紅紅的，眼底是莫名的興奮神采，忍不住跑上前，大聲道：「木大哥，哦，不不，歐陽大哥，真沒想到是你，我、我一直特崇拜你，沒想到你會待我這麼好……」

梁希宜見弟弟如此奉承對方，渾身氣得發抖起來。

歐陽穆對視著梁希宜犀利的目光，這張臉是那麼陌生，又是如此溫暖著他的胸膛。

他眷戀地多看了幾眼，儘量讓聲音聽起來不帶有一絲顫抖，平靜地說：「沒想到和梁姑娘又見面了，還是挺有緣分的。」

什麼狗屁緣分！歐陽穆不說還好，想起上一次見面的場景，這個男人是故意損她嗎？

梁希宜沈著臉頰，多一分鐘都不想再待下去，但是國公府的家教克制著她渾身的憤怒。

梁希宜深吸口氣，正視著歐陽穆深邃的目光。「雖然說貴府上怕是不缺藥材，但是考慮到大少爺是為了救舍弟，我們還是盡可能多準備些藥材送了過來，還望大少爺不要嫌棄。」

她幾乎是咬著牙縫說話，聲音從牙齒間輕輕流過。

歐陽穆完全沒有感覺到什麼，只認為梁希宜送的東西，他怎麼會嫌棄呢？

梁希佑嘟起嘴巴，不滿的望著她，道：「三姊姊，妳怎麼可以對我的恩人那麼凶！」

梁希宜冷冷地瞪他一眼。若不是他惹的禍，她有至於如此低聲下氣地同歐陽穆說話嗎？

她於是忍不住遷怒地訓斥道：「這樣的鬼天氣，你還敢往山上跑，辛虧有歐陽大少爺在，否則出了事情怎麼辦？你想氣死我還是氣死祖母呢！」

歐陽穆對於梁希宜那句幸虧還滿受用的，轉眼就聽到梁希宜對旁邊的小廝吼道，話裡難掩指桑罵槐的意思，說：「七少爺年齡小不懂事，那麼讓你跟著七少爺幹麼用的！那麼大歲數的人了，什麼天氣能上山，這都無法判斷嗎？」

歐陽穆身邊的侍衛們不由得黑了臉，這個姑娘以為她是誰啊，在他們的地盤居然敢諷刺大少爺！這種話連世子夫人白容容都不敢說，她梁希宜又算什麼東西？要不是她的弟弟不知輕重，自以為練了幾天就有了功夫往前衝，大少爺還不至於受傷呢！

上官虹撇開頭望向歐陽穆，發現大少爺居然一點都沒有黑臉！反而眼底帶著幾分笑意，表情聽得津津有味，絲毫沒有動怒的意思。

他們不會懂得，對於歐陽穆來說，前世的陳諾曦可以重生這件事情就是天上掉下來的大餡餅，哪怕苦澀無比，難以下嚥，他都會視若珍寶，當成天底下最好的美味來品嘗。別說梁希宜指桑罵槐，就是要了他的命，他都會主動奉獻上去！只要是活著的陳諾曦，就會讓他無比安心踏實。相比較活在記憶裡的那個身影，至少現在的梁希宜能蹦能跳，還有力氣同他生氣呢，真是天底下最幸福的事情了！

梁希宜發洩完了回過頭，發現歐陽穆居然不知廉恥地緊緊盯著她，非但不惱怒，眼底還是調侃欣慰的神色，她頓時有一種自個兒就是個跳梁小丑的感覺，人家反而什麼都不在乎。

梁希佑極少見三姊姊如此不講道理，擔心這樣下去，搞不好會惹怒歐陽穆大哥，於是索性主動同歐陽穆的侍衛們告辭，客套一番，拉著梁希宜離開了。

梁希宜回家的路上越想越不是滋味，怎麼每次遇到歐陽穆，最後好像輸的都是她……

他從來不會被她惹怒，也似乎總是不生氣！真是讓她氣得牙癢癢，這個男人就是和她犯沖！

歐陽穆望著梁希宜離開的背影，站在原地久久不動，記憶忍不住淪陷在上一世裡，妻子起初也是這般同他發火、吵鬧，當時他年幼無知，一味地同妻子較勁，後來再想惹毛對方時，發現她卻是再也不搭理他了。不悲不喜，對他視若無睹。如今這麼多年過去了，他再次面對她的挖苦，胸口溢滿濃濃的甜蜜。老天爺給了他重新愛她的機會，他還有什麼不知足的呢？

第十八章

八月中旬，梁希宜開始安排祖父、祖母回京的事情。重陽節快到了，太后張羅了老人一起入宮過節踏秋，定國公府梁老夫人的老姊妹們，有幾個八月分就已經提前入京的，她的心都快飄走了，嚷嚷著即刻回府。

梁佐望著帶著孩子氣的老伴，感嘆歲月的無情而過。

梁老夫人見他一副暮氣沈沈的模樣，不耐道：「前兒個你不是說也有老夥伴回京嗎？大家多年不見，這次搞不好是人生盡頭的最後一次見面，你不想準備準備嗎？」

梁佐吹鬍子瞪眼，說：「妳是指湘南侯那個王老頭嗎？」

梁希宜在一旁聽著樂呵呵地搖著頭。湘南侯是祖父的好友，也是祖母的隔房表親戚，據說年輕時還喜歡過祖母，難怪祖父懶得提這麼個老朋友。

梁老夫人臉頰紅撲撲地掃了他一眼，梁佐忽地也尷尬起來，兩個人雖然還是分房睡，但是最近經常在入睡前嘮嗑、下棋和品酒，倒是習慣經常在一起了。此時想起最初成親時候的往事，竟是有些心跳加速，不好意思起來。

梁希宜見狀，道：「祖父的書房要修葺一下，回府後怕是要把祖父扔到祖母院子裡去啦。」

梁老夫人佯裝不在意地默認下來，說：「也就我那兒容得下他這個老頭子。」

梁佐哼的一聲撇開了頭，眼底是淡淡的笑意。

梁希宜心裡開心極了，總算允許人將梁希佑放了出來。自從上次出事後，她遷怒於他，整整關了他一個月！雖然還是三日一休息，卻是不准離開別院了。

梁希佑雖然心裡不服氣，但是祖父也認為這次他闖了大禍，居然讓歐陽穆受傷了，堅定支持梁希宜的決定，從而徹底結束了梁希佑休閒的日子。

歐陽穆聽說梁希宜動身回京後，命令侍從開始大規模修葺劉員外府邸。

他上一世是鎮國公世子，這一世是靖遠府嫡長孫，除去帶兵打仗期間，其實對生活環境是有一定挑剔的，若不是為了梁希宜，他才不會窩在這麼破舊的院落裡那麼久。

另一廂，因靖遠侯即將進京，世子夫人也興師動眾整理侯府，皇后也是分外期待見到嫡長兄。她是母親四十歲方有的幼女，幾個兄長將她寵愛得無法無天，幾個侄兒也比她年歲都大，若不是嫁給皇上，誰敢納妾氣她？她日子定是過得相當逍遙。即便如今身為皇后，她也不是對皇上一味逢迎，否則皇上怎麼會越來越反感歐陽家呢，歸根結柢，根源在皇后這裡呢。

世子夫人進宮覲見太后，被長公主和太后留下。

長公主端著茶杯，抿了一下，故作隨意道：「聽說侯爺此次還帶著幾個少年將軍？」

世子夫人知曉太后李氏掛念那個被寄養在一戶普通李氏人家的李家後代。前段時日，她自個兒反覆推敲自身家世以及太后對自己寵溺與親切，相信那則傳說應八九不離十——豫南公三房李氏一家並未死絕，且暗地投靠白家。若真是如此，她還算是李家嫡出女兒，只是頂著白氏身分活於世上，明明清楚太后同長公主才是世上最親近之人，卻一生都無法相認。思及與太后及李家的深厚淵源，她更仔細回話道：「是啊，都是此次跟大少爺平定南寧有功之人，十幾歲的少年將軍有五、六個呢。其中以隋氏二少爺和李家大少爺最為突出。」

「哦，隋氏一族經常出少年英豪倒是理所應當，就是不知道這位李家大少爺是誰，說起來同太后娘娘還是本姓，怕是幾百年前是一家呢。」長公主柔軟的聲音緩緩道來。

世子夫人掩嘴而笑，心想老侯爺倒是真敢把李家少年郎帶出來，這要是引起了皇帝的猜疑可怎辦？要知道當年之事，皇帝做得隱秘，絕對不允許有落網魚兒活下來，否則豈不是拆穿了皇帝的真面目？

她明白太后真心掛念那個孩子，索性多說了一些。「這位李家少年郎祖上是農戶出身，後來成為當地富紳，又買了員外的封號，但是家中子嗣艱難，他父親據說納了十幾個姨娘最後就他這麼一個兒子。不過好在兒子出息，這兩年跟在穆哥兒身邊，倒也漸漸成長起來。」

太后李氏在一旁默默聽著，不一會兒就紅了眼眶，當年威震朝堂，手握兵權，響噹噹的國舅李氏一族竟然只剩下這麼一個男丁，而且還只能避開風頭，寄養在如此風評的農戶家裡，不知道日後可否有機會認祖歸宗？如今這孩子即使進京她也無法同他相見，只可以默默關注，就連庇護於他，都要假借歐陽家之手。

關於他的生活，也只是在長公主、白容容之間談論。想到他同白若蘭一般的容貌……太后李氏皺起了眉頭。

世子夫人遺憾地說：「可惜這孩子的臉上受過傷，否則倒是想將家裡的侄女許配一個給他呢。」

太后李氏臉色一沈，眼底閃過一抹心疼，長公主怕她神傷，命令侍女服侍太后休憩。

靖遠侯府

歐陽穆難得有閒情逸致書寫信函，這是一封道歉函。

自從上次他感覺出梁希宜對他發自內心的排斥後，就打算一定要同梁希宜正式道歉了。但是如何道歉、因何道歉、為何道歉一直是困擾著他的最大難題，從而這道歉函三番五次的書寫完畢，又被他攢成紙團，扔了出去。

上官虹猶豫地走了進來，道：「小少爺那裡和定國公府都有了消息。」

歐陽穆微微一愣，饒有興趣地抬起頭，說：「定國公府怎麼了？」

上官虹望著主子一臉迫切的模樣，沮喪道：「湘南侯爺過兩日進京，定國公為他設宴，邀請了秦老太爺，怕是會在那時交換庚帖，拿去對八字。」

歐陽穆點了下頭，看來秦家內部的事情要儘快解決了，至於歐陽燦那邊，因梁希宜對他沒意思，他倒是不甚關注什麼。

「府上的李管事見投靠咱們不成，去抱了燦哥兒大腿，他倒是有幾分本事，竟是摸到了定國公府大老爺身邊，和他家長輩建立了聯繫，如今牽線同定國公府大老爺、二老爺見面的事情。」

歐陽穆對此嗤之以鼻。他不怕敵人強大，就怕歐陽燦的動作頻仍反而讓梁希宜對歐陽家有強烈的抵觸情緒，沈默片刻，道：「秦家那小子的庶出表妹打算何時動手？」

「屬下不清楚，不過聽她的丫鬟說，那姑娘已經給秦甯桓寫了不下十幾封信函，其心可見。」

歐陽穆暗想，這家子人真不愧是「書香門第」，秦甯桓拒絕的信函都能拒絕出十幾封來，若是表妹寧可做妾不要名分，對梁希宜不甚滿意的王氏遲早會應了親事。

「大少爺，老侯爺即將抵京，世子夫人那裡忙得如火如荼，您是不是也該適當出個面呀！還有三日後進宮的事情可千萬別忘了。」上官虹憂愁地提醒著，他們家大少爺從別院回來就悶在屋子裡，若不是他天天守在門外，十分清楚不曾有人進來，或許會懷疑這裡面不會藏了什麼人吧。

「嗯，命人繼續盯著定國公府和燦哥兒。」歐陽穆垂下眼眸，這麼長時間了居然還是沒想出可以讓梁希宜平靜面對自己的辦法。他不免懊惱自己何必沒事說那些話做什麼！

八月底，靖遠侯抵達京城進宮拜見太后。

皇上高興地擺了晚宴，邀請高官及其家眷共飲。禮部侍郎王孜劍被貶離開京城後，陳諾曦的父親儼然成為禮部尚書的當紅人選，可謂風頭正勁。

靖遠侯想到長孫歐陽穆對陳諾曦一往情深，有意同陳宛交好，兩個人多說幾句。

此時，陳諾曦在京城的名頭十分響亮，尤其是她栽培出一種特別好種植，又可以解餓的食物，叫做番薯。此物種有些甜，吃過後不容易產生餓感，令皇上大為驚訝，連說此女有驚世之才，特賜她一枚小權杖，可以隨時入宮。

二皇子和五皇子對她非常傾慕，兩個人明爭暗鬥以娶陳諾曦為榮。但是二皇子有了皇子妃，最多只可以給予陳諾曦側妃之位。陳諾曦不願意做小，又擔心五皇子身分尷尬，非嫡非長，娘家勢弱，可能最終坐不上那個位置，所以猶豫著對誰都沒有把話說死，又對誰都沒有給予明示。

今日，又有據說對她仰慕許久，不娶她就誓不甘休的靖遠侯長孫入宮，陳諾曦本著騎驢找馬，大力培養備胎和尋找退路的初衷，特意將自己打扮得光鮮亮麗。

一身淺粉色束腰精緻宮裝，恰到好處地將她的蛇腰展現淋漓盡致，白淨小巧的古典臉龐，膚若凝脂，粉嫩欲滴的櫻唇，呈現出一種近乎透明的寶石紅，恍若綢緞般質感的烏黑長髮，如瀑布似地披在挺直的背脊上，她抬著下巴，一步一步走向皇后，恭敬行禮後站在貴人們的一側。連老皇帝都忍不住眼前一亮，不時地回頭多看了兩眼。二皇子同五皇子更是看癡了，兩人並不掩飾眼底的欣賞，目光狠狠地糾纏在陳諾曦身上。

陳諾曦則淡然自若，好像一朵在幽靜牆角恬淡優雅綻放的寒梅，無論四周有多少人路過，她都好像視若無睹，置身於自己的一方小天地裡，眼角眉梢，無不洋溢著淡淡的傲氣灑脫。

歐陽穆有些不太喜上一世妻子的容貌被眾多人盯住，不過他又告訴自己，她這不過是一副皮相，又何必在意？那個陪他同甘共苦的妻子尚在人間，其他的女人對他不過是名字似的符號。

他心不在焉地小心應付，腦海裡的思緒早就飄到宮外去了，過幾日梁希宜的祖父要宴請湘南侯，他外祖家同湘南侯有舊情，不知能否以晚輩的身分一同前往呢？歐陽穆暗自琢磨，探討其中的可能性，打算趁湘南侯進京的時候隨同前往定國公府。

不知不覺中，時間一點點地走過，他的耳邊忽地傳來一陣輕喚。

歐陽穆微微一怔，聽到弟弟歐陽岑調侃地提醒他，說：「大哥，陳諾曦居然點了你呢！」

歐陽穆蹙起眉頭，鎮定自若地看向前方，原來不知道何時，這群人開始討論起年初詩會的作品。其中有一幅沒有入圍卻得到部分人認同的畫作是梁希宜的那幅寂寞的孤舟。

於是有妃子提起了當時梁希宜同陳諾曦爭論雪和梅的話題，因為大家對梁希宜並不熟識，自然礙於面子只會一味地捧著陳諾曦，言語中不時貶了一下同陳諾曦意見不合的梁希宜。

陳諾曦此時卻表現得異常謙虛，故意抬高梁希宜的名聲，又問那些仰慕她的人的看法，二皇子和五皇子聽說當時梁希宜的言論直擊陳諾曦，自然是大力斥責梁希宜的說法了。

陳諾曦唇角微揚，目光落向器宇軒昂的歐陽穆臉上，若論氣度和外貌，她更傾向於歐陽穆這種外表英俊卻性子冷漠的酷哥兒，所以不打算丟掉這個備胎，柔聲道：「歐陽大少爺，你覺得呢？」

歐陽穆出身尊貴，又是朝中新貴，在年輕子弟眼中極有地位，是榜樣人物，他若是再反論她的說法，貶低梁希宜的話，怕是梁希宜就再無翻身之地！

陳諾曦對於上次梁希宜的冒犯始終暗記於心，而且不知道為什麼，她始終對梁希宜有一種莫名的排斥感，所以打算藉此機會，由眾多地位最貴的男子之口，讓她名聲掃地！

外人還會覺得她心胸寬廣，不時為梁希宜說話！

歐陽穆這才意識到大家在議論什麼，不由得心生不快，目光深邃如一汪不見底的潭水，蕩漾著莫名的情緒，他故意抬高聲音，說：「我喜歡定國公府的三小姐梁希宜的說法。」

四周突然一片安靜，彷彿連針掉在地上都幾不可聞。

陳諾曦心裡氣憤異常，表面卻故作鎮定，表現得十分大度，連連點頭，溫和道：「歐陽大少爺果然與眾不同，不過這世上原本就沒有絕對的對錯，我其實也是這般認同的。」

歐陽穆面無表情，沒人看得出他的真實想法。他在年輕子弟中頗有威望，又有嫡出親兄弟在場，一時間竟無人敢提出任何反對的想法。

五皇子見陳諾曦溫柔的目光聚攏在歐陽穆的身上，心裡不由得懊惱起來！早知道他就不應該跟著附和二皇子，反倒成為逢迎拍馬之流，毫無自己的想法。

在場眾人，只當這件事是小插曲，歐陽穆畢竟是領軍打仗之人，哪裡會因為喜歡就容得下陳諾曦三番兩次的婉拒，如今一反常態地力挺梁希宜，怕是故意想表達心底的不滿，也讓陳諾曦收斂一下，不要再同幾位皇子牽扯不清，儘快做出選擇。

總之就連陳諾曦本人，都未曾想過歐陽穆會對定國公府三小姐有任何情感上的牽扯。唯有歐陽岑心裡特別驚訝，他大哥從來不是迂迴之人，在感情方面更是不屑掩飾，莫非是陳諾曦當真惹到了大哥，從而親事沒結成倒成了仇家！

定國公府三小姐的名聲在靖遠侯府，因為小少爺歐陽燦的緣故如雷貫耳。站在旁邊的歐陽燦早就聽不下去這群人對梁希宜的詆毀言論，無奈陳諾曦沒給他開口的機會。此時聽到歐陽穆的正面回應，頓時感到大哥在心底的形象更加光輝。

這個讓人不愉快的話題在陳諾曦的打岔下被眾人忽視，歐陽穆也沒繼續說什麼，他不過是受不了有誰在他面前說梁希宜不好，既然此話題結束，那麼他沒理由再次挑起爭端，莫名維護梁希宜什麼。

宴會到了後期，眾皇子開始輪番敬酒。二皇子身為最年長的皇子，不能總是圍著陳諾曦打轉，稍微表達出心意便好。他先給歐陽穆敬酒，如今歐陽家世子爺雖然是歐陽穆的大伯，但是他的長子歐陽月在孫子輩行三，有些文人性格，偏愛文書而不是領兵。更何況歐陽穆身後還站著曾經掌控大黎半壁江山的隋氏一族，此次隨同靖遠侯進宮的隋家兩位子弟，亦同歐陽穆在一桌。李家少年郎也同他們一起進京，不過謹慎起見，靖遠侯並未帶他入宮。

二皇子是現在歐陽家一致推崇的未來新帝，不管他本人品性如何，就憑著二皇子是嫡長子，便可以不費絲毫功夫，在御史面前完勝五皇子。這也是皇帝最為憂心的事情，即便他想冊立五皇子，下面對他忠心耿耿的臣子首先不同意。沒有什麼比起皇權的穩定性更為重要。

思及此，老皇帝更是厭惡起這群世族外戚，他當個皇帝連立誰為太子的資格都沒有了嗎？明明是他的江山，此時卻受制於人。

他年輕時曾大刀闊斧除掉李氏一族，現在怎麼就碰不得歐陽家了！老皇帝瞇著眼睛，望著眼下臣子間和睦的模樣，不由得冷哼了一聲。他架空過太后李氏，為什麼不能囚禁皇后歐陽氏？歐陽家若是不樂意，那就反啊，真反了一切反倒變得簡單！

皇宮裡波濤暗湧，大門大戶之家的後宅也閒不下來，但凡有人的地方就有紛爭，何況還是在女人堆裡。多年的媳婦總算熬成了婆，為人母者誰樂意讓別人摻和自個兒子的婚事，他們懶得去關注哪位皇子當皇帝，光誰做她兒媳婦還忙不過來呢。

秦家二夫人王氏見夫君難得半日清閒，急忙命丫鬟倒了溫水，親自伺候秦二老爺洗漱更衣，柔聲道：「明兒個我娘生辰，我想帶著桓哥兒和咱家的三丫頭回娘家。」

秦二老爺微微一怔，皺著眉頭，道：「可是後日桓哥兒要陪著父親去定國公府，妳明日再帶桓哥兒出去回得來嗎？別到時候把正事耽擱了。」

正事？同定國公府三小姐的婚事嗎？

王氏賭氣似地加重了手勁，口氣帶著幾分酸澀，道：「老太爺整日把桓哥兒留在他那裡，合著我不過帶孩子去給他外祖母過生辰，都不成啦！」

秦二老爺嘆了口氣，不願意同後宅婦人較勁，懶懶地說：「我就是提醒妳一下，若是帶桓哥兒去，記得讓他早些回來，後日不僅有定國公在，還有湘南侯全家，千萬別狀態不好地過去赴宴。」

王氏冷哼一聲，撇了撇嘴角，忍不住抱怨，說：「定國公也好、湘南侯也罷，不都是靠著祖上那點軍功起家，從而作威作福那麼多年。他們的身分是尊貴，可現在都什麼時候了，湘南侯嫡出兒子都死乾淨了，就剩下一堆小蘿蔔頭，你還想讓桓哥兒幫著去看孩子不成。」

秦家二老爺清楚夫人這又是想起父親給桓哥兒定下的婚事，他起初對於同定國公府二房結親也有所猶豫，後來通過魯山學院的朋友打聽了下二房孩子的品性，除了二老爺不作為以外，孩子們倒是不錯，便沒有做太多考量，父親總不會害了他最看重的孫子。

王氏越想越不甘心，道：「你好歹是桓哥兒親生的父親，怎麼可以一句話不說就讓公公擅自作主了他的婚事。定國公府的門庭是比咱們家高，但是我還不樂意兒子高攀了誰呢。你不是也說，他們家大老爺得罪了皇后娘家，被停職在家反省，起復之日遙遙無期，二老爺吃喝嫖賭無所不能，三老爺至今對娼妓戀戀不忘，連太后都說過他涼薄，這樣的人家，別人躲都來不及呢，你倒是好，把兒子的名聲送上去給人家踐踏嗎？」

秦二老爺頭皮一陣發麻，不耐煩道：「如今都要交換庚帖了，妳說這些有什麼意思。再說我問過桓哥兒了，他算是相看上了定國公府的三小姐，而且我也同同僚打聽過了，定國公府二老爺雖然不怎麼樣，他幾個兒女都是嫡出，年長的兩個孩子讀書極好，早晚可以出仕的，不會拖累桓哥兒。」

王氏尖銳的嗓音在平靜的午後顯得越發淩厲，道：「早晚是什麼時候！你們秦家自稱書香門第，這麼多年下來除了你還有誰熬到三品官職以上了嗎？公公他老人家如今不過才四品而已，守著個國子監都快發霉了，你好不容易走到了現在這一步，待到新帝登基的時候必然先清洗吏部，掌控主權，豈能容得下你這個沒有背景的人？」

「夠了！」秦二老爺一陣怒喝，這話怎麼開始議論皇家是非了。

王氏望著丈夫發怒的神色，委屈地流著眼淚，說：「我們好不容易走到了今天，我不想桓哥兒同你般那麼辛苦，定國公府再高的門庭，對如今的桓哥兒卻是一點助力都沒有！好歹我當初嫁給你時，父親還在禮部當差呢。」

秦二老爺同妻子關係極好，王氏算不錯的賢內助，此時望著王氏哭得跟個淚人兒似的，他也覺得有些不好意思。桓哥兒是二房長子，關於他的婚事王氏相看了許多人家，他們也商量著不求大門大戶的高門之女，但是必須尋個岳丈可以幫助桓哥兒，親戚質量優良的世家女。

「而且你知道嗎？我看桓哥兒自個兒願意，想著為人母親就當是為孩子接受這門親事，可還是不放心命人去相看梁家三小姐。這三小姐我倒是沒見到，她外祖母家那群親眷倒真是讓我開了眼界。我從小到大，真是沒有接觸過這種女人，上次入春的百花宴，一群人不顧及名聲嘰嘰喳喳地吵鬧不停，我一想到日後這便是桓哥兒的長輩，連想死的心都有了！」

王氏抽抽噎噎地哭個不停，秦二老爺眉頭緊鎖，拍了拍她的肩膀，說：「父親不會害了桓哥兒，桓哥兒自己也喜歡，可見定國公府三小姐是個不錯的孩子。」

「是啊，我也沒說她不夠好，她上次在府上住著我也有暗中觀察過她，可是這結親就是娶個媳婦那麼簡單嗎？定國公府三老爺的岳丈不就是參了他一本，鬧翻了嗎？我也不求桓哥兒能娶了公主什麼的，但是也不能如此糟心！我堂兄前幾日聽後還說可惜，別說我娘家有那麼多女孩適合桓哥兒，就是堂嫂子家的親戚，鎮國公府都捎話來，有意於咱們桓哥兒。」

秦二老爺正色地打斷她的話，說：「鎮國公府的事情就別想了，如今皇后娘家權傾一世，活蹦亂跳的嫡出皇子就有兩個，怎麼也輪不到五皇子。」

王氏點了下頭，道：「我也明白，所以並未給予任何回話，但是此次靖遠侯進京，歐陽家各房嫡出的五、六個姑娘都跟著一起進京了，怕是想將她們嫁入京城。老爺，你就真的沒有一點想法嗎？在吏部侍郎這個位置上，你不想更進一步了嗎？」

秦二老爺被她說得蠢蠢欲動，其實到了他這個位置，想要往上爬一步真是比登天還難，朝中無人根本沒有任何機會。吏部尚書、內閣，那都是帝王的心腹啊，撇開鎮國公府，若是能同歐陽家搭上線的話，他也是有一點小心思的。

但是父親說世事無常，尤其是奪嫡之爭，從來不可以用往常的思路去賭，搞不好就是家破人亡，死無葬身之地。

父親年歲大了，不願意看到秦家有一點風險，可是這樣何嘗不是絕了他繼續上升的仕途呢。秦家二老爺無奈地嘆了口氣，到底該如何是好呢？這麼多年以來，秦家一直走安穩路線，雖然沒遇到什麼大風大浪，卻也著實平庸至極。

次日清晨，王氏早早帶著秦甯桓同長女、三小姐秦甯敏直奔娘家。她父親是三品文職，倒也住得不遠，娘家嫡出姊妹三人，都嫁在京城。

唯一隨夫婿前往河北做官太太的二姊姊，這次帶著一群小蘿蔔頭提前回來了。她兩個姊姊嫡出的姑娘加起來有六個，庶出更是一大堆。如果早知道公公會選梁希宜給她做兒媳婦，她怕是早早定下二姊姊家的外甥女。至少是親外甥女，不至於讓兒子和自個兒隔了心。

秦甯桓身著白色長衫，面如冠玉，柔和的眸子笑著望著圍在外祖母身邊的表弟、表妹們。他生得白淨無瑕，宛如書裡常常出現的翩翩公子，極其引人注目。

王老夫人十分看重這個外孫，尋他過來問了半天學業上的事情。其他兄弟姊妹們站在一旁安靜地聽著，明亮的日光傾灑在他光潔的面孔上，散發著異樣的光彩。

秦甯桓的二姨母可惜地拉著三妹妹的手，小聲說：「你們家桓哥兒的婚事沒有餘地改變了？」

王氏嘆了口氣，想起昨日夫君同樣的無奈，道：「公公婆婆做出的決定，我們小輩又能如何。」

王氏二姊按了按她的手心，說：「靖遠侯進京，許多人都盯著呢，他們家這次來的都是嫡出小姐，有人說是想讓二皇子挑個側妃，還打算送一位進入六皇子府，剩下四位留在京中找人家。你們家門庭雖然不高，但是好在妹夫如今還算是有點實權，又得皇帝和幾位大學士看重，二皇子最是尊師重道，對待大學士很禮遇，妹夫是時候表明態度，選邊了吧？你們家人口簡單，但凡心疼女兒的人家都會喜歡，咱們桓哥兒未必是高攀不上歐陽家的，如今就是個態度問題，我夫君長輩同隋家有舊，妳到底需不需要牽這個線呢？」

王氏心動不已，又躊躇萬分。老太爺和老夫人都定下的事情，還能改變嗎？

秦甯桓帶著孩子們放風箏，累了時站在樹下休憩，三表妹楊琪拍了下他的後背，說：「表哥，我聽娘說你要娶媳婦啦。」

秦甯桓不好意思地靦覥笑著，想起了梁希宜明亮的眼眸，眼底溢滿著柔和的目光。

楊琪看著他愣神的模樣，心裡有些發酸，這麼明朗的表哥，誰不喜歡？不過她是娘親手心裡的寶貝女兒，自從發現三姨母心勁高了以後她就默默放棄了，不過此時還是忍不住八卦道：「我們家芸姊兒最近不太正常，我聽說她還在給你寫信，你以後別收了吧。」

秦甯桓倒是不想收她的信呢，可是每次她都託人寄送過來，若是不收扔在家中門房那裡更是個麻煩，不由得皺起眉頭，說：「以前也不見她如此較勁，最近可是發生了什麼事情？」

楊琪不屑地揚起唇角，道：「白姨娘的孩子沒保住，是個成形的男胎呢，她怕她娘失寵，你又成了親將她忘了，犯起了相思病唄。話說回來，我都不敢妄想嫁給表哥呢，她倒是惦記上，還跟我爹說了。為此事我娘特生氣，若不是看在二弟是白姨娘所出，怕是早發落了她娘倆，忒不要臉。」

王氏二姊年約三十四歲，有三女卻無嫡子，養在膝下的哥兒是姨娘白氏所出，所以楊芸雖然是庶女，卻仗著親哥哥養在嫡母名下，不把自個兒當成庶女。

秦甯桓點了下頭，嘆氣道：「罷了，她也是個可憐人。」

楊琪眉頭微微皺起，只有男人才會認為庶女可憐吧？比如她爹，每次都怕娘少了白氏什麼似地偷偷補貼她們母女，想想就覺得噁心。

「表哥，你就是太過溫柔，對誰都心存善意，才會讓芸姊兒念念不忘。對了，定國公府三小姐是個什麼樣子的女孩？」楊琪眨了眨眼睛，好奇地問。

秦甯桓一怔，臉頰通紅，道：「嗯，怎麼說呢，反正就是很特別、很好的女孩。」

楊琪見他慌亂，受不了似地大笑著跑開了，情竇初開的表哥呀。

秦甯桓見他們玩得瘋了，轉過身去尋後院的母親，他想早些回去，明日還要去定國公府拜訪。

林蔭小路，池塘邊上的柳樹隨風搖曳，一個人影突然跑到他的面前，他停下了腳步，眉頭緊鎖。

眼前的女孩約莫十四歲的芳華，皮膚白淨、瓜子臉，細長的眼眸溢滿淚水，柔聲道：「表哥，你怎麼不回我信了，我聽母親說你就要同定國公府三小姐議親了。」

秦甯桓退後了幾步，說：「此事尚未定論，還是莫要胡傳，壞了三小姐名聲。」

楊芸咬住嘴唇，蹙起眉頭望著心底愛慕的情郎，不停為三小姐說話的樣子，她的胸口彷彿在滴著血，哽咽道：「表哥，我不介意做小，你若是願意娶誰都可以，只要別忘了我，就是妾，我也認了！但是千萬別不理我。」

秦甯桓一陣茫然，疏離道：「楊姑娘，請自重。」

「自重！」楊芸步步緊逼，說：「前年，你送過我宮燈；去年，你給我做過花燈，我繡的荷包你也未曾拒絕收下，你當真對我一點意思都沒有嗎？」

秦甯桓頓時無語，他在家裡一向會給弟弟妹妹們做些東西，而且兄弟姊妹們之間交換禮物很正常，他收的荷包更是數不勝數，誰知道哪個是楊芸做的。

楊芸目光堅定地看著他，狠心地解開腰間束帶，毫不猶豫地撲了過去，摟住秦甯桓的腰間，死死地不肯撒手。

她身邊的丫鬟看準時機，大叫道：「秦少爺，你這是在幹什麼！」

遠處家丁聞訊而來，有機靈的急忙轉身，當作什麼都沒看見似地去後院稟告夫人，也有那傻得不開眼的，真衝了過去讓事情沒有餘地回轉。

秦甯桓從未如此厭惡一個女人，他狠狠推開她，冷聲道：「妳到底有沒有一點羞恥之心？」

楊芸忍著心底疼痛，一不做二不休，當著眾人面前，說：「我日日夜夜盼著可以見到表哥，你怎麼可以忘記當初誓言！」

反正她娘說了，男人都是心口不一的，不管他今日如何惱妳，日後嘗到了床笫之間的甜頭，只會越發離不開妳。

秦甯桓臉色通紅，十分惱羞，他平日裡接觸到的人大多溫文如玉，女孩也都嬌巧可愛，怎麼能想到平日裡無害的表妹此時到底是要唱哪一齣。

王氏看到嬤嬤跌跌撞撞地跑了進來，稟告此事，頓時大怒。她的二姊姊頓時愣住，道：「我就擔心孩子心思大，有問題，所以就沒帶她來啊。」

「那她怎麼會在這裡？」

王氏二姊搖了搖頭，她怎麼會知道！

平日裡都是她夫君寵妾，寵得搞出了個不知道天高地厚的庶女禍害！

姊妹二人急速前往前院，王氏二姊一見庶女楊芸理直氣壯且含情脈脈望著秦甯桓，二話不說上去就甩了她一巴掌，吼道：「孽障，妳自個兒不要臉偷偷跑過來，還想誣陷我外甥什麼嗎？」

王氏點了下頭，四周那麼多人，總要把桓哥兒推到道德制高點上。

楊芸揚著下巴，倔強地盯著嫡母，道：「我喜歡表哥，我就要嫁給表哥，不論是做妾做小，我都認了，反正今生今世我就只嫁給表哥一人，否則寧願一頭撞死在這牆上，也不會如妳們的願，嫁給隋家什麼瘸子的庶出子！」

秦甯桓聽到瘸子的庶出子時，大致有了一點判斷，雖然對楊芸的做法厭惡至極，卻可以理解。

王氏二姊頓時惱羞成怒。隋家有一個打仗把腿摔瘸了的庶出兒子至今沒有婚配，他們為了搭上隋家的關係，決定將庶女出嫁給對方。但是這事兒誰都不清楚，楊芸是如何得知的？

楊芸渾身發抖地站在眾人中間，與其嫁到邊關那個貧瘠之地做個瘸子的媳婦，還不如給溫文如玉的表哥做妾呢。而且表哥性格溫和，憐憫弱小，日後她會同他好好解釋，忍辱偷生，伺候時間長了早晚可以籠絡住表哥的心思。反正對於她爹來說，不管她做了什麼，就算是看在親哥哥的面上子，他們也不會逼死她的，那麼，她還怕什麼！

楊芸並不曉得，這個送上門的隋家瘸子正是歐陽穆手下的一員得力幹將。歐陽穆嫌棄她對真愛不夠果決，索性加大力度促使她追求真愛。

王氏死死地盯著楊芸，她同夫君一向恩愛，秦家又是有規矩的書香門第，老夫人、老太爺可以震懾住各房老爺，何曾見過如此膽大妄為的庶女。

秦甯桓見母親惱羞，臉色煞白，急忙上前心疼地說：「娘，我同楊芸表妹什麼都沒有發生過，我根本就不喜歡她，我也不清楚她為何對我如此執著。」

王氏疲倦地點了下頭，她自己養大的孩子她還不瞭解嗎？

秦甯桓整日裡被老太爺放在書房，心頭只容得下定國公府三小姐，怎麼可能同楊芸發生什麼？但世道如此，眾口鑠金，被楊芸這丫頭在後院如此鬧下去，兒子真是跳進黃河都洗不清。有那麼多丫鬟、婆子們看到，表哥、表妹的關係，誰會單純認為是女兒家的問題。

楊芸哭哭啼啼地站在一旁，王氏二姊私底下拉了拉妹妹的手腕，小聲道：「三妹，妳別著急。隋家那頭已經快下聘了，我們家那位心裡有數，他可捨不得讓這門婚事跑掉，所以妳放心吧，我絕對不會把楊芸推到桓哥兒身上，這孩子既然敢如此打我的臉面，我還嫁定了她！」

王氏皺著眉頭，心想但願如此，妳們家亂七八糟的事情別扯上我們桓哥兒就好。

秦甯桓整個人心情變得極其不好，王氏草草同母親告別，帶著兒女回到秦府。

這件事情不知道日後會不會被傳出去，王氏猶豫了半日，還是同夫君提道：「姊姊要把庶女嫁給隋家庶子，那庶女膽大包天，見對方是個瘸子不樂意嫁人，又想不出其他辦法，今天見到桓哥兒後就貼上來，纏著說要做妾，嚇了我一大跳，不過姊姊說現在已解決了。」

秦二老爺聽後有些惱怒，說：「早說了桓哥兒年歲大了，不要老同什麼表妹、表姊交往，妳還說大家都是親兄弟姊妹沒什麼，這不是倒楣催的嗎？定國公最寵愛梁三小姐，若聽到這種事萬一改變主意怎麼辦？話說人家樂意把孫女嫁過來也是看重咱們家家風正派！」

王氏不樂意地撇了撇嘴角，暗道——改變主意最好，他們桓哥兒可不怕娶不到媳婦的。

第十九章

歐陽穆在靖遠侯府內早早收拾好東西，他特意換上淺色寬袖長衫，羽扇綸巾，洗淨臉龐，露出額頭，整個人帶著幾分士大夫的儒雅模樣。歐陽岑嚇了一跳，道：「哥，你今兒個要去幹什麼？」

歐陽穆把玩著手裡的綠玉扳指，輕快道：「湘南侯稍後進京，他的夫人同外祖母是手帕交，我打算去城外迎他。」

……什麼情況，歐陽岑苦思不得其解，他不認為大哥有閒情逸致應付外祖母的親戚。最主要的是湘南侯的嫡妻貌似去世多年，兩個嫡子都戰死沙場，目前家中以嫡出的兩個孫子為首，交際應酬。

「你一起去嗎？」歐陽穆掃了他一眼，淡淡的問道。

歐陽岑唇角揚起，瞇著眼睛笑著說：「去！」他從小就跟著大哥到處跑，只要大哥不嫌棄他煩，他當然是跟著歐陽穆走嘍。

歐陽穆無奈地撇了下嘴角，道：「那就去換身乾淨點的衣服，別到時候丟了我的臉！」

「好哩！」歐陽岑急忙轉身回房間「打扮」去了。

過了一會兒，歐陽岑也身著當前士子中比較流行的白衣素服打扮，用青絲綬的頭巾梳好髮髻，露出陽光燦爛的面容，他有一雙彎彎的笑眼，稚氣的臉龐比歐陽穆多了幾分柔和的親和力。

歐陽穆略顯不快，他為了保持文雅的形象，特意命人備了馬車，但是他去見自家媳婦才如此裝扮，二弟穿得如此風騷幹什麼！

他拇指間摩挲著，道：「你還要騎馬，穿成這個樣子不像話，換成普通乾淨衣服即可。」

歐陽岑不明大哥的怒氣，可憐兮兮地再去換衣服，心中暗想他明明是按照大哥的樣子去模仿收拾自個兒，沒想到大哥還不滿意！

歐陽岑騎著高頭大馬，身後跟隨十幾個侍從，然後就是歐陽穆略顯奢侈華麗的馬車，上面印著「靖遠侯府」四個大字清晰可見。見者急忙讓開道路，就是小兵都不敢上前多問一句話。

此時城外，湘南侯一行人正在排隊辦理手續入城。湘南侯在先帝時期是極有臉面、盛極一時的家族。湘南侯為人爽朗直接，娶了華陽郡主為妻，兩個人十分恩愛，雖然也有妾的存在，大多是郡主親自安排，懷孕時打發差事用的。但是湘南侯同郡主的父親，皇室遠親敬懷王爺站錯了隊伍，擁立當時最年長的安王為帝，沒想到現在的太后李氏——當時的皇后因為同安王母妃不合，選了一位失怙的皇子養在膝下，並且最終討得皇帝歡心，封為太子。

湘南侯後悔不已，他的老丈人敬懷王同安王牽扯太深已經無法改變政治方向，後來新皇登基，果然給安王扣了個密謀謀反的帽子，敬懷王一族男子全部被牽扯其中，判了死刑，女眷和老人遠發廣州流放。湘南侯亦被皇帝厭棄，帶著妻子和孩子遠離京城多年，此次若不是太后發話，召集他們這群老人回來，怕是根本不敢輕易歸京。

或許因為如此，看守城門的長官對湘南侯並不是很尊重，沒有予以提前放行，而是讓他們家同其他人一般排隊檢查後進城。

湘南侯望著久違的京城城門，心底有些不痛快，但是因為他的嫡子早逝，此次車隊裡的大多數都是孩子，所以並未同官兵計較爭辯。他的妻子華陽郡主長年積鬱，五年前也去世了，湘南侯甚是懷念她，所以沒有再娶繼室，親自撫養兩名嫡孫，期盼他們在未來可以重振湘南侯府的名聲。

歐陽穆的車隊無人阻擋，士兵們急忙打開城門口處的柵欄，方便他儘快出行。

他撩起簾子，望著外面擁擠的人群，吩咐上官虹道：「湘南侯的車隊在哪裡？」

上官虹指了指遠方，說：「排隊呢，還是挺靠後的。」

歐陽穆微微愣了一下，道：「哼，這年頭落井下石的人還真不少。你去見城門官，令他打開備用通道，我去接湘南侯入城！」

上官虹點了下頭，騎著馬急速離去。

歐陽穆下了車，偕同歐陽岑親自走了過去，他身材高大偉岸，容顏冷漠剛毅，目光清澈明亮，在擁擠的人群中依然鶴立雞群。

湘南侯領隊的人是他的嫡長孫王若誠，年方十六的朗朗少年。他詫異地看著對面走來的一群人，小聲吩咐管事去喚祖父出來，怕是有人特意來尋他們，看裝扮身分不俗。莫非是故友嗎？

歐陽穆站直身子，雙手抱拳，揚頭道：「在下歐陽穆，特意來接湘南侯入城。」

眾人一陣沈默，王若誠瞪大了眼睛盯著眼前面如冠玉的俊美男子，這人居然是鼎鼎大名的歐陽穆！歐陽穆的名聲在年少子弟中如雷貫耳，他曾隨著隋將軍攻打過西涼國，後被皇帝封為驃騎小將軍，單獨率領親衛清掃過邊關蠻族，還參與過孤涼山、穴苦口兩大戰役，這軍功真是實打實拚出來的，數月前更是平定南寧之亂，活捉安王世子，若說當今少年誰為先，歐陽穆要論第二絕對沒人敢當第一的！

王若誠平復下自己的心情，急忙跳下馬，恭敬地向前激動道：「久聞歐陽小將軍的大名，沒想到今日可以見到真人，當真是在下幸事，吾激動萬分！」

他的臉頰通紅，語無倫次，歐陽穆倒是沒有任何表示，歐陽岑率先笑了。

他上前替兄長應付一番，直言道：「我外祖母年輕時同華陽郡主是閨中密友，在我們進京時曾言道，若是有機會遇到湘南侯，定要以長輩相待，萬不可隨意不恭。」

王若誠眼圈發紅，感動異常，世人雪中送炭者少，落井下石者多，當今聖上易猜忌，靖遠侯或許猜到湘南侯定會受到冷遇，從而派子嗣過來看望，真是重情之人。

湘南侯不會認為當真是靖遠侯夫人惦記自己妻子的年少之情，歐陽穆站在這裡，多少是靖遠侯的意思吧。湘南侯年輕時同靖遠侯也是朋友，後來政見不同方漸行漸遠。

湘南侯望著眼前兩位年輕的後輩，不由得十分羨慕老友靖遠侯，第三代有五名嫡出男丁，關係還異常親密，可謂家和萬事興呀。

「幫我和你祖父說一聲道謝，過幾日必定登門拜訪！」湘南侯沈聲嘆道，歲月如梭，他都幾十年不曾踏入京城一步，就連個守城官都擺不定。

歐陽穆想了一下，恭敬道：「今日小輩在府上已經備好飯菜，為老侯爺接風！」

湘南侯剛要點頭，猛的想起老友定國公今天還等著自己呢，於是不好意思道：「這個，我今日同老友有聚，怕是無法登門了。」

歐陽穆貌似十分驚訝，猶豫著說：「不知道老侯爺要見哪位好友，若是不介意小輩叨擾……」

湘南侯望著面容冷峻的歐陽穆，覺得對方大張旗鼓地迎接自個兒，如果單獨歸府著實不太好看，於是痛快的接話，道：「哪裡會覺得叨擾，我們這群老人家巴不得有年輕後輩陪著，你就隨我一同前往定國公府吧！」

歐陽穆怔了一下，眼睛忽地亮了起來，胸口一陣痛快，唇角輕輕揚起，歡愉道：「既然如此，小輩自當是恭敬不如從命！」

定國公府？歐陽岑微微一愣，目光落在了大哥臉上，發現他神采飛揚，眼角隱隱帶著幾分笑意，絲毫沒有任何不耐煩，心底不由得一震。

歐陽岑迫不及待地跑上去輕輕拍了下兄長肩膀，小聲說：「哥！我未來大嫂是不是換人啦？」

歐陽穆怔了下，搖了搖頭，說：「一直就是定國公府的三小姐梁希宜，不過是我最初搞錯了。」

他從來沒有掩飾的打算，尤其是在親兄弟們面前，早晚要讓他們清楚，到底誰是他們的嫂子，省得討好錯了人，尤其是燦哥兒，是該時候面對這個現實了。

歐陽岑錯愕地望著他毫不掩飾的堅決，好奇地說：「這個定國公府三小姐梁希宜到底什麼樣子啊，連大哥都能對她傾心，燦哥兒只能去哭了。」

歐陽穆失笑，瞪了他一眼，道：「你同情燦哥兒嗎？」

歐陽岑搖了搖頭，不屑地說：「梁希宜不是根本看不上他嗎？婚姻這種事兒，必須兩情相悅。」

他討好地揚起唇角，跟在兄長身後，笑道：「不過三小姐肯定會喜歡大哥的。」

歐陽穆聽著弟弟逢迎的言語，心情一片大好，但還是忍不住確認道：「你為什麼那麼認定？」

歐陽岑揚著下巴，哼道：「大哥如此好的男兒，她若是還看不上，乾脆去做姑子好了。」

……合著還是一廂情願的想法呀。

「大哥打扮成這般也是為了討好定國公爺吧！」

歐陽穆臉微微紅了一下，說：「嗯。」

歐陽岑咬著下唇，低聲道：「下次這事兒直接和弟弟說，上官大叔腦子慢，幫不到大哥什麼。追女孩這種事情，必然也是親兄弟上陣更容易解決嘛。」

歐陽穆無語地瞥了他一眼，道：「此事必須低調，我不想惹惱梁三小姐，你做事要留有餘地。」

「明白的，大哥，我做事情何時扯過你的後腿！」歐陽岑信誓旦旦的保證著，他就愛參與大哥的事情，只要歐陽穆願意同他分享，他必然勇往直前，他比任何人都希望兄長幸福。

這麼多年以來，歐陽穆當爹當娘地拉拔他和四弟歐陽宇長大成人，若是有人可以替他們心疼兄長，那真是太好不過了，他也十分樂意把兄長喜歡的女子，定國公府的三小姐當成「親娘」伺候！

湘南侯此次進京分成了兩個車隊，第一批車隊的人員早在幾個月前就抵達京城，修葺原本的湘南侯府邸。第二批車隊主要是府上的少爺、小姐們，隨著湘南侯一同抵京。

車隊在城北的時候又分成兩路人馬，湘南侯帶著兩個嫡孫，王若誠、王若實，同幾位嫡親及庶出的孫女兒，一起前往定國公府拜訪。像他們這種公侯府，庶出的男孩在仕途上或許沒什麼太大機會，但是庶出的女孩一般都會好好養著。家世清白，底蘊頗豐，勛貴之女即便是庶出女，若是不挑剔對方出身，都可以嫁給一般家庭的嫡出子嗣。

湘南侯長孫王若誠，次孫王若實都正是血氣方剛的年紀，他騎著馬追著歐陽岑說話，歐陽穆坐車，所以即便他很想多和歐陽穆交流一下，也沒有機會。

湘南侯府的女孩子們坐在車裡，四個女孩子嘰嘰喳喳圍在一起，議論的重點都在歐陽穆身上。湘南侯家的嫡長孫女王若雨已經定親，年方十七，此次進京準備待嫁。二小姐王若涵年近十五，尚在議親中，剛才偷偷撩起簾子看到了傳說中的歐陽穆，若說沒有點想法是不可能的。庶女王若晴、王若靜都是十四、五歲的年齡，心裡也有些蠢蠢欲動。

王若晴生得漂亮，眨著大大的眼睛，溫柔似水地說：「我一直聽說過歐陽穆的勇悍之名，以為是那種特別的魁梧男孩，沒想到今兒個見到才發現真是想錯太多了！」

王若靜附和地點著頭，道：「據說他還沒定親呢。不過歐陽家同駱家、白家世代聯姻，未來的妻子怕是跑不出這兩家的。」

「這事倒是未必！」王若涵搖了搖頭，沈聲道：「歐陽穆肯定不會娶駱家女的，駱長青至今不肯同其他人家議親就是無法面對這個事實，她還想等歐陽穆呢，可是歐陽穆似乎看重京中才女陳諾曦，所以才會滯留京城。我曾經還想，歐陽穆這種不解風情的小將軍哪裡值得女子如此對待，現在見到真人，倒是再次理解何謂傳言誤人呀。他能為了等一個陳諾曦，足足四年不回西北靖遠侯府，可見當真是重情又有魄力的男子，我十分欽佩。」

王若晴冷哼了一聲，調侃道：「瞧二姊姊說的，若不是剛才看到歐陽大少爺面如冠玉，妳怕是無論如何也欽佩不起來吧。」

王若涵臉色一沈，掐了下她的腰間，道：「牙尖嘴利，妳不是也因此對他另眼相看一些！」

「不過咱們家如今境地如此，歐陽家怕是看不上的。」王若靜悠悠道。

王若晴不認同地搖了搖頭，說：「若是真看不上，何必今兒個特意來接？再說，歐陽穆找娘子必然是自個兒看得上的，同背景無關，嫡庶怕是也不在意吧。」

王若涵見王若晴憑藉模樣出眾，一臉自以為是的樣子，有些不開心地撇開頭。王若晴姿色確實與眾不同，身材凹凸有致，渾然天成一股子妖媚之氣，曾有人願意牽線將她送入皇子府，不過若是歐陽穆也看得上她，怕是祖父會毫不猶豫地送給歐陽家的大少爺。

湘南侯府境地已然如此，等到兄長成長起來，至少需要蟄伏十餘年呢，唯有姻親聯姻的捷徑，可以預先達到效果，保湘南侯不衰。

眼看著即將抵達定國公府，歐陽穆放下手中書本，心底不由得緊張起來。

定國公梁佐早早打開府邸大門，親自出來迎接湘南侯爺，沒想到對方還偕同了歐陽家大少爺、二少爺一起前來。他有些驚訝，不過瞬間掩飾住心底的情緒，歡迎道：「兩位世侄兒肯陪我們這群老傢伙飲酒，我高興還來不及呢！」

歐陽岑笑呵呵地說了幾句奉承討喜的言語，惹得定國公與湘南侯同時大笑起來。

梁佐忍不住多看了幾眼歐陽穆，若不是對方十分肯定歐陽家大少爺的身分，他以為是書香門第出身的冷面公子呢。他的袖口寬大、衣衫白淨，腰間的橄欖色束帶鑲著翡翠玉墜，面容乾淨、目光清澈，整個人給人感覺溫文儒雅，宛如風度翩翩的公子，絲毫沒有戰死沙場的驃騎小將軍的影子。

有奴才將此事報告給了後院的梁希佑，他欣喜異常，急忙重新打理自個兒衣衫，梳好髮髻，打算稍後好好招待招待歐陽大哥。他上次給歐陽穆添了那麼多的麻煩，早就想登門道謝，如今對方親自上門，正是可以讓他表現一下的機會。

梁希宜站在廚房門外，重新又檢查了一遍菜單。這菜單是她親自敲定，八道涼菜，十二道熱菜，湊在一起是吉利的雙數二十。

因為老人眾多，她特意重新擬定菜名，幾個菜名拼接在一起成了福如東海、壽比南山，連梁老夫人看到單子時都忍不住稱讚三丫頭做事情越來越周到了。

夏墨拎著裙子，從遠處走了過來，道：「姑娘，賓客人數有增加，咱們的備桌果然用上了。」

梁希宜將手裡的菜單遞給小丫鬟，吩咐道：「最終名單讓管事儘快擬一個給我，我要過目。」

她要應付湘南侯家裡的小姐們，為了避免出差錯，首先把名字都記下來。

「是！」夏墨轉身又去忙活起來。

梁希宜頂著太陽回到屋子，望著丫鬟們裝點著茶桌，說：「小廚房的糕點多做一些，祖父說湘南侯家的庶出姑娘們也跟著來了。」

丫鬟們急忙應聲，多加了幾盤甜食。夏墨拿著單子，遞給梁希宜，道：「主子，賓客的最終名單擬好了，說來真是奇怪，靖遠侯府似乎今兒個也要招待湘南侯爺，老侯爺因為先應了咱們國公爺的飯局，又不好推托特意去城外接他的歐陽家兩位少爺，所以就一同帶兩位少爺來了。」

梁希宜點了下頭，猛地意識到了什麼又抬起了頭，說：「歐陽家的兩位少爺？」

夏墨嗯了一聲，道：「歐陽穆大少爺、歐陽岑二少爺。」

梁希宜微微一怔，怎麼又有歐陽穆？她倒是真和他有點孽緣！

「姑娘、姑娘！」墨憂小跑著進了屋子，興奮道：「秦公子到啦！」

梁希宜臉頰一紅，感受到周圍丫鬟們若有所思的笑意，忍不住跺了下腳，佯怒道：「沒出息的奴才，讓妳嚷嚷成這樣！」

梁希宜嬌聲斥道，胸口卻湧上一絲暖意。前世的她雖然已經嫁人生女，但是在情感上卻並未開竅，從來不曾有男子主動明顯地追求過她，又帶著幾分孩子氣的赤子之心，而她又是做過母親的人，對於秦甯桓單純的心思覺得特別溫暖。

「姑娘，快開飯了，國公爺讓您過去呢。」

梁希宜點了下頭，對著鏡子調整了下髮髻，想著稍後就要見到秦甯桓了，心頭如同一頭亂跳的小鹿般緊張，臉蛋爬上一抹淡粉色的紅暈。

前面定國公府的慶雲堂已經是人潮湧動，孩子們吵鬧的聲音連成一片。

大夫人秦氏身子特別笨重，她待了一會兒腰部發痠，有些承受不住，她十分看重這一胎，生怕出一點問題，思前想後決定哪怕不顧及面子也不能委屈了自個兒的身子，於是先熱情地同湘南侯嫡出的兩名媳婦仔細攀談了一會兒，然後故作嘔吐狀道歉離去。

三夫人李氏因為三老爺的臭名，大抵退出京城貴婦的交際圈子，此時更是懶得應付不知道哪裡冒出來的湘南侯府。她整日裡對家事漠不關心，真心學習佛法，越來越像是世外之人，待了一會兒也藉口身子不舒坦離去，獨留下了四小姐梁希宛同嫡出的七少爺梁希佑，還有庶女應酬。

二夫人徐氏倒是身子骨硬朗，就是沒心眼，滿嘴胡亂奉承，說得湘南侯的兩個書香門第出身的媳婦啞口無言，無法溝通，最後還是徐氏的長媳婦夏悠然不停為她們尋找話題。

二夫人抬頭見梁希宜總算來了，頓時放下心道：「希宜，快來見過湘南侯府的兩位夫人吧。」

梁希宜笑著朝她點了下頭，兩位夫人同時向門口看過來，不由得眼前一亮。來之前特意打聽過，定國公府裡這位三小姐梁希宜最為被定國公看重，如今親眼見到三小姐，倒是有一種說不出來的感覺。這位姑娘打扮得中規中矩、秀麗端莊，按說還不如四姑娘明媚可人，但是她笑著一路走來，背脊挺直，姿態婀娜隱約帶著幾分道不明的風度，只覺得窗戶外面那日光落在她的身上，光鮮耀眼，一時竟是讓人移不開目光。

主桌上有定國公、湘南侯、國子監祭酒秦大人，共三位老人。其餘陪在身邊的是定國公府的兩位老爺、定國公嫡長孫、秦家二少爺秦甯桓，以及湘南侯的嫡長孫王若誠、靖遠侯府的兩位少爺。

歐陽穆不時注視著門口的動靜，此時見梁希宜的身影映入眼簾，不由得假裝端起酒杯一飲而盡，視線好在低下頭的瞬間，目不轉睛地盯向遠處的梁希宜。他舔了下唇角，胸口有一股說不出的衝動溢滿全身，他的妻子重生了，他想要渴求一生去守護的女人就在他的面前！

「來，大少爺，我敬你一杯！」大老爺沒想到今兒個能見到歐陽家大少爺，想著他這個官職說到底還是得罪皇后才丟掉的，如今有機會巴結靖遠侯府，必然絲毫不顧及他年長的身分，殷勤地點頭哈腰，伺候歐陽穆倒酒。

歐陽穆心裡對定國公府的大老爺十分看不上，但是考慮他終歸是梁希宜的大伯，早晚算是他的長輩，不由得客氣起來，二話不說喝了乾淨，眼底卻時不時朝女眷桌子瞄了過去。此時梁希宜已經坐下同湘南侯府的夫人們說話，背對著他呢。

梁希宜在另外的桌子上應付著眾人，心裡卻想著秦甯桓，她背如芒刺，總覺得誰在盯著他，不期然就把帽子扣到了秦甯桓身上，但願他知道收斂，省得姊妹們笑話她。

梁希宛穿著大紅長裙，濃妝豔抹，嬌唇欲滴，眉眼細長帶著濃濃的水霧，除了秦甯桓和歐陽穆，其他眾人都是第一眼看到定國公府明媚誘人的四姑娘。

梁佐倒是無所謂孫女兒如何裝扮，正是最好的年華，又是即將議親的年紀，在家宴上只要不太出格，他都不太會去管。更何況此時有歐陽家的兩位年輕才俊，若說他沒有一點想法也不現實。

歐陽穆尚未議親，不管他自己如何想，至少在外人眼裡，撇開他靖遠侯府嫡長孫的身分，單就他驃騎小將軍的英武，也是眾人眼裡的最佳女婿！

梁希宛手搭在姊姊肩膀，小聲說：「三姊，秦家二少爺的眼睛都快黏在妳身上了呢。」

梁希宜臉頰通紅，暗暗拍了她一下，道：「妳休要亂說！」

梁希宛不屑地撇了撇唇角，偷偷回過頭，猛地碰上了歐陽穆深邃的目光，彷彿被電了似地轉過身，說：「我本來想幫妳看秦家二哥的，沒想到歐陽家大少爺也往這頭看呢，他生得可真好，一點都不像傳說中的那般冷漠無情。」

「哼……」梁希宜懶得說起這個人，反正她曾經差點死在他的手上，後來又被他光天化日之下給罵了，若說覺得他生得好看，那絕對是太陽從西邊出來！

「妳說，歐陽家大少爺怎麼會來咱們府上，我上次回外祖母家，還聽表姊們說如今京中風頭最盛的除了五皇子外，便是歐陽大少爺，但是他性格孤僻，不太好請，前一陣子消失了足足幾個月不曾露面，連二皇子妃生辰，都沒請得到他呢！」

梁希宜沒好氣地看著四妹談及歐陽穆時明亮的目光，調侃地說：「怎麼，妳心儀他嗎？」

梁希宛猶豫了一會兒，道：「他和五皇子，我看著都挺好的！」

梁希宜頓時無語，拍了下她的額頭，說：「不是吧，這兩個人都不會娶咱們家的姑娘做髮妻的，妳可別犯傻辱了自個兒嫡出的身分！」

梁希宛眉頭微微蹙起，不認同地反駁道：「三姊，我同妳不一樣，妳有祖父護著幫妳挑人家，我父母根本懶得管我，大伯母如今懷孕著連二姊姊的婚事都來不及處理，何況是我呢？我外祖父把我爹給參了，極品親戚一大堆，我哪裡還敢指望著什麼好人家呀！」

梁希宜搖了下頭，勸道：「憑著定國公府的背景，一般讀書人家妳都可以嫁過去做髮妻的。」

梁希宛嘟著嘴巴，一張白淨的臉頰顯得更加嫵媚動人，不快道：「嫁給我爹那樣的人嗎？然後呢，讓他憑藉祖父的身分結交人脈？然後等我人老珠黃後，不但要替他管家還要幫他養育妾室和妾生的孩子，我吃飽了沒事撐著呀！我寧願當鳳尾也不做雞頭，皇宮裡那群貴人們除了皇后娘娘不都是妾嗎？但是我們嫡出的姑娘們依然要給她們行禮、下跪，說到底還是她們嫁對了人！」

梁希宜見她表情認真，一時間倒是不知道該如何說了。梁希宛的話不能說是錯的，但是妾這種身分一旦確定，想要翻身可就沒那麼容易了，尤其她還是定國公府嫡出小姐……祖父要是知道四妹妹心底破釜沈舟有給皇子做妾的勇氣，怕是會被氣死的。

「妳看啊！」梁希宛指著遠處的主桌，她們的大伯站在桌邊，輪番給歐陽穆和歐陽岑倒酒，嘲諷地說：「瞧見沒有！這就是大伯的骨氣，雖然說祖父或許會生氣，但是我要說願意給歐陽穆做妾，歐陽穆又樂意要我，大伯父心裡必然樂開了花。」

梁希宜微微一怔，嚴肅道：「妳可千萬別存了給歐陽穆那人做妾的念頭，他情有獨鍾陳諾曦，心裡容不下任何其他人，妳若是擋了他的路，他可會不留情面的！」

梁希宛詫異地看著她，說：「妳怎麼知道的。」

梁希宜嘴巴附在她的耳朵旁邊，小聲道：「我同白若蘭關係好，歐陽穆這個人最是冷酷無情、睚眥必報，妳千萬別被他此時的表面騙了。」

梁希宜垂下眼眸，生怕梁希宛真做出給別人做妾的傻事，她擔心祖父承受不住，再次啟口，道：「這樣吧，妳若真是鐵了心想要嫁入高門，不如努力參加日後的選秀，爭取入了太后的眼，給皇子做側妃好了。可千萬別尋著去當妾，到時候氣壞了祖父，我絕對不饒妳！我可是認真的。」

梁希宛不耐煩地點了點頭，道：「知道啦！定國公府好歹是我日後的依靠，我還不會傻了真讓祖父寒了心。喏，妳家的秦家二哥哥又偷瞄妳呢。」

梁希宜順著她的目光看了過去，秦甯桓揚著嘴唇，朝她傻傻地笑著，她白淨的臉頰湧上一抹淡紅色。她瞪了對方一眼，惱怒地轉過身不敢再輕易回頭，心底卻是止不住的甜蜜。

歐陽穆望著他們二人的眉目傳情，臉色沈了下來，他以為他可以表現得寬容一些，卻終究是胸悶得厲害，居然有人敢當著他的面，調戲他的妻子。

歐陽穆的手勁用力，小酒杯中央裂出一道細縫，歐陽岑彷彿感受到了什麼，急忙將手心附在兄長的手背上，輕輕地搖了搖頭，追女孩這種事情，絕對不可心急呀！

歐陽穆表面故作鎮定，心裡其實都快氣炸了，他乾脆給自個兒斟滿，一飲而盡，接著連飲數杯，才隱隱穩住心底的熊熊怒火。不管前世還是今生，他都是天之驕子、眾星拱月，生命裡唯一痛苦的歲月其實也沒有幾年，而且那時已經對生活沒了期望，所以不存在隱忍什麼。

歐陽岑瞇著眼睛，有些心疼大哥，於是看向秦甯桓的目光多少有些不客氣。誰讓大哥生氣了，他就和對方過不去！歐陽岑佯裝隨意地舉杯敬酒，先是同湘南侯家的王若誠喝了三杯，然後才走到秦甯桓面前。

秦甯桓、王若誠和歐陽岑同是小輩，王若誠毫不猶豫地喝了，秦甯桓著實沒有推辭的理由。但是他是科舉出身的書生，若論學業，他是在場最好的，但是說到喝酒，可能就差太多了。

果然，不過片刻，秦甯桓就喝得臉紅脖子粗，忍不住有要嘔吐的慾望，趁著大家不注意，他的小廝攙著他溜出了屋內。

梁希宜一直關注著他，自然清楚秦甯桓喝多了，她在心底一邊埋怨歐陽岑，一邊擔憂秦甯桓。

夏墨進屋子在她耳邊說了兩句，梁希宜猶豫片刻，終於是離開了大堂。

歐陽岑望著完全得不到梁希宜一點關注的兄長，有些無奈地輕輕拍了拍他的肩膀。人家正是郎情妾意之時，會有如下舉動完全可以理解。

歐陽穆沒說話，心裡自欺著，他都「曾經」對陳諾曦一往情深，那麼公平起見，他暫且允許梁希宜對秦甯桓有不一樣的感覺，反正過不了多久，秦甯桓就會出局。

話雖如此，歐陽穆還是一杯接一杯地乾著，絲毫沒有醉意似地不停麻痺全身上下的所有神經，等秦甯桓回來，他絕對不會讓他今兒個能夠正常走著離開！

歐陽岑也覺得渾身不痛快，他們兄弟二人，在西北不用提了，做事情肆無忌憚，靖遠侯是當地的土皇帝，當地百姓怕是皇子根本認不清楚，但是說到歐陽家幾位小軍爺，連街上賣燒餅的都能講述三天三夜。後來大哥去了西山軍，嫡親的舅舅更是憐惜他們幼年失母，寵他們兄弟幾個無法無天，即便在京城裡，二皇子妃的生辰宴會，大哥也是說不去便不去的，皇帝老兒不也不敢拿靖遠侯如何！

但是現在，他們必須忍著，歐陽燦又不是沒打過秦甯桓，結果怎麼樣了？梁希宜同秦甯桓更親近了，他們的突破點不在於打壓秦甯桓，而是必須讓秦甯桓先犯錯。

歐陽岑何時見過大哥如此憋屈著自個兒的情感，他的目光深邃如汪洋，寒冷得看不出任何心痛，但是他手背的溫度告訴歐陽岑，兄長真是冷徹心骨。

這事兒，不能就這麼完了！

第二十章

梁希宜兩隻手揉搓著手帕站在院子裡待了一會兒，感覺到後邊誰拍了下自個兒，猛地回頭，差點跌入秦甯桓的懷裡。她急忙後退幾步，道：「你是不是真醉了，居然叫夏墨尋我出來。」

秦甯桓臉頰通紅，因為喝了不少的酒，他的脖子都有些發紫。他剛剛吐了好多，身子有些虛弱，面容紅裡透著幾分蒼白，道：「我，我就是想聽妳說話，也不知道怎麼地，可能酒勁沒下去就膽子大了，正巧碰到夏墨姑娘，就試探性讓她去尋妳。」

梁希宜想訓斥他幾句，又在對視上他含情脈脈的目光時，有些害臊，心中一軟，沒發出聲音。

秦甯桓唇角快咧到了耳邊，傻傻地說：「沒想到妳真來了，我、我真是驚訝，也有些歡喜，希宜，妳、妳果真也是喜歡我的。嘿嘿。」

也是？梁希宜臉頰發熱，她故作不在意地看向別處，微怒道：「你別胡思亂想，我不過是怕你喝多了在外面做出傻事，總歸是不好看，尤其是在我家裡！」

梁希宜害羞地低下頭，咬住下唇，還想再說什麼卻聽見遠處一陣腳步聲，是秦甯桓小廝。

秦甯桓忍不住黑了臉，微怒地瞪著突然攪局的小廝。

梁希宜同樣十分尷尬，鄭重地對他的小廝說：「盯著點你家少爺，他喝多了。」

梁希宜同秦甯桓福了個身，轉身急速離開。

秦甯桓目不轉睛地望著她離去的背影，唇角微揚，只覺得春風得意，心情大好。

這名小廝望著主子一臉深情的樣子，不知道該不該把府上管家傳來的話，如實稟告。

一陣冷風襲來，秦甯桓打了個顫，轉身道：「你過來有什麼要事，不是讓你躲遠點嗎？」

「大少爺，小的也不想過來打攪您難得同梁三小姐說話的時機，可是剛剛李管事尋來，說是昨天在王家的事情鬧大了，不知道怎麼地傳到了隋家那個瘸腿小軍爺耳朵裡，小軍爺覺得受辱，居然找到了咱們家，說是要見一見楊家小姐情有獨鍾的秦家大少爺，到底是什麼樣子的人才。」

秦甯桓渾身一震，什麼情況？他本來從未將昨日的事情當一回事，怎麼就鬧到了現在這般地步。

「主子，李管事擔心那隋家小軍爺會直接殺到這裡來尋你，豈不是更加無法收拾，所以……」

秦甯桓垂下眼眸，忽地急步前行，道：「我去同祖父說，必須趕緊回去，不能讓對方鬧到這裡來，否則讓三小姐多丟臉，到時候我又有何臉面見她的祖父呢。」

小廝連連點頭，道：「那我現在立刻去尋李管事，讓他安排馬車。您同老太爺說清楚了。」

秦甯桓攥著拳頭，覺得自己真是有病，以前沒事閒得幹麼對表妹們那麼好，如今人家賴在頭上，他想撇開都撇不開，這要如何才說得清楚。

想到剛才梁希宜含羞帶怯的容顏，秦甯桓的眼眶忍不住發紅起來，若是希宜知道了，是不是……是不是就徹底不理他了？這還沒定下親事，就鬧出醜聞，希宜那般清明的女孩，必定是容忍不了的吧。

梁希宜重新走回堂內，發現歐陽穆深邃的視線居然盯住她，宛如一張熾熱異常的網，深深地糾纏著什麼。她不適應地微微怔住，面無表情地轉身落坐。

歐陽穆的大腦有點暈眩，他喝了好多的酒，他已經很久不曾將自己灌醉了，尤其是在想到前世的妻子重生之後，他的每一天過得特別充實，哪怕是幫梁希佑編製最普通的魚竿，似乎都充滿了力量，連那張不常露出喜怒的面孔，都常常掛著笑意。

但是現在他好似虛脫了，如鯁在喉，有怒火發洩不出，呼吸變得越來越急促。

梁希宜可回來了，而這天殺的秦甯桓也跟著進了屋，若說這二人沒有私下見面，他是不會相信的，但是，他又能怎麼樣，他能怎麼樣……他只能卑微地忍著，因為在梁希宜眼裡，他什麼都不是。

「大哥，少喝點吧！」歐陽岑有些看不下去，輕輕拉扯著兄長的衣袖。

歐陽穆默不作聲，直接攥著酒壺一飲而盡。酒這玩意真是個好東西，它可以讓人變得輕飄飄，亦可以麻痺人的傷痛，他曾經靠著酒度過了很多年，很多個寂寞的夜晚……

歐陽穆原本想拖秦甯桓下水，讓他多喝幾杯，沒想到秦家臨時出了事情，秦甯桓必須率先離開。秦老太爺的臉色有幾分古怪，定國公因為同湘南侯追憶過去呢，所以沒太在意。

歐陽穆舔著下唇，動作越來越大，有那麼一瞬間，他覺得自己真是醉了……仗著這麼點醉意，他忽地揚起頭，貪婪地直直看向了梁希宜的背影。

定國公府大老爺時刻都在關注他的神色，順著他的目光看過去，若有所思起來。因為歐陽燦的關係，大老爺從未想過歐陽穆會看上梁希宜，再加上梁希宛始終同梁希宜挨著，所以他就順理成章認為，歐陽家大少爺是被四小姐梁希宛的柔美動人吸引住了。

宴會什麼時候結束，歐陽穆根本沒注意到，他頭有些沈，渾身冰涼。

梁佐見大家喝得盡興，不管是歐陽家的兩位少爺，還是自個兒的長孫都快醉得不省人事，於是安排了他們在客房休息。

歐陽穆再次清醒過來已經是下午，他眨了眨眼睛，入眼的是個漂亮丫鬟。

丫鬟紅著臉頰，輕聲道：「大少爺醒了，我服侍您起身吧。」

啪的一聲，歐陽穆揚手就甩了一巴掌，厭棄道：「滾！」

他身邊都是小廝，從來不讓女子近身伺候，此時居然在定國公府破例，尤其是在梁希宜的家裡破例，他怎麼能不惱羞成怒？梁希宜若是知道了，是否會誤會他的品性，他這麼多年的堅持到底是為了誰！

歐陽穆渾身不痛快，逕自胡亂整理好衣衫走了出來，沒想到正巧遇上梁希宜。

此時梁佐同大老爺等眾位喝醉了的主子們還在午睡中，院子裡的管事嬤嬤見丫鬟哭著跑出來，擔心得罪靖遠侯府大少爺，只好去請梁希宜來處理事情。

梁希宜見前來說話的管事語無倫次，便過來看一下，沒想到見到衣冠不整的歐陽穆。她撇開頭，旁邊站著大伯父派來侍候歐陽穆的嫵媚丫鬟，一時間誤會了什麼。

梁希宜皺著眉頭，略顯惱怒，這個歐陽穆居然敢在她家做出這種事情，實在是不知羞恥，不過這事情她一個未出閣的姑娘如何管！

想到此處，梁希宜假裝什麼都沒看見，清冷的視線從歐陽穆臉上掃過，淡然轉身。

「梁希宜！」一道低沈的嗓音從背後響起。

梁希宜揚起下巴，深吸口氣，真是無法刻意忽視對方呀，她不情願地又轉過頭，目光同歐陽穆直視。

這傢伙居然還敢叫住她？

小丫鬟梨花帶雨，顫抖著雙肩跪坐在一旁不停地抽泣著。

歐陽穆同梁希宜彼此直視，誰也不肯先說一句話。他抬著下巴，深邃的目光映襯在午後明亮的日光下，泛著點點光澤，他的視線定在了梁希宜的臉上，似乎糾纏著什麼。

梁希宜表面鎮定，心裡其實有些尷尬，她心裡暗道，這傢伙不會酒勁還沒醒，於是做事情這般隨便，不清不楚。若不是她十分瞭解對方肯定是討厭她的，會有那麼一瞬間，彷彿從那道冰冷的視線裡，看出幾分一往情深……

「對不起。」

歐陽穆高昂著下巴，卻說出了這麼一句話。他的聲音彷彿古樸的樂聲，帶著幾分沈重、一點相思，還有讓人無法忽視的誠懇。

梁希宜不可置信地挑眉，不由得仔細打量眼前這張五官分明的英俊臉龐。歐陽穆是高傲的，即使他難得說出道歉的話語，卻依然難掩骨子裡的倔強孤傲。他的右手磨著腰間的翡翠玉墜，清澈的目光深深地望著自己，彷彿她若是不表示點什麼，這傢伙會當場發飆。

梁希宜面無表情地目視前方，淡然說：「歐陽大少爺言重了，明明是我們招待不周。」

梁希宜以為是因為小丫鬟的事情，歐陽穆才會道歉，她也不會傻得應下歐陽穆的歉意，萬一他日後想起來又遷怒於她，她這不是自討沒趣嗎？

歐陽穆微微一怔，安靜了一會兒，鄭重地說：「我是說上一次賞花會的事情，對不起。」

梁希宜嘴唇微張，有片刻的詫異，隨後又有些不快，但還是忍著敷衍道：「大少爺實在客氣，那麼久的事情了，誰還會記得？」

歐陽穆聽著梁希宜的違心言論，緊著的心突然有些放鬆下來，他看著梁希宜唇角不屑的淺笑，言語略顯柔和輕快，道：「哦，我還以為妳每次都冷臉相待於我，是因為上次的話呢。」

可不就是因為上次的話嗎？梁希宜不願意承認自個兒小肚雞腸，尤其在對方道歉以後。當然，她願意應付他的原因還是礙於歐陽穆的背景。他若是對她刻薄，她繞著他走便是了，他若是主動示好，她也不會傻得故意得罪死人家，這不是給定國公府尋個強大仇敵嗎？上次她什麼都沒做，大老爺就被尋了個錯處停了職，歐陽家的人做事情果然仗勢欺人。祖父心疼她不曾說什麼，但是這事兒放在其他家族裡，也要大張旗鼓訓斥一番吧。

但是若說讓她真心相待歐陽穆，成為朋友，她反而是真心不起來的！

梁希宜心裡思索，這歐陽穆會不會磕了頭，導致精神有異吧？前幾日還看她無論如何都不順眼，今個居然朝著她隱約有了幾分笑，太讓梁希宜驚訝了！

歐陽穆見她不說話，心裡忐忑不安，也藉著此次機會將她仔細看清楚。

梁希宜長得比較端莊大氣，鵝蛋臉很小，顯得一雙眼睛特別大，淡粉色的薄唇輕輕咬在一起，很是可愛。

她似乎真把他當作了什麼不講理的權貴，得罪不得又實在懶得交好，細緻的眉頭皺在一起，好像多麼難處理他似的。其實他不需要梁希宜做任何事情，只要她能夠心態平和地同他好好說話，而不是如今這般厭棄的神色，他的胸口就會湧上暖意，甜蜜得不得了。

梁希宜儘量讓自己帶著幾分笑意，乾笑地說：「那麼，此事就當過去了吧，歐陽大少爺您好好歇著，我把人……服侍不周的丫鬟帶下去了。」她認定歐陽穆腦子有問題，她還是閃人好。

「慢著！」

梁希宜再次嘆氣，到底是要鬧哪樣啊，她瞇著眼睛看過去，道：「怎麼了？」

歐陽穆站在屋子門外，他的衣服還是白日裡特意選的那件淺色長衫，腰間的束帶鬆鬆垮垮，隱約露出了結實的小麥色胸膛，搭配著他翹起的下巴，恍若雕塑般的五官和緊抿著的薄唇，真是讓人好有壓力感呀。他也不說話，就那麼直直地盯著梁希宜，眼底清晰地映上了梁希宜的纖細輪廓。

梁希宜再如何淡定自如，也受不了一個據說冷漠異常的大男人，眾目睽睽之下，目光赤裸裸地深情凝望著她，她有些惱羞，自顧自地吩咐道：「我這就讓管事嬤嬤尋個得體的小廝過來。」

「不需要。」歐陽穆的回話倒是極快，聲音沈重堅定。他抬起手，又放下，猶豫片刻。

梁希宜垂下眼眸，她受不了歐陽穆放肆的目光，這人真是太仗勢欺人了！

「大哥！」歐陽岑帶著侍從自旁邊院子走了過來，他也剛剛睡醒，擔心兄長就過來看看，沒想到梁三小姐也在這裡。他想到梁希宜早晚是他的嫂子，不由得客氣萬分，說：「梁三小姐，我大哥從來不讓隨便的人侍候的，尤其是女人。」

歐陽穆急忙點頭，他憋了半天都不知道如何解釋，好在弟弟立刻出現，否則梁希宜又跑掉了。

梁希宜才不關心他需不需要女人侍候，她只想趕緊離開，趁早解脫。她就不該輕易過來，現在反而都不知道有什麼需要她解決的事情，難道彼此就這麼站在太陽底下曬著嗎？

歐陽岑瞄了一眼兄長快憋死了的神情，笑著說：「梁三小姐，這丫鬟犯了我大哥的忌諱，日後若是被傳出去容易讓人利用，所以必須加以懲治。」

歐陽穆再次點頭，他可不是秦甯桓軟性子的男人，女人投懷送抱就完事了。如果不以儆效尤，這種事情有一就會有二，日後是不是哪個阿貓、阿狗都敢輕易爬上他的床了？萬一他潔身自愛的身子被人家占去便宜，不就是虧大了。

而且世道常說人言可畏，眾口鑠金，他不表明態度，今天這事改日傳出去就成了他強迫人家丫鬟不成，人家丫鬟才痛哭流涕，他憑什麼揹下這麼個黑鍋！

梁希宜皮笑肉不笑地暗忖——男女之間，男人怎麼可能吃虧呀，這兄弟二人也忒矯情了！

她低頭想了一會兒，問過管事那名丫鬟的身分，管事嬤嬤欲言又止，悄悄地在梁希宜耳邊道：「是大老爺在西園養的小戲子，而且是大老爺頗為喜歡的一名戲子，曾經有達官貴人看重過此女，向大老爺要過此人，都被大老爺拒絕了。這真是為了討好咱們驃騎小將軍，才如此割肉塞了過來。」

梁希宜聽後頓時覺得不好意思，勛貴之家都會養些模樣好的戲子，除了可以供家裡欣賞以外，還可以送做人情，但是她大伯連人家喜好都沒搞清楚就送了個女人過來，太過草率。

歐陽穆從來不讓女子近身……還一副厭棄至極的樣子，她思索了片刻，想到歐陽穆對待七弟梁希佑的過分看重，心驚了下，莫非他有龍陽之癖！

梁希宜紅著臉頰，咬了咬牙，道：「這事兒怕是有所不周，既然如此，這丫鬟就當是送給靖遠侯府，你們隨意處置吧。」

她說完後，神色怪異地在歐陽穆身上打量了好幾圈，尷尬道：「府裡尚有很多雜事，我先失陪了，這位是院子的管事嬤嬤，你們但凡有任何需要，都可以同她提及。」

管事嬤嬤小步上前，哆哆嗦嗦地應著聲，伺候盛名在外的歐陽家兩位少爺，還真是頗有壓力。

梁希宜覺得眼前一群人都不太正常，匆匆忙忙吩咐完了就迫切離開，烏煙瘴氣的，她忍不住厭棄地擺了擺手。天啊，斷袖之癖嗎？她要趕緊管住佑哥兒，以後絕對不可以再同歐陽穆接觸了。

歐陽穆目光沈沈地盯著她遠去的背影，雖然心情還是很不好，但是眼底已經有了幾分柔和之色，梁希宜總算是不會像吃了火藥似地面對他了，這就是很大的進步！

歐陽岑鬆了鬆肩膀，斜靠在兄長身上，雙手環胸，小聲說：「哥，那丫鬟怎麼處理？」

歐陽穆一怔，咬緊了牙關，道：「她終究是定國公府的人，不如就在這院子裡處置一下，以儆效尤！我看日後誰還敢輕易爬我的床。」

「小弟也如此認為。」歐陽岑骨子裡同大哥一樣，是說一不二的性格。

「還有今日伺候的侍從，給我放在一起打！」歐陽穆淡淡地說，若不是他的小廝放鬆，又豈會讓人隨便進了他的屋子，還好是定國公府大老爺獻上的女子，若是敵人怎麼辦？

傍晚時分，擺了晚膳。

因秦府不時有管事前來催促，秦老太爺酒醒後藉口家中有要事率先離開。湘南侯留下來一起晚飯，兩個老頭同幾位少年把酒論英雄，古詩辭賦不時在桌間響起。歐陽穆態度謙和沈穩，運用他兩世的學問將定國公逢迎得十分愉悅，飯局進行到最後，定國公已經連呼歐陽穆為世侄兒，讓他有空就來定國公府作客，陪他這個老頭說道。

若不是大家懶得換桌子，歐陽穆恨不得展示下他最近日夜練習的書法，用於討好定國公爺。

梁佐心情愉悅地望著眼前風度翩翩、知書達禮的歐陽穆，這可是京城眾多勛貴請不到的驃騎小將軍，此時卻陪著他談天說地，措詞小心謹慎，隱隱帶著幾分討好。

梁佐瞇著眼睛，難免有些飄飄然，認為歐陽穆是懂事有禮貌的好少年，之所以名聲不好，定是有人心懷妒忌之心，才會故意抹黑他，說他性格孤傲冷漠，不好接觸。

梁希宜繞道，前往香園去看望弟弟妹妹，一路聽到下人議論紛紛，忍不住問道：「怎麼了？」

夏墨皺著眉頭，低聲道：「就是大老爺派去侍候歐陽家大少爺的戲子小荷花，連同歐陽家的三個侍衛，被脫了褲子在院子裡打板子呢。」

梁希宜頭皮一陣發麻，歐陽穆對待女人也夠狠的呀。

不過歐陽穆在定國公府上，當真敢如此高調地處置她家的丫鬟，實在是……真符合他們家一貫仗勢欺人的作風！只是說到底，歐陽穆連個肉都沒露出來過，整得被誰霸王硬上弓了似地委屈，這個男人可有夠矯情的。

二夫人拉著梁希宜的手腕，說悄悄話，道：「我聽說今兒個老太爺將妳的庚帖交給秦家老太爺了，然後就是去卜妳和秦二少爺的八字，相信必定是天作之合的一對。後日，咱們再去廟裡燒燒香，求菩薩保佑妳，肯定會一切順利的。」

梁希宜害臊地低下頭，實在受不了娘親的露骨模樣，忍不住道：「娘，這事兒才剛開始議，妳莫要同其他人說哦。」

二夫人瞪了她一眼，小聲道：「這話還用妳提醒我呀，娘就是高興，才私下同妳說的。妳這個孩子也真是的，明明比我先知道都不告訴我，若不是今兒個老夫人叮囑老爺這事兒，我到現在都還被蒙在鼓裡。」她頓了一下，繼續道：「不過秦家二少爺長得還算一表人才，秦家又指著二房光宗耀祖，怕是日後會傾全家之財支持他們這一房，我倒是不怕妳吃了虧去。」

當父母的看親家不外乎從家世還有錢財考量。

梁希宜安撫地拍了拍她的手背，笑著說：「好了好了，妳知道了心裡有數便是，此話題到此為止。八字還沒有個結果，若是不合適讓人家知道了都是笑話。」梁希宜儘量讓母親低調起來，她可不想弄得滿府皆知。雖然說其實大家心裡都清楚了吧……

「今日妳也夠累了，稍後早點休息，湘南侯那一家子屁股可夠沈的，現在還沒走呢。」二夫人不滿女兒這麼晚了還要操心廚房的事情，言語難免粗俗了起來。

梁希宜一陣惡寒，道：「祖父原本就要留人家一日的，倒是歐陽家兩位少爺，才真是不要臉。吃著咱們家的、喝著咱們家的，還處置咱們家丫鬟！那個叫小荷花的戲子現在發了燒，大伯父倒好，連問都不問一句，大伯母一心安胎人都不見個影子，我才請了大夫為她醫治，但願別出了人命。」

「呸，肯定不會出人命的！」二夫人十分認定地說，眼波流轉，想起了什麼似地笑道：「留飯年輕公子總比留飯老頭子強吧，我看著他們可真不錯，小身膀結實健壯，可惜咱家該說親的姑娘只有妳一個，他們家有沒有小公子，妳盯著給妳妹妹們留意著。」

「什麼啊。」梁希宜不想再同娘親聊天了，果然是沒說幾句話就跑偏了。她敷衍地應付了幾句便藉口去看小丫鬟的傷勢離開。眼看著快到重陽節了，她可不想院子裡死個人。

陪同歐陽穆來的三名失職小廝也受傷了，梁希宜猶豫半日，本著助人為樂的心態，讓大夫也給他們抓了藥。她望著躺在床上快嚥氣的姑娘，心裡一陣惱怒，這是個姑娘家，小廝都疼得下不了床，就因為人家去了他身邊伺候，就把女孩打成這樣，還說什麼以儆效尤，倒是殺雞給猴看了，所以大伯父晚上都沒露面，這臉打得忒狠了點！

怕是日後歐陽穆再來定國公府，都沒人敢上前伺候了。

入夜後，歐陽穆同歐陽岑拜別定國公後，聽說梁希宜去看望了那名小丫鬟，他心裡癢癢的，藉口東西忘在了院子裡，又折騰回來，然後藉口看下丫鬟的傷勢，堂而皇之地進了屋子，同大夫詢問幾句，目光沈沈地落在梁希宜明媚的側臉處，便再也捨不得移開。

梁希宜皺著眉回頭看向歐陽穆，若是這人當真有憐憫之心，也不至於把人弄成這個樣子吧。

「歐陽大少爺，時辰不早了，我會盯著她，您趕緊走吧。」梁希宜手中攥著手帕，真是奇怪，怎麼再次同歐陽穆相見，總覺得哪裡變得不同，對方到底哪裡不同……

歐陽穆頓時變得詞窮，他有好多話想同梁希宜一一道來，卻又覺得說什麼都無法表達心底的真切，所以再次面癱，惹得梁希宜略感不快。

他的胸口堵堵的，良久，幽幽道：「那麼，保重。」

「嗯。」梁希宜敷衍地轉過身子，心裡祈禱這人可別死在這裡呀。

歐陽穆悵然地望著梁希宜單薄的背脊，目光隱隱有幾分貪戀，他真想緊緊抱住她，渴求那屬於她的一點點溫暖。歐陽穆站在原地，攥著拳頭的右手懸在空中，都不知道該放在哪裡才好。

歐陽岑從後面拍了下他，道：「哥，是該走了。」

歐陽穆點了下頭，又啟口道：「梁希宜，保重。」

梁希宜根本沒有回頭，心裡暗道這人可真夠囉嗦，她聽見歐陽穆遠去的腳步聲，站直了身子開始發號施令，然後回到房裡休息，這一天，可真是累慘了她。

歐陽穆回去一路上都沒有說話，似乎還在回味著片刻同梁希宜在一起的時光。

他深吸了口氣，彷彿還可以聞到屬於梁希宜獨有的清淡氣息。這對於他已經算有所突破。他信誓旦旦，日後一定要讓她正眼盯著自個兒，而非總一臉不耐煩的樣子。

歐陽岑透過一天的觀察，十分篤定，梁希宜不喜歡兄長，甚至有那麼點反感……那麼，接下來該如何是好？

秦甯桓一回到秦府就面對著一位自稱是隋家子弟的小軍爺，他穿著講究，面容還算俊秀，若不是腳下有些不俐落，秦甯桓實在想不出表妹不嫁給他的理由是什麼。

隋家小軍爺手執一把長槍，道：「你就是楊芸相好的？」

秦甯桓臉色一紅，怒道：「我從未同楊芸有什麼關係，我不過是她表哥。」

隋家小軍爺不屑地揚起唇角，說：「呵呵，你們這群讀書人不就是愛娶表妹嗎？」

秦甯桓見四周不時有家僕佇足，冷臉道：「我們進屋說吧，如此下去，我的名聲算是沒救了。」

「名聲？」隋家小軍爺忍不住哈哈大笑，說：「你都同表妹私定終身了，還在乎什麼名聲！」

秦甯桓臉色煞白，嚷道：「我說過了，我同表妹清白如水，煩請這位軍爺說話三思。你若是願意娶楊芸就娶好了，同我沒有任何關係。」

隋家小軍爺憤恨地咬著下唇，說：「我娶她？她對你一往情深，我幹麼娶她？誰知道你們都幹過什麼，我還要給自個兒戴頂綠帽子嗎？你放心，我今日不過就是想看看你到底是什麼樣子，原來姑娘家都喜歡白面般的男人，你們恩情意重，我把楊芸還給你！」

他說完話竟是毫不猶豫地轉身離開，秦甯桓瞪著眼睛，手腳冰涼。

王氏目睹一切，心頭悔恨不已，望著兒子顫抖的雙肩，忍不住埋怨起親姊姊來，若不是她們家庶女如此胡言亂語，她清清白白的兒子又怎麼會變成這樣。

「桓哥兒。」王氏走了上來，命人去打水給少爺清洗一下。

秦甯桓滿頭大汗，不停地喘氣。

「我不會娶表妹的。」秦甯桓斬釘截鐵地說。

王氏點了下頭，道：「嗯，我們不娶她。」莫須有的事情都可以整出這般情況，如此造作的女孩，她是不可能允許她進門的。

這位隋家小軍爺晚上直接飛簷走壁來到了歐陽穆的房間，道：「事情我幫你辦妥了，可惜丟了個媳婦，我對楊芸那姑娘的模樣還是滿喜歡的，可以當妾室迎進門。」

歐陽岑一怔，方知道兄長對秦甯桓做了如此打算，說：「那位姑娘居然捨你而執著於秦甯桓？她是沒見過你的容貌吧。」

隋家小軍爺原名隋甯遠，是隋家的庶出子弟，容貌白淨俊秀，就是右腿天生有疾，不過他有一手好槍法，頗得歐陽穆看重。歐陽穆在調查秦甯桓的時候，偶然發現楊家有意把女兒嫁給他，索性就和他直說，不如挑楊芸好了，因為楊芸是仰慕秦甯桓，並且同他有過書信來往的表妹之一。

楊芸此女的容貌好，姨娘又頗為受寵，楊家唯一的男孩是她的親哥哥，自然性格跋扈囂張，自以為是，絲毫沒有庶女的自覺。果然在聽說父母給她定下個瘸子後，急忙尋找備案，發了瘋似地給表哥秦甯桓寫信，就是不想遠嫁邊關，還是個瘸子。

歐陽穆聽他形容了今日前往秦家的經過後，不由得有些生氣。「連個表妹都處理不好，希宜若是嫁給了秦甯桓，日後還要面對多少極品女人？」

歐陽岑在旁邊不發表任何言論，反正不管是誰，在兄長眼裡都不會是梁希宜的良配。

好事不出門，壞事傳千里。秦家二少爺同嫡親姨母家的表妹牽扯不清，然後被對方議親的隋家小軍爺找上門對質的事情沒幾日便傳遍京城，成了日子枯燥的內宅婦人茶餘飯後的熱門話題。

梁佐聽說後勃然大怒。這事情的真假並不重要，根本沒有人願意去主動考證一番，由於八卦婆子們的那張嘴，日後誰做了秦家二少爺的媳婦，都少不得被牽連其中成為別人笑話議論的對象，需要不斷面對此事帶來的嘲諷譏笑，然後有苦說不出，真是百口莫辯。

梁佐心疼梁希宜，去信責罵了一頓秦老頭，並勒令他們家幫孫子把屁股擦乾淨，這嫡出妻子還沒進門呢，就有人虎視眈眈誓言做妾，到底還想不想做成這門親事了！

梁佐不知道該如何同梁希宜啟口，最後梁希宜反倒是從母親徐氏那裡瞭解到事情的始末。原來第二天正巧是二夫人徐氏回娘家的日子。她原本是帶著炫耀的心思在梁希宜的外祖母面前，提及自家姑娘的婚事，打算同國子監祭酒秦大人最出色的二房嫡長子、博學多才的二少爺秦甯桓定親，對方父親已經是吏部侍郎，外祖父是文職大官，實打實的書香門第。

誰料到徐氏的母親卻皺起了眉頭，詫異地看著女兒，再三確認，可是秦家風流倜儻的二少爺？

徐氏有些納悶，母親居然聽說過秦甯桓，只是為什麼說是風流倜儻之輩，忍不住問了母親。

徐氏母親面露難色，喚來了兩個媳婦解釋。徐氏的兩位嫂嫂並不清楚徐氏的女兒要同秦家定親的事情，帶著看笑話的心境給徐氏說了一遍這個趣事，害得徐氏當場就紅了臉，恨不得立刻挖個坑跳下去把自個兒埋了。她害臊得不得了，一分鐘都無法在娘家待下去，回到家看誰都不順眼，命人尋來梁希宜，抱著她就是哭天兒抹淚。

徐氏一邊大哭，一邊把今日經歷加油添醋地敘述一遍，著重描述了心裡委屈的感覺，大哭到最後，歸根結柢就是，梁希宜可以嫁給任何人，唯獨秦甯桓不成！

梁希宜不是徐氏般聽風就是雨的性格，她暗中認為此事太過蹊蹺，不過心底難掩一抹失落。

人啊，不能對婚姻抱過多的期望，一旦達不到預期，隨之而來的落差感實在是太痛苦了！

梁希宜深夜裡無論如何都睡不著覺，她上一世不情願地嫁給李若安，沒有奢望過任何情感上的回報，所以在李若安納妾後，她雖然有些不舒坦，卻不會太過悲傷，還不如此時的心境難過呢……

梁希宜披上衣衫，走到窗戶旁邊，有時候忙碌起來，她都快忘記上一世的事情了，她想同秦甯桓好好開始，重新組成一戶人家，如今看來，卻覺得前路漫漫，莫非好事都要多磨吧。

翌日清晨，梁希宜早早起了身，她同娘約了西菩寺的住持大人，總不好因此就不去了。她清楚娘親在她很小的時候就在西菩寺給梁希宜點了長明燈，對於那位住持大人，她倒是有幾分好奇。

徐氏這兩日也睡得不好，她頂著濃濃的黑眼圈，望著吩咐奴僕整理馬車的梁希宜，越看女兒越覺得她是如此明媚的少女，怎麼能因為這件事就遭受一輩子的閒話呢，更何況他們如今明明有重新選擇的權利，幹麼惹個讓人糟心的人家！

徐氏突然大步上前，一把握住女兒的手腕，盯著女兒信誓旦旦地說：「希宜，娘今天跟菩薩再給妳求個姻緣籤，咱不嫁秦家二少爺了，妳或許覺得為娘小題大作，不過娘是親身經歷過的人，八卦婆子們的一張嘴，真能逼死人的。」

梁希宜安撫性地拍了拍她的手，說：「娘，此事有祖父決斷，您就別憂心啦。」

徐氏一聽眼睛就紅了起來，喃喃道：「我的兒，我怎麼能不憂心呢。妳舅母可說了，那個表妹是秦家二少爺嫡親姨母家唯一男丁的親妹妹，指不定秦甯桓的母親王氏同自己的嫡親姊姊是個什麼意思。而且不管她做了什麼事情，大家都是親戚，誰會真逼死了她，她只要是活著的，早晚就是個禍害。現在事情已經鬧得如此大了，哪個正經人家會娶秦甯桓的表妹？若是送到廟裡做姑子，幾年後再可以出來噁心人，到時候妳後悔都來不及，索性聽娘的，一了百了，不要秦家這門親了。我如此出色的女兒，嫁給誰不成啊！」

梁希宜猶豫了片刻，胸口湧上一股悲涼的情緒。她的腦海裡浮現出秦甯桓柔和白淨的臉龐，還有那一頁頁用心臨摹的大字，以及少年略帶羞澀的真摯目光，不由得晃神……

徐氏見女兒眼底浮現出迷茫的神色，便清楚她對秦家二少爺是產生感情了，於是越發煩躁，惱怒道：「成吧，咱們先上路，聽聽住持大人的意思，別再誤了上香的良辰。」

梁希宜點了下頭，戴好紗帽，同母親一起上了馬車，心情越發沈重起來。一路上還算順利，不過半個時辰就到了。

西菩寺位於清靈山的半山腰上，山腳下人流湧動，馬車行駛緩慢起來。

道路兩旁，有許多附近農戶家的小孩幫父母擺攤，賣些水果和未開光的佛珠手串。更有甚者，見你像是富貴人家，手腕處掛著數串佛珠手鐲，扒著你的車子兜售。

梁希宜抵達山底的時候正是最熱鬧的晌午，大太陽高高地掛在正中，曬得梁希宜有些睜不開眼睛。她們下車換了上山的轎子，不時有髒了的小孩子跑上前賣東西，梁希宜是重生之人，對佛祖心懷敬畏，錢財對於她來說確實是身外之物，索性多散了點銀錢給孩子們。

遠處的山腰，樹林裡停著一輛古樸的藍色馬車，車夫蹲坐在石頭上，默不作聲地抽著菸，唯獨那雙黝黑粗糙的大手，隱約透露出他從軍過的身分。

車子四周空無一人，良久，樹上的鳥兒鳴叫了幾聲，才聽到一道懶懶的聲音道：「大哥，你心不靜，又輸了。」歐陽岑難得歡愉地盯著兄長，心裡只有兩個字可以形容，爽快！

歐陽穆皺著眉頭，冷峻的容顏在蒼天大樹斑駁的投影下，隱約有幾分躊躇，他身著素服，手裡把玩著一枚黑子，整個人沈靜如水，同身後的古樹靜默地混成一體。

「休息會兒吧，探子說定國公府的馬車已經到了山底。」歐陽岑勸慰著，因為得了梁希宜今日會偕同母親上香的消息，他同兄長早早就過來了，打算也祭拜下神佛。

歐陽穆最近閒得很，或者說他徹底給自個兒放假了。皇帝非常樂於見到如此萎靡不振、不務正業的歐陽穆，痛快地應承下來。靖遠侯府也擔心子嗣們太過出色，功高震主，決定暫時低調一些。奪嫡的序幕尚未拉開，提前行動就成了亂臣賊子，師出無名。

歐陽穆透著車窗向上山唯一的石子路看了過去，不時有官家小轎子穿梭在行人中向上而去。他放下棋子，從身後拿出一本佛經，唇角微揚，道：「希宜會尋這本書？」

歐陽岑點了下頭，說：「住持想在南寧和西北蓋西菩寺的分院，我都許諾他了，若是連這點小事都沒法辦到，他還傳什麼佛教。」

歐陽穆皺了下眉頭，道：「切莫對佛祖不敬！」他重活一回，暗道世間陰陽總有佛法。他自己本就是孤魂野鬼，所以自然擔心觸犯所謂的輪迴之道，不敢對佛祖有絲毫不敬。

「燦哥兒也在山下呢！那個李管事同定國公大老爺的長隨關係好，據說上次你在他們家處置了那個丫鬟把大老爺嚇到了，大老爺不敢打你的主意了，將心思放在拉攏弟弟身上。他們家大老爺真是糊塗蟲，竟是把梁三小姐的庚帖給了李管事。」

歐陽穆微微一怔，有些不高興，他摩挲著手中佛經，淡淡地說：「我在山腰，他在山下，我拿著梁希宜定會尋找的東西，他是苦苦追尋無人佇足，這，便是差距。」

歐陽岑心想兄長不也是苦苦追尋無人佇足嗎？

他乾笑兩聲，不會傻了觸犯兄長忌諱，輕快地說：「於是，我就讓李管事手下的小廝，照著李管事的庚帖謄了一份定國公府三小姐生辰八字，咱們先去寺廟裡卜一卜，然後做到心中有數，省得日後再繁瑣扯這些事情了。」

歐陽穆尷尬地點了下頭，偷八字去卜，怕是這輩子也就這麼一回了。

第二十一章

西菩寺

梁希宜下了轎子，被兩名身穿藍色布衣袍子的小和尚迎進廟裡。西菩寺前面是燒香拜佛的大堂，穿過兩個院子才是客舍，住持大人在最裡院的套間休息。

徐氏看了一眼女兒，挽著梁希宜徑直走了過去。

梁希宜同母親來到裡院，坐在黃花梨木桌前面，小和尚為她們倒了水，恭敬道：「徐施主，住持大人臨時在前堂增加了兩場誦經法事，怕是要耽擱些時間，方可以過來。」

徐氏急忙擺擺手，笑著說：「不妨事，我們早到了，可以慢慢等。」

小和尚點了下頭，道：「那施主若有事情再尋，就在外面候著呢。」

徐氏同梁希宜分別客氣應了聲，屋子裡恢復了往日安靜。

梁希宜環顧四周，小房間裝飾得很是古樸，普通的木質桌椅，一個大盆栽，還有一張床鋪，上面是白色褥子搭配淺藍色蚊帳，乾淨的枕頭旁邊放了兩本佛經，可見主人生活節儉、勤勉。

「西菩寺的住持是世外高人，當初妳剛生出來那麼小，很多名醫都說活不過十幾歲，只有西菩寺的住持讓我點了長明燈，為妳續命，說妳雖然天庭平坦，不是福澤之人，卻是難保佛祖有時候會多偏袒些恩惠，若是能撐過十歲，反而是有大際遇的。」

梁希宜微微一震，長明燈都是給死者點的，這位住持卻建議母親為梁希宜點上，可是看出什麼？不過為逝去的那抹靈魂祈福，她倒也是支持的，畢竟若不是這個身體，她根本無法存活於世。

梁希宜順著腳步聲音回過頭，入眼的是一位黃袍長鬚的老者，她十分恭敬地給對方行了大禮，那人笑著看她，目光清明，帶著幾分溫暖，說：「徐施主，令嬡看起來身體極其健康，不錯、不錯。」

徐氏笑呵呵地感激道：「多虧了住持多年來的看顧，若不是當時聽您的話，把她送走和國公爺一起上了山，怕是沒有如今的造化呢。」

黃袍老者搖了搖頭，說：「命運由天，很多事情原本就是上天注定，若徐施主心懷感激，不如多做些好事，增加女兒的福運便是了。」

徐氏急忙稱是，她這幾年連年給西菩寺猛捐香火錢，就是為了自個兒女兒呀。

黃袍老者坐了下來，拿出佛書，道：「我來得有些遲了，現在咱們就開始誦讀佛經吧，我怕耽擱了此時的良辰，法事傳遞的效果便會減弱。」

對此，徐氏同梁希宜自然毫無意見，兩個人安靜地坐正身子，隨著住持大人一起詠誦經書。這是徐氏約好的私人法事，整整花了半個時辰方誦讀完畢。黃袍老者絲毫不見疲倦之色，梁希宜卻是額頭出了一點汗水，她輕輕地擦了一下，長吁口氣，吐了下舌頭，誦讀這玩意還真是挺累人的。

她抬起頭，不期然對上了住持的目光，不由得笑著點了下頭。黃袍老者拿出一本佛經，遞給她，說：「我看姑娘臉色不好，怕是有些心思太過思敏，憂愁過慮，長此下去並不是什麼好事情。妳要知道人活在世，當自得其樂，感恩於心，莫辜負佛祖的福澤之心。」

梁希宜雙手接書，這本書很薄，是一本畫冊，有菩提子，更有菩提花。她微微詫異地翻看起來，心底充滿感恩之情。她會好好活著，不會辜負佛祖對於她的偏愛恩澤。

梁希宜翻看到最後，才發現這不過是菩提佛經系列的第一本書，於是喚來小和尚，想要尋下面的幾冊書，帶回家細細品讀。

小和尚笑著應了聲，回到廟裡的書房裡去幫著梁希宜翻看。

梁希宜無所事事地在內院逛了起來，徐氏聽說西菩寺又要開設分院，同其他幾位廟裡常來的賓客一同隨著住持大人去了旁邊的房裡，聽規劃去了。

梁希宜蹲下來看地上據說開了光的野草茶，暗道這住持大人太會做生意了，難怪西菩寺的香火這般旺盛，連親自種的草茶，都搭配佛語一同出售。她蹲得累了，站了起來，忽地察覺眼前有些發暗，猛一抬頭，蒼天大樹的下面，站著一個單薄的身子，竟是許久不見的歐陽燦。

梁希宜咬著下唇，自從上次歐陽燦將秦甯桓揍了以來，這還是第一次同他相見。

對於歐陽燦這個人，梁希宜沒有什麼太好的感覺，只覺得他家太過仗勢欺人，歐陽燦又過分幼稚，從而不願意結交罷了。
歐陽燦緊張地盯著這張在夢裡出現了無數次的容顏，喉嚨乾乾地說：「妳，妳來燒香吧？」
梁希宜看了下四周，倒是很安靜，猶豫片刻，道：「嗯。」
歐陽燦攥著拳頭，張開又合上，說：「我當初不應該無故打了秦家大少爺，這是我的不對，但是最近秦甯桓同他表妹的事情，妳聽說了吧，他不是什麼好人，妳還喜歡他嗎？」
梁希宜眉頭緊皺，不快道：「歐陽小公子，你是不是搞錯了什麼事情，你同秦家少爺的事情與我無關，秦家少爺同他表妹的事情更和我無關，怎麼就問起我還喜歡他嘛？這種無事生非，胡亂猜測從而瞎說八道的話，你到底還要鬧幾次！」
歐陽燦急忙捂住了嘴巴，他似乎又惹怒梁希宜了，怎麼每一次見面，他都會激怒對方，可是她明明就是喜歡秦甯桓啊，李管事說他們兩家連庚帖都交換了，上次更是因為他打了秦甯桓，梁希宜才那麼生氣的。
梁希宜略顯惱羞，冷冷地說：「我還有事，先離開了！」
「喂！」歐陽燦急得跺腳，卻又不敢追上她抓著她，好像上次那般冒犯。
梁希宜小跑著離開，捂著胸口不停的喘氣，坐在屋子裡喚來小和尚，道：「你們這不是專門給女客預留的香舍，怎麼還有男子在呢？」
小和尚一驚，不好意思地說：「今日賓客太多，我剛剛去給小施主尋書，怕是院門一時沒有人把守，我現在立刻尋師兄命人將院門看守好，實在是對不起了。」

梁希宜沒有追究，淡淡道：「既然如此，你先趕緊去安排吧。」

小和尚點了下頭，說：「對了，施主那本菩提畫冊的文字書籍全部被人借出去了，話說這人今兒個也在前堂，不知道小施主是否急著要看呢？」

梁希宜一怔，讀了一半的佛經沒辦法繼續看下去是夠糟心的，而且還不知道對方會借到何時呢！

她想了一會兒，忍不住問道：「可否告知此套書借給誰了，能否通融把第一本的下冊借我一閱。」

小和尚笑著回道：「是靖遠侯的二少爺借走的。」

梁希宜微微愣住，竟是沒有接話，是說今兒個靖遠侯府全家出動也來燒香拜佛嗎？但是這種事別人家都是女眷前來，他們家倒好，真是打虎親兄弟，簡直是陰魂不散！

「二少爺還在前面呢，尚未離開，不如我去同他說下呢？」小和尚自薦著。

梁希宜急忙搖頭，道：「算了，這是我府上住處，若是他們將書還了回來，立刻派人通知我。」她從桌子上拿起準備好打賞銀子的荷包，放在紙上遞給小和尚。

小和尚眼睛一亮，急忙再三拜謝，並且熱情地說：「靖遠侯家的少爺一還書，小的立刻奉上。」

梁希宜淡淡地點了下頭，決定坐在原地等候母親回來，不打算再胡亂轉了，省得人多口雜，再遇到不想看到的那群人，多煩心呢。

若不是她深信歐陽穆不可能對她有好感，怕是都會懷疑，他們兩個人是不是太有緣了，她一年出不了幾次門，總是可以碰到他！

小和尚走了一會兒就又回來了，他滿臉開心的模樣，說：「梁三小姐，剛才小的碰到了靖遠侯家的大少爺，說了二少爺借走的書正是姑娘想看的，他們家大少爺相當爽快，承諾稍後將書送過來。」小和尚想著定國公府的三小姐十分想要這本書，才會給了他那麼多賞錢，他自然是發自內心地希望可以幫到她，所以才會多此一舉，沒想到靖遠侯府的少爺那麼好說話，毫不猶豫就答應了。

梁希宜頓時啼笑皆非，剛剛還想著同歐陽穆有什麼孽緣呢！果然這傢伙就在繼歐陽燦、歐陽岑之後，光榮出現。她一時間不知道該感謝小和尚的幫忙，還是訓斥他的多此一舉了。世間反常事情必為妖，她可不相信歐陽穆有什麼好心眼會善待她。既然已躲不過去了，梁希宜急忙整理衣衫，準備應付即將到來的歐陽穆。

片刻後，小和尚恭敬道：「歐陽家大少爺已經在院外了，我帶姑娘過去吧。」

梁希宜自然不是矯情的女孩，既然人家已經把話說到此處，她沒有再讓人把書送進來的道理，雖然她已不願要這本書了，還是礙於兩家情面，大大方方地走了過去，並且鄭重表示感謝。

歐陽穆站在白石臺階上，他揚起頭，一眼就看見了梁希宜高眺的纖纖玉影。梁希宜亦清楚地看到了他，樹下的男子神采飛揚，冷漠的眉峰，剛毅的嘴唇，一張英氣逼人的俊美容顏，眼角卻意外地有些柔和得讓人不敢置信。而且他穿著士大夫的寬袖長袍，怎麼看怎麼覺得彷彿是另外一個人的感覺。

梁希宜得體地點了下頭，拎著裙角走下了臺階，一步步緩慢前行。她端莊大氣，目不斜視，歐陽穆看在眼裡，心裡甜得不得了，終於又可以堂堂正正同她說話，那麼做什麼都變得特別值得。

梁希宜的視線從他的臉上滑落至他手中的佛經，終究是垂下了眼眸，細長的睫毛濃密地覆蓋下來，不知道是不是愛屋及烏，歐陽穆覺得今世這副樣貌比上一世更得他喜歡。也許，還會有下一世，然後他們又變了容顏，但他還是相信自己可以找到她，她便是他的，永遠都不會是另外一個人。

「嗯，聽聞大少爺願意將佛經先借給我，希宜十分感謝，那麼，現在可以給我了嗎？」梁希宜開門見山。

笑話！她可不是來同他敘舊的。

歐陽穆微微一怔，二話不說伸出手遞給了梁希宜。當梁希宜的指尖拂過他的手背，歐陽穆的肩膀忍不住顫了一下，渾身略顯僵硬，目光始終不曾離開過她那一頭烏黑的秀髮。

梁希宜渾身也震了一下，她不曾接觸過其他男子，只覺得哪裡有些不適應。才拿到書就想是不是可以回去了，四周的空氣明明清新，她卻彷彿置身於一種很古怪的局面之下，歐陽穆獨有的男人味道，始終繚繞在鼻尖無法退卻。

梁希宜有點緊張，她將此歸結於歐陽穆強大的氣場，誰在他面前會不緊張呢。梁希宜見他不曾說話，忍不住抬起頭，入眼的是一雙汪洋般深邃的墨黑色瞳孔，不由得愣住。

歐陽穆臉色尷尬地退後兩步，他偷看她，居然被她發現了……

他冷靜自持，彷彿什麼都沒有發生，讓自己鎮定下來。他不過是偷看了她兩眼，她早晚是他的媳婦，真想橫著抱起她，直接塞進馬車帶回家好了，可是想歸想，他還不至於再犯上輩子的錯誤。原本打算把她當上一世的老婆看待，但是越接觸，他似乎就越深陷一分，上一世的他們有恩情牽絆，有落魄的同眠共枕，那麼今世的梁希宜呢？雖然是變了模樣，卻性格更加完美，做事情依然是那般小心謹慎又多了可愛的倔強，不管是什麼表情、態度，處處都強烈地吸引著他。

歐陽穆其實是有些擔心自己哪一天繃不住，在看到秦甯桓或者歐陽燦刻意接近她時，真做出什麼粗魯的事情。

一抹清亮的陽光透過樹葉縫隙落了下來，將彼此的面容照得有些模糊不清楚。

梁希宜的眼睛有些睜不開，後退兩步，用右手擋了下陽光，歐陽穆立刻站了過去，淡淡地說：「這樣就照不到妳了。」

梁希宜微微一怔，詫異於眼前男子的平靜，他們之間怎麼可能會是這般平和的局面。

她始終記得上一世，這人放縱手下士兵的燒搶掠奪，絲毫不顧及她在旁邊的苦苦哀求。

她更是無法忘記，歐陽穆對人的生命毫不在乎，差點將她一個官家小姐弄得一命嗚呼。還有那個明媚的午後，他毫不留情，殘忍地讓她滾，那麼此時，他做這些又是什麼意思！

「這本佛經我讀過，挺好的。」歐陽穆的聲音很平靜，平靜地讓梁希宜都不太適應了。

「所以才推薦給二弟詠誦。」他繼續道，彷彿沒有離開的意思。

「重陽節妳會入宮吧，今年太后高興，怕是會有許多節目。」他的聲音低沈，帶著某種說服人心的力量。

「還有入秋後，會有狩獵、蹴鞠，好多活動，我都會參加。」

梁希宜低下頭，摩挲著手心裡的佛經，仔細分辨歐陽穆的意思，她可不敢胡亂猜測，萬一又得罪人了怎麼辦。祖父年事已高，她不願意他再為任何事情操心憂慮。

「蹴鞠的時候會有觀眾席，京城中的小姐們都會去看，妳也會去吧？」歐陽穆的言辭很誠懇，誠懇到梁希宜有那麼一瞬間，似乎感受到了他的真心實意。

「為什麼？」梁希宜忽地抬起頭，直直看向他，她不是真正十三、四歲的孩子，一個曾經那般刻薄待她的男子，現在說這些話是什麼意思。

歐陽穆愣了片刻，臉色漸漸染上一抹情不自禁的紅暈，淡淡地說：「就是想讓妳去看。」

「看？」梁希宜嘴唇微張，不明所以。

「看蹴鞠。」歐陽穆重複道。

「為什麼要看蹴鞠？」梁希宜皺著眉頭，總覺得他們的對話很是離奇。

「我……」歐陽穆咬著下唇，實在難以啟齒，撇開頭道：「佑哥兒嚷著要看，妳帶著他，總是安全一些，我也放心點。」

梁希宜臉頰通紅，佑哥兒……莫非他所有的轉變都是因為七弟嗎？

「妳就帶著他去看好了。」歐陽穆急忙提議，很怕梁希宜會拒絕。

梁希宜想了一會兒，說：「如果家裡事務不忙，我會讓他去的。」

才怪，既然知道了對方的心思，她怎麼可以眼看著梁希佑跳入火坑。

「那妳呢？」歐陽穆看著她，這才是關鍵啊，梁希宜若是不來，他是不會上場的。

「我很是希望妳可以來。」歐陽穆迫切地說，他舔了下唇角，目光莫測高深。這樣他才可以看到她啊，否則梁希宜又回到庭院深處，想見一次面實在是太難了。

梁希宜眉頭緊鎖，這人到底想說什麼，表達太語無倫次了。到底是想讓她帶著佑哥兒去，還是想讓她去，如果是想讓她去，為什麼呢？

「我還十分仰慕國公爺的書法，不知道可否請三小姐幫我引薦？」歐陽穆見梁希宜面露不耐，怕她又要嚷著離開，急忙將話題扯向他處，他們此次見面的機會太過難得，若是錯過了，不知道下次又要等到何時。若是可以讓定國公待見自己，日後他登門也算理所應當。

梁希宜古怪地看著歐陽穆，她雖然覺得他太奇怪了，但是也沒有往深處去想，反而認真考慮著對方的言詞，光明磊落地直接問道：「歐陽大少爺，你對我態度轉換如此之快，是因為我祖父嗎？還是佑哥兒呀？」她總要搞清楚歐陽穆的目的到底是什麼吧！

歐陽穆愣住，吊著嘴角，竟是不知道該如何回覆，他哪裡是因為定國公或者什麼佑哥兒，他完全是為了她啊。

歐陽穆沈著目光，認真道：「我既仰慕定國公的書法，也挺喜歡佑哥兒這孩子的，願意同妳一樣，把他當成親弟弟一般的疼愛。」如果真可以成為親弟弟那是最好的。

「你家親弟弟也不少吧？」梁希宜狐疑地看著他，歐陽家還缺男孩嗎？

歐陽穆一時詞窮，又轉移話題道：「還有秋日的狩獵，皇上打算開後山了，後山可不同西郊，裡面養著的品種都較為珍貴，我可以打來活的稀奇物種。」他肚子裡有好多話想同梁希宜仔細說來，卻又覺得存了私心，如何都表達不完全，於是東一槍、西一棒，搥得有些慌亂起來。

梁希宜不是個傻子，仔細沈思了一會兒，道：「如果我沒理解錯，歐陽大少爺你的意思是想給我去狩獵，然後送給我稀奇玩意？」

梁希宜說這話的時候忍不住笑了，唇角微揚，如沐春風。太可笑了，她沒理解錯吧？歐陽穆居然是在討好她嗎？

梁希宜見歐陽穆怔住不說話，調侃道：「莫非你還是真為了我不成，說句沒底氣的話，歐陽大少爺，我的小命差點被你弄丟了，上次你還對我出言不遜，莫非你不會是因為討厭一個人，從而又覺得她很好吧？」

不過出乎梁希宜意料的是，歐陽穆居然沒有反駁，而是脖頸處漸漸紅了起來，一言不發。

梁希宜的笑容漸漸消逝，她驚訝地瞪著眼睛、結巴道：「不會吧？」

歐陽穆極慢地點了下頭，目光沈了下去，極其認真地一字一字咬著說：「為什麼不會呢？」

梁希宜以為自己在作夢，她調侃的笑容僵在臉上，目光從詫異漸漸變得冰冷，本能後退幾步，道：「這……不符合常理吧。」

歐陽穆骨子裡其實脾氣並不好，他甩開袖子，揚著下巴，終是懶得再隱忍，扯了扯嘴角，大聲地彷彿在宣佈著什麼，說：「沒錯，在下就是後悔了最初的所有行徑，現在只想要討好三小姐，妳！」

此言一出，他彷彿把胸口處憋了許久的積鬱全部發洩出來，患得患失的落寞、求而不得的難過通通都抒解了！

歐陽穆長長吁了口氣，以後終於不用再掩飾任何情感了，他在外面好歹是人人逢迎的驃騎小將軍，當今天下的年少子弟多以他為首，統領朝堂，追個女人還要偷偷摸摸，別說這麼做他覺得對不住梁希宜，也枉費了他的名聲吧！

梁希宜無比震驚，望著眼前這張陌生的容顏，她好想一巴掌上去拍醒了他，這人真是莫名其妙！

她突然覺得今天的太陽特別大，火辣辣地燒著她的臉頰，驚嚇到了似地急忙轉身就跑，姿勢有些踉蹌地回到了院子裡，還不忘記將大門鎖緊。

天啊，她剛才聽到了什麼！歐陽穆的意思是喜歡她嗎？有沒有搞錯！

他應該是喜歡陳諾曦呀，再不濟他也是要娶駱家長女駱長青，或者同白家的姊妹們議親，怎麼可能是她，這個人怎麼可能和自己有交集呢？

「希宜，妳跑到哪裡去了？」二夫人徐氏擔憂的聲音從背後響起。

梁希宜急忙鎮定自若地低下頭，拍了拍裙子，她不能讓母親發現什麼，她這個娘親若是知道了什麼，定會把事情搞得人盡皆知，到時候都不知道如何收手。或許歐陽穆自己並未想清楚呢，他不過是一時衝動，許是嫌棄她侮辱了歐陽燦，所以故意報復呢。

對的，一定如此！梁希宜攥了下拳頭，反正她是無法相信歐陽穆對她有任何好感……

梁希宜在回府的路上心不在焉，心底波濤洶湧，翻起了滔天巨浪，她既不能找人傾訴，還不可讓人發現，只能憋在心底自個兒琢磨，彷彿跟做了什麼虧心事般藏著掖著，最主要的是她分辨不出歐陽穆話裡話外的真假，他到底所圖為何？這事兒太糟心了！

靖遠侯府

入夜後，靖遠侯喚來幾個嫡親孫兒，說道：「月哥兒年底會進京，我打算留他在京中過年，順便把月哥兒的婚事也在京中定了。待處理完月哥兒的事情，就開始給宇哥兒和燦哥兒議親。」

歐陽穆沒作聲，說親這種事情他若是參與，大家必然一致針對他，催促他定親，索性不如老實閉嘴沈默寡言，方可以不惹火上身。

歐陽岑詫異地看著祖父，有些驚訝地說：「月哥兒肯放下那個什麼李么兒啦？」

靖遠侯搖了下頭，眉頭緊皺，道：「李么兒出身終究不夠做大婦的，再加上她還矇騙我們假裝懷孕，總是不能如此算了，所以我同月哥兒談了，李么兒自知理虧，倒是不爭嫡妻之位了。」

歐陽岑點了下頭，三弟那麼喜歡李么兒，料想也不會不娶她的，不過是給予的身分不同。

靖遠侯擺了擺手，說：「而且月哥兒也答應我了，作為靖遠侯世子的嫡長子，他有義務娶高門之女，並且善待對方，月哥兒雖然喜歡那個李么兒，但是他既然把話說到了這個分上，我和你們祖母也不想再為難李么兒了，一切到此為止吧。」

不擔心會寵妾滅妻嗎？歐陽穆對此嗤之以鼻，若是真心喜歡，怎麼捨得讓她為妾，折騰來折騰去，最後還要耽誤另外一個姑娘的人生。李么兒他雖然不曾見過，光聽說就覺得不是什麼好女人。

歐陽燦站在一旁發呆，三哥那般喜歡李么兒，終究是沒法同深愛之人相守。他不由得心有悲戚，說：「三哥同李么兒的事情傳得那般廣泛，哪裡會有好人家肯把姑娘嫁過來呀？」

靖遠侯掃了他一眼，倒是難得見燦哥兒懂得換位思考，不由得感慨道：「所以才讓他進京啊，咱們家的哥兒都生得好，尤其以月哥兒最為俊秀貌美，京城和西北隔得那麼遠，怕是很多人未必能瞭解清楚，更何況我琢磨著還不如請皇帝給月哥兒賜婚呢。」

歐陽岑一怔，目光漸漸變得冰冷。歐陽穆倒是無所謂，見祖父望著自己，隨意道：「月哥兒是承爵長男，把他的婚事交給皇帝挺好的，既可以表達侯府對皇權的尊重，也可以讓咱們同皇帝的僵持狀態有所緩解吧。」

靖遠侯稱讚地點了點頭，歐陽穆不愧是隋家的外孫，心胸寬廣，為人大氣。他摸著手裡的手把件，道：「你能如此想，不介意皇帝扶持月哥兒便好。」

歐陽穆不屑地揚起唇，真不是他看不起三弟，歐陽月耳根子太軟，還不如五弟燦哥兒有擔當，怕是老皇帝想扶持他都扶不起來。

相較於歐陽穆的能幹，老皇帝自然認為歐陽月更好控制一些，把歐陽月的婚事交給皇帝，相信他會為月哥兒尋個得力臂膀，這樣才好在歐陽家族內制衡歐陽穆。靖遠侯也是想到這一點，才放心將孫子的婚事交給皇家決定，又好看又不吃虧，真是老狐狸的心境。

靖遠侯以為歐陽穆心寬，其實是歐陽穆根本不在乎這些，這些年他養下的兵都能毫不猶豫就交給二弟和四弟管著，哪裡會在乎個虛無的爵位？更何況這爵位逐代遞減，到了月哥兒那一代，若他再不爭氣，只給個一等將軍頭銜也是極其可能的。而且歐陽穆的心裡始終有個念頭，就是帶著梁希宜遠走高飛，不在這塵世之中攪和。

靖遠侯深深嘆了口氣，鄭重道：「月哥兒是世子嫡長子，早晚都要襲爵，你們萬不可和他生分了，大家血濃於水一脈相承，唯有家族團結才是立足於世最大的資本。」

靖遠侯的聲音裡帶著幾分無奈，他五個嫡孫，唯有月哥兒性子最軟，卻偏偏是大房長子，若是越過他立二房的穆哥兒做世子，勢必引起軒然大波，家族內部勢力肯定會一分為二，白容容和大兒子可不是什麼善茬。

宗族裡的老人也提議過扶持燦哥兒，這樣大兒子和大兒媳應該沒事，但是燦哥兒年齡太小了，實在難以服眾，宗族裡兄弟們誰會聽他的？到時候反而更容易讓穆哥兒一房坐大，再加上虎視眈眈的皇帝在旁邊時刻關注靖遠侯府內亂，他是絕對不會允許出現此種情況的。

所以大家商議後的決定依然按照祖宗規矩行事，立長立嫡，族內誰都沒法質疑，皇帝也樂於看到，再把未來靖遠侯的婚事交給皇家決定，面上算是對皇帝仁至義盡，若是如此還遭到猜忌打壓，相信朝堂上的言官，也說不出什麼。

歐陽穆莫名其妙的言論，讓梁希宜小心了整整一個月，她都快積憂成疾了，最後的結果是依然想不通歐陽穆會看上她的幾種可能。她那一天不會是作夢吧，於是產生了幻覺……

大夫人秦氏的身子越發行走艱難起來，她的肚子異常大，連梁希宜看過後都覺得有些驚訝。梁老夫人清楚大夫人對於兒子的渴望，索性全部免了她的晨昏請安，還讓梁希宜接手準備長姊梁希靜遠嫁的事情。

定國公府大小姐梁希靜同原來的禮部侍郎家的王三公子定親，沒想到王煜湘的父親御前失儀，被貶到了貴州那種蠻荒之地，雖然品節沒有降低多少，但是明顯失了聖心。

大夫人秦氏硬撐著身子來給女兒準備嫁妝，好在這嫁妝很多年前就攢好了，只是一想著女兒要遠嫁雲貴，心裡就覺得憋屈，不由得流下了眼淚。

梁希宜見狀嚇了一跳，急忙安撫她，道：「大伯母，妳身子重，若是不嫌棄希宜，就全交給我弄吧，每一道手續我整理好了都會把冊子和章程提給妳，絕不會委屈了大姊姊。」

秦氏感激地望著梁希宜，拍了拍她的手，說：「自我懷孕以來，府裡多是靠著妳才沒有亂了。這些事情我都記在心裡，日後絕對少不得一份厚重的添妝，就是不知道妳同我那可憐的侄子，是否還有緣分。」

梁希宜微微一怔，不由得垂下眼眸，淡淡地說：「此事自有祖父作主，婚姻本是結秦晉之好，總不能因為這個反倒成了冤孽。」

大夫人點了點頭，老太爺有多重視三小姐梁希宜，別人不清楚，她還不瞭解嗎？

此時，秦府上下也是一片陰霾，愁雲密布，二夫人王氏為此被氣出病，院子裡接連幾日不曾有什麼歡聲笑語。

秦府老太爺把二老爺同秦甯桓叫進屋子，他望著兒子日漸憔悴的面容，說：「關於桓哥兒的婚事，你們到底是作何打算的！」

二老爺皺著眉頭，低下了頭。他如今在吏部當差，做事情越來越難。他的上級吏部尚書再次同皇帝請旨告老還鄉，皇帝雖然沒有批准，在言語上卻已經有所鬆動。

其實世人皆知，皇帝之所以不許他離開，就是怕吏部尚書的位置落在了皇后的人手中，從而一再挽留如今的大人。

現在看來，皇帝口頭鬆動的根本原因是五皇子同陳諾曦的關係，若是陳諾曦嫁給了五皇子，那麼陳宛便同賢妃娘娘綁在一起，皇帝完全可以讓陳宛從禮部調過來吏部擔任尚書，陳宛為官清譽有佳，又做過魯山書院的老師，在士子中有一定名望，怕是誰也不會對這個調動產生質疑。尤其是被皇后完全滲透的吏部，要是其他人過來，下面的人還有所為難，唯獨陳宛，真是無話可說啊。

可若是皇帝當真如此，那麼現在的左侍郎便升不上去，他的位置就尷尬起來。下面有背景的官吏在他的身後虎視眈眈，作為不肯表明支持聖意、站在五皇子一派，又始終沒有機會獲得皇后看重的秦家二老爺，早晚面臨被聖上尋了錯處貶下去的未來。

所以秦二老爺現在倒真是不太想同定國公府做親，他的兒子本就優秀，他們家又是有規矩的書香門第，即使出了表妹的事情，只要他嚴肅處理，怕是依然不難給兒子說一門不錯的親事，幹麼同遠離朝堂許久的定國公府牽連在一起呢？不管是對他的仕途，還是兒子的將來，一點幫助都沒有。

秦老太爺見兒子沈默不語，便看透他的心意，嘆氣道：「桓哥兒同他表妹的事情，畢竟是辱了他的名聲，定國公梁佐那人都會介意，何況是靖遠侯了？他是帶了幾個孫女進京，但是可不是給咱們這種人家準備的，你的心未免太大了。」

站在父親身後的大少爺秦甯桓微微愣住，他沒想到父親竟是存了這般心思，忍不住迫切表白道：「祖父，孫兒只想娶定國公府的三小姐為妻，什麼表妹、什麼靖遠侯家的小姐，我都不想要。關於未來的路，我自己會努力學習，不求大富大貴，必定辱沒不了秦府清譽，煩請祖父和父親大人，莫拿兒子的終身當作兒戲。」

秦老太爺深深吸了口氣，無奈掃了他一眼，繼續轉頭看向大兒子，道：「你們這幾個兄弟裡面，唯有你目前位高權重，官職品階尚在我之上，可以說秦府未來的門楣，是要靠著你和桓哥兒支撐起來。我知道你心中對仕途更進一步不死心，有抱負、有追求，但是當前皇上對儲位的歸屬是往死裡偏著五皇子，而皇后娘娘背後又站著幾大軍事家族，誰敢真依著皇帝心思，投靠五皇子呢？現在一時的風光可能導致日後的株連九族，哪一家都不會輕易得罪皇后娘娘。你若是依著自個兒心意向皇后娘娘示好，不說你本就不是人家的心腹，就拿吏部來說都已經被皇后娘娘滲透，他們又如何將你看重？別到時候偷雞不成蝕把米，照我說，還是力挽狂瀾定國公府的婚事吧。」

秦甯桓總算舒了口氣，還好，祖父的心思同他一般，是偏向於繼續同定國公府作親的。

秦二老爺猶豫地點了點頭，心底依然有所不甘，他看著倔強的大兒子，沒有說話，打算同妻子再琢磨琢磨，躲開奪嫡之爭，是可以保秦府未來四、五十年的平安，但是何嘗不是絕了他的仕途之路呢？

秦二夫人王氏病著，心思難免沈重，整日想著若不是她執意帶孩子回娘家，就不會鬧得那麼滿城風雨，一時間只怪自己太看重姊妹之情，從而讓兒子同表妹們過多親近，才有今日惡果。她每每想起這原本可以避免的厄運，就會胸口透不過氣起來，難過得要死。

秦二老爺回到房內見她如此，心情越發不好，冷著臉坐在椅子上看書，夫妻二人一時無言。

王氏偷偷打量自己的丈夫，見他不高興，率先直言道：「剛剛老太爺尋您過去何事，可是怪罪於我，害得桓哥兒名聲毀了？」

秦二老爺抬起頭，搖了搖頭，又點了點頭，說：「定國公來信斥責父親，這門親事可能不成了。」

王氏一怔，不甘心地埋怨道：「不成就不成了，桓哥兒還害怕說不到親事不成？」

她本就不滿意這門婚事，將來的兒媳婦是公婆看重之人，哪裡會同她親近，最主要的兒子還喜歡她，可見小小年紀，便有幾分手段，容得眾人看重她。

「我記得妳上次說妳娘家可以和靖遠侯府搭上線？」秦二老爺突然啟口，王氏微微愣住。

她回想了片刻，道：「是說過可以通過隋家搭上線。不過如今隋家那小將軍因為咱們桓哥兒沒了親事，我二姊夫似乎還挺埋怨咱們的呢！我聽二姊說過，隋家小將軍樂意娶楊芸為妾，但是妻子的位置是給不了她。我二姊本就不待見楊芸，此時說服我二姊夫把孩子嫁過去做妾呢。但是我二姊夫想著家裡唯一的男丁是芸姊兒的哥哥，怕日後孩子繼承家業，有個給庶子做妾的親妹妹不好聽，所以才有些猶豫。哪怕隋家孩子是個嫡子，這妾做便是做了。」

秦二老爺陷入沈思，良久，忽揚頭，道：「走趟二姊姊家裡，就說我決定站隊到皇后娘娘一派。如今既然不管站隊與否，都早晚是被排擠罷官的命運，不如破釜沈舟，再拚一次吧。」

王氏愣了一會兒，心裡雖然不太情願，但是考慮到丈夫才是自個兒立足於世的根本，索性點頭答應了這個要求。

隔日，跑了一趟楊家後，沒想到真撿到了個天上掉餡餅似的消息。

入夜後，王氏躺在床頭，同二老爺商量，說：「我姊姊說了，靖遠侯世子爺嫡長子歐陽月過幾個月進京，打算在京中尋門親事，不要求門第過高，怕是皇帝不喜，咱們家二姊兒說起來倒是很合適。退一步說，咱們家還有庶出姊兒，若是可以給他們家嫡長子做妾，覺得也當是建立起了聯繫。」

秦二老爺不過是想尋個機會表明態度，不管是為妻為妾倒不重要，反正他既有嫡出的女兒，也有庶出的女兒，倒是可以貢獻一個出去。更何況對方是靖遠侯府的世子爺嫡長子，未來要承爵，就算是庶女給人家做妾了，也不算是很難看。

他頓時覺得胸口積鬱散去，握住妻子的柔荑，柔和道：「真是麻煩妳為我奔波了。」

王氏急忙低下頭，有些羞怯，猶豫地說：「姊姊雖然答應在這件事情上幫我們一把，同時卻提出了另外一個要求，我怕公公可能會不太同意。」

秦二老爺一怔，道：「妳直說吧。」

王氏眨了眨眼睛，小聲道：「其實說到底不是姊姊的要求，是姊夫的請求，他讓咱們家桓哥兒收了楊芸為妾，因為隋家小將軍挑了姊夫另外一個女兒，不要楊芸了，楊芸現在的名聲又不好嫁出去，她執意給桓哥兒做妾，姊夫做父親的，心底還是想要成全了她。考慮到秦府從上到下，都是慈眉善目之人，桓哥兒又是個心善的好孩子，姊夫希望咱們可以幫他個忙，日後芸姊兒若是又犯錯，要殺要剮全聽咱們家的，他們家絕對不會亂攙和，只是道如今桓哥兒若不收了芸姊兒，隋小將軍又不要她，傳出去多難聽，怕耽誤了府上其他孩子的婚事呀。」

秦二老爺對此倒是無所謂，哪個男子沒有幾個妾的，不過是入門時間沒那麼早罷了。大不了同楊家商議，先讓芸姊兒去道觀待上幾年，等定國公府家三小姐入門一年後再納便是了。唯獨擔心的是楊家姑娘鬧出這麼多事情，秦老太爺和秦老夫人倒是有排斥的可能性。

秦二老爺想了一會兒，道：「這事兒不是不能幫他，但是醜話要說在前頭，靖遠侯府歐陽月的那門親事，他能幫我做到如何？」

王氏笑著趴在夫君耳邊，說：「此事姊姊同我保證過了，隋家小軍爺已經是她的女婿，而且性子爽利，姊夫同他直言過，若是做世子夫人估計有難度，但是咱們家送過去個庶女為妾，是敢打包票的，而且還說了，若是沒幫成老爺，他也沒臉把芸姊兒嫁過來，你看如何？」

秦二老爺目光流轉，頓時放心地點了下頭，道：「我明白了，此事由我和父親周旋。」

王氏踏實地躺了下去，她雖然厭惡楊芸為人，後來又一想，不過是個妾侍，日後在府中還要靠她這個姨母過活，怕是會討好奉承與她，她同時可以藉著楊芸敲打桓哥兒未來的媳婦，如此一來，倒是覺得自己還賺了，所以心情大好，不再有一絲憂愁，病很快就好了起來。

沒過兩日，楊芸去寺廟居住的事情就傳了出來，世人道這女子倒是重情，寧可做姑子也不願貪圖權勢，嫁給不喜歡的男人。隋家小將軍同時放出話來，願意成全她對於秦甯桓的癡情，娶了楊家另外的女兒為妻，楊隋兩家結成姻親皆大歡喜，秦甯桓同楊芸的事情反倒被洗白，成了一段佳話。

定國公府二夫人聽說後連道對方好心機，她拉著女兒梁希宜的手，道：「看到沒有，一個倒貼的狐媚子就因為她們家背景不錯，又有了隋家支持，才被傳成這般。若是在那落井下石的人家，即使出家做了姑子，也會被背後戳脊梁骨，道她不懂得廉恥，而不是什麼為愛癡情。」

梁希宜心境頗老，經歷繁多，這種指鹿為馬的事情上一世也遇到過許多，不由得心裡對秦家的做派挺失望的，今日將楊芸捧了上去，那麼他日接她下山也順理成章，總是世間好女子，不應落得清寡一生。她見祖父身邊的人過來尋她，同母親隨便說了幾句就去書房候著。

梁佐此時正在作畫，他的桌子旁邊有兩封書信，一封是秦甯桓表達心意的，一封是秦老太爺再次提起議親之事的內容。

梁希宜進了門，站在一旁，梁佐示意她看信，她方拿起紙張，讀了起來。

信中內容不外乎是秦甯桓對她的兒女心思、愛慕之情，梁希宜越是深讀，越是覺得心底一片悲涼之意。若是雙方無情，那麼即使存在什麼表妹，她也不會太過介意，正是因為秦甯桓觸動了她心底的柔軟，方覺得此事不是一般大，恍若一把刀子直入了她的心臟，不停切割著。

她無法當作什麼都沒有發生過，尤其是外界那般傳誦，日後若是風雲又起，她作為婦人，又當如何自處？

梁希宜放下信紙，眼底湧上了一股酸澀的感覺，淡淡地說：「此事就此作罷吧，祖父。」

梁佐深深嘆了一口氣，道：「有時候不希望妳看得如此開，有時候又感念幸虧妳能看得開，在祖父眼裡，這世上已經無人能匹配於妳。」

梁希宜輕輕搖了搖頭，強迫自己笑了出來，安撫祖父道：「祖父，不如尋個清貴人家，希宜自認還可以做個合格的媳婦，不在乎對方貧窮與否，只要有安生公婆便心滿意足。」

梁佐點了點頭，說：「孩子，妳放心，祖父定為妳尋個安生的門戶，省得讓妳再糟心一回。」

是啊，糟心啊……

梁希宜擦了下眼角溢出的淚水，記憶裡的清朗少年，淺淺的笑容、溫和的聲音、高䠷的背影，終歸要在念念不忘中，選擇努力忘記了吧。人生總不是一帆風順，相較於上一世的婚前失貞，這輩子可以手握選擇夫婿的主動權，難道不已經是很幸福了嗎？

重活一世的梁希宜對任何事情都講究看開，從不強求，無法嫁給心儀的男孩雖然讓她失落，但是生活始終要繼續下來，她把自己投身於忙碌的家事中，風風光光地把大姊嫁了出去！

第二十二章

入秋，天氣越來越涼爽起來，皇帝愛熱鬧，打算舉辦個蹴鞠大會，順道考校諸位高官的名門之後，是否如他們先祖那般英勇厲害。

明明是一群男孩參加的比賽，京中小姐們倒是更加興奮起來，許多不曾見到的少年郎被光明正大地扔到太陽下面，供女孩們欣賞，可不是欣喜異常？

梁希宜雖然興趣不大，但是梁老夫人打算偕同眾孫女們出門，她也不好真拒絕什麼，腦海裡忍不住回想起上次在西菩寺的時候，歐陽穆的那一番赤裸之言。

若不是她再三同母親確認她們確實有過西菩寺之行，而手中經書又是實實在在地擺在桌上，她始終覺得那一日的相見，很不真實。

另一廂靖遠侯府，歐陽燦從李管事口中得到了定國公府姑娘們全家出席，去捧場蹴鞠大會，頓時渾身彷佛湧上熱血般興奮起來，他同兄長們打小在西北是玩這個的，京城那群小子誰都不是他的對手，到時候必定可以大放異彩。據說皇上和太后還發了彩頭，他一定要奪下來，送給梁希宜。

歐陽燦眼睛放著光彩，白日裡纏著歐陽岑同他一起練習蹴鞠，歐陽穆看到後也脫了上衣，參與進來，明亮的日光映在他裸露健壯的胸膛上，將那一顆顆汗水照得明亮，閃耀著別樣的光芒。不時有旁院的小丫鬟偷偷觀看，然後紅了臉頰。

兄弟幾個人一場球踢下來滿身是汗，小廝們急忙命人去端水，然後等著主子們輪番淨身。

歐陽燦咧著唇角，道：「大哥，你當真參加蹴鞠大會嗎？我聽祖父說咱們家要單獨成立一個隊，由你領銜！」

歐陽穆懶懶地點了下頭，目光望著藍天白雲，忽地認真道：「燦哥兒，我打算娶定國公府的三小姐梁希宜為妻，昨日已經同祖父攤牌，擇日下聘。」

歐陽穆認為反正他已經同梁希宜表白過了，那麼追求她就成了順理成章之事，定國公那麼寵愛希宜，定會在自己有生之年將她的婚事定下，總不好剛剛擺脫了一個秦甯桓，再被定國公尋出下一個秦甯桓吧。好在對於靖遠侯來說，梁希宜總是比陳諾曦好娶一些，所以連想都沒想便同意了，更是沒有問歐陽穆，為何會有如此大的轉變！

在靖遠侯眼裡，別說是梁希宜，只要歐陽穆樂意成親，那必須是大大支持！

歐陽燦一愣，臉上的笑容僵在臉上，他剛剛還同歐陽穆有說有笑，下一刻便聽到這麼個晴天霹靂的消息。他瞪大了眼睛，張著嘴說：「大哥，你沒說笑吧？」

歐陽岑在背後攬住他的肩膀，拍了下歐陽燦的額頭，說：「大哥何時在這件事情說笑，你當是你呀，不清楚自己要什麼。」

歐陽燦的眼底一片冰涼，他不相信，兄長明明不喜歡梁希宜的，怎麼就說要娶希宜為妻。他咬著嘴唇，道：「為什麼，大哥你明知道我心儀的也是梁希宜。」

「但是梁希宜不喜歡你，你娶不到她的。」歐陽穆淡淡地說，眼底是不容拒絕的堅持，道：「以後她便是你的嫂子，切莫逾越了。」

他說完後任由小廝伺候著穿上上衣，沈默遠去。在梁希宜這件事情，他不會有一絲猶豫，更不會給歐陽燦一點希望，還是讓燦哥兒早點認清楚現實為好。

歐陽燦渾身顫抖起來，歐陽穆的言之確鑿比梁希宜的數次拒絕帶給他的震撼還要大，大哥竟然如此篤定地和他說，他未來的大嫂是梁希宜！

歐陽岑從背後拍了拍燦哥兒的肩膀，淡淡地說：「你怎麼了，不過是個女人，莫非因此還同兄長生分了不成？」

歐陽燦咬住嘴唇，聲音帶了幾分哽咽，道：「她不是女人，她是梁希宜呀。」

「那又如何，她還是大嫂呢。燦哥兒，兄長從小到大待你如何你是清楚的，反正這件事情上我是堅決站在兄長一旁，你若是為了女人對兄長有了成見，那麼，我們便不是兄弟。」

歐陽燦目光露出幾分委屈，明明是他先對梁希宜動了心，大哥是後來者，他當初不是十分看不上希宜呢，現在卻說要娶希宜，又置陳諾曦於何地？

歐陽岑見歐陽燦不聽勸，冷冷道：「你從小受盡大伯母寵愛，又不愁大伯母為你尋找良家女子，但是大哥不曾擁有過什麼，如今兄長難得真心看上一名女子，不管她是誰，我都會幫大哥得到，對於這件事情，你必須釋懷，否則多年兄弟的情分就此斬斷，就算兄長容得下，我卻是容不下誰對大嫂心懷不軌。」

歐陽燦見二哥說話如此決絕，忍不住嚷道：「若梁希宜真成了我的大嫂，我又怎麼會對不起兄長！只是梁希宜或許不喜歡我，那麼她就喜歡兄長嗎？我總是見不得誰勉強了她！」

歐陽岑揚著下巴，掃了他一眼，說：「大哥會同你說，是不願意你最後一個知道，至於女人和兄弟情分如何選擇，你自己看著辦吧。」

歐陽燦胸口一陣積鬱，望著遠去的二哥直挺挺的背影，整個世界似乎都崩塌下來。他從未想過有朝一日，那個似兄似父的男人，會站在他的對立面。

小院裡發生的事情轉眼間就傳到世子夫人那裡，歐陽穆從未想過瞞著誰，歐陽燦更是有點什麼事情就表露在臉上，此時已經在家裡悶了兩、三日不曾出屋。

世子夫人聽後眯著眼睛，道：「梁希宜真是好手段，先是迷惑了我家燦哥兒，如今竟是入了穆哥兒的眼界，看來是非入靖遠侯府的門不可了。」

王管事在一旁奉承，寬慰道：「夫人不是前一陣還說關於梁希宜的事情，勸不通燦哥兒，如今穆哥兒插手了，想著他們平日裡的兄弟情義，燦哥兒終是會徹底放手。」

世子夫人冷冷瞄了他一眼，手裡攥著的手帕快要撕裂，道：「他能放手我自是寬慰萬分，但是這種方式的放手未免有點欺人太甚！穆哥兒倒是理直氣壯地同燦哥兒說了，我兒子哪點不如他，偏要讓著？說到底，燦哥兒才是世子爺的兒子，他們二房早晚要分出去的，憑什麼底氣那麼足！」

王管事一陣頭皮發麻，大夫人又開始胡亂較勁了……真是燦哥兒不放棄梁希宜，大夫人整日哭天抹淚，如今好不容易大少爺出手，讓燦哥兒放棄，大夫人還是不滿意！

靖遠侯根本不曉得梁希宜是誰，長孫一說要娶就答應了，這才想起小孫子似乎也心儀於她。靖遠侯沒想到，他日日夜夜擔心兄弟鬩牆、家族內亂，反而是因為一個女子，徹底打亂了所有的部署。皇帝執意熱鬧召開的蹴鞠大會，就在靖遠侯府一片混亂中，靜靜地拉開序幕。

這期間，梁希宜並不清楚靖遠侯府內因為她都吵翻天，整日裡幫著祖母籌劃過老人節的宴會呢。

太后藉著重陽日的節氣，想把國內老人們召集回京吃個團圓飯，定國公梁老夫人——原來威武侯府的嫡出小姐，也想將此次進京的老姊妹們聚在一起，熱鬧熱鬧。

梁希宜自從遭遇歐陽穆以後，有些發怵出門，索性藉口留在家裡籌備飯局，誰料到梁老夫人卻一口回絕，這次的蹴鞠大會是難得的姑娘、公子們都參與的場合，她怎能在家待著？

尤其是此時她家剛同秦家絕了議親的可能，眾人怕梁希宜心裡難過，都建議她出去蹓躂蹓躂。

因此，梁希宜不但要去，還被下達了重要的任務，同二小姐梁希榴、四小姐梁希宛一起帶領眾多弟妹們一同前往，觀看蹴鞠大賽。

梁希宜出門前身子不太舒服，頭有點疼，渾身無力，她害怕招風，特意穿了件不起眼的素色長裙，以高領將自己包裹得十分嚴實。

她恨不得有起了醜化自己的心思，省得惹上歐陽穆這尊大佛的注意。這傢伙可不是歐陽燦，上面還有個白容容能震得住，就歐陽穆已屆弱冠之年都沒定下親事，可見這人是誰的話都聽不進去，在府裡是可以做自己主兒的人物。

蹴鞠大會比賽的地點在城東，是一片空蕩蕩的空地，四周有酒樓環繞，下面新修葺了數排觀眾座位，供比較有背景的年輕子弟們近距離觀看。

老人們同大部分女眷小孩都在四周的酒樓裡觀賞，最高的一座酒樓足足有四層，但是因為京中官員太多，座位極其有限，所以此次蹴鞠大會除了針對勛貴以外，朝堂官職五品以下的家族子弟，是沒資格參加並且過來觀戰的。所以說這是一場高端人士之間的聚會！

為了討老皇帝歡心，這次的參賽隊伍尤其之多，以家族單獨組隊的有鎮國公府李家同靖遠侯府歐陽家，定國公府梁家這一代沒出武將，幾位老爺、少年們都不善蹴鞠，並沒有單獨參賽。但是四少爺梁希義，同湘南侯大少爺王若誠等一些公侯子弟，陪同其他家組隊參賽。

當然，也不是所有人都能在皇帝面前藉此機會露臉，預賽先是淘汰了大半數隊伍，複賽更是淘汰了許多背景深厚的子弟，最後獨留下四支隊伍參加今日的決賽。

因為裁判多是宮裡愛好蹴鞠的太監，鎮國公府在裁判的偏袒下過五關斬六將地突出重圍，在四強賽上遇到靖遠侯府。此時，太監是沒膽子胡亂判了，於是鎮國公府迎來一場大比分潰敗。

歐陽穆同歐陽岑是這場比賽的兩大耀眼人物。歐陽穆本身容貌五官分明、非常英俊，不過是平日裡沈默寡言，性子清冷，給人感覺不好接觸，所以名聲一般。但是今日，他和大家穿上同樣的深色束腰隊服，臉龐神采飛揚，冷漠的唇角、飛揚的眉峰，每次進球後還不時回頭向酒樓觀望片刻，然後咧著唇角，淺淺微笑，頓時讓各家姑娘們春心蕩漾，好不羞澀。

歐陽岑進球後，歐陽穆會衝過去拍拍他的肩膀，蹂躪下歐陽岑的墨黑色髮絲，這兄弟之間的友好互動，讓觀看者們有一種說不出的賞心悅目的感覺，就連皇帝都不時嚷道，好球！

酒樓上，因定國公的身分，他們有一個不錯的位置。梁希宜低調地坐在最後，梁希宛坐在她的前面，回過頭，小聲道：「看到沒，陳諾曦來了！大家都說歐陽大少爺剛才回頭是在尋她呢，真是讓人羨慕嫉妒，全京城最尊貴的那麼幾個哥兒，都圍著她轉呢。」

梁希宜眉頭微微皺起，也許吧……她有些心虛，又覺得那日歐陽穆定是逗她玩呢，全天下的人都清楚他心儀陳諾曦，而不是梁希宜。若是自己當真了，日後會被笑掉大牙！

六皇子和五皇子，分別參與到了靖遠侯隊伍裡和鎮國公隊伍裡面，六皇子進球後，也會同歐陽穆和歐陽岑抱在一起，歐陽岑曉得梁希宜就在酒樓上看著兄長呢，一時使壞，似乎拉著六皇子趴著他耳朵邊說了什麼，竟是同時回頭朝酒樓伸出了三個手指，意味不明。

歐陽穆微微一怔，卻是懶得斥責他們什麼，反正他確實是要追求梁希宜，想到她此時定是看得到他，一時間心裡甜滋滋的，愉悅異常。

這群公侯子弟都是人精，因為鎮國公府隊裡有個五皇子呢，歐陽穆和弟弟歐陽岑故意做球讓他進了一個，皇帝果然激動地差點跳起來，鎮國公府隊實力太差，唯一的進球還是五皇子做出來的。

皇帝連說道，五皇子進了爛隊，饒是如此，五皇子亦表現出色，並且有進球，可見是有擔當的領軍人物，雖敗猶榮。

酒樓裡，女孩子們嘰嘰喳喳地圍坐一團說話，定國公府雖然無人出仕，終究是品節高一等，所以梁希宜她們就坐在三公主黎孜玉同陳諾曦身後，耳邊不時傳來眾人奉承陳諾曦的言語，黎孜玉還不停地調侃陳諾曦，說是歐陽穆又回頭尋她。

陳諾曦淡淡笑了兩下，表現得不甚在意，卻難掩幾分得色。

梁希宜撇了撇嘴角，就憑這群女人，她也不樂意同歐陽穆扯上一點關係。

四小姐梁希宛不由得感嘆道：「歐陽穆也好、五皇子也罷，這般模樣好、背景好，又有能力的公子哥兒怎麼就不能對我一往情深呢！在同男孩打交道這方面，我還真是佩服陳諾曦。她也是養在閨中，什麼都不用做，就那麼多人會莫名拜倒在她的石榴裙下呀，名副其實的才女！」

梁希宜這時方注意到歐陽岑同六皇子故意擺出的三個手指，她其實不太願意多想，不是指她三小姐的身分吧？唔，是不是逗著玩呢……梁希宜真是沒勇氣相信這件事，尤其是她的對手居然是上一世的自己，陳諾曦。

回想起歐陽穆曾經對她說過的那個「滾」字，她可承受不住第二次了。

梁希宜順著眾人目光看下去，陽光下揮灑汗水的歐陽穆確實十分迷人，他的眼睛彷彿永遠是帶著幾分凝望、深邃，不管是誰同他對視，都會被帶入其中，然後覺得很有壓力感。

她記得那次在廟裡，不過是太陽刺了她的眼睛，他便走了過來，擋住陽光，骨子裡應該是細心的男子，只是這種人怎麼可能同她有關聯呢。她是如此簡單，低調、平凡……

歐陽穆卻是無比高調，吸引目光，如此不平凡！

梁希宜甩了甩頭，決定不再去想什麼，一切順其自然。

蹴鞠大會的最終結果不出意外的是歐陽家奪得第一名，五皇子率領鎮國公府奪得了第二名。這世上唯獨歐陽家敢贏鎮國公府李氏一族吧。

最後領賞的時候，皇上硬是把原本第一名的東西換成了第二名，歐陽家也不甚在意，更何況第二名是稀有的古玉，可以雕刻東西，邊角還十分潤滑，適合女孩玩，歐陽穆本人更中意一些呢。

五皇子在領賞時，表示要將皇上御賜的一把長劍送給佳人，陳諾曦的名字被他當眾朗朗大聲地喊了出來，眾人一陣驚呼，羨煞所有的姑娘們了。

皇帝笑呵呵地看著愛子，他本是想給五兒子尋個將門之女，方可以同歐陽家正面對決，但是既然兒子偏愛陳諾曦，那麼陳宛倒也不錯，可以幫五皇子在士子中樹立好的形象，反正作為皇子還可以有兩個側妃名額，他倒是不甚介意，只是想到靖遠侯府的歐陽穆，似乎也十分愛慕陳諾曦，皇上不由得掃了他一眼，發現歐陽穆表情如一，沒有任何變化。

是真的畏懼皇權了，不敢同五皇子光明正大地爭嗎？皇帝眯著眼睛，陷入沈思。

有同樣想法的不下數人，眾人在五皇子如此明顯表達愛意的同時，都在觀望歐陽穆的神色。歐陽穆高昂著頭，表情淡定自若，唇角微微揚起望著酒樓的高處，那分明也是陳諾曦在的地方呀。

三公主黎孜玉感嘆無比，羨慕地說：「諾曦，妳真是萬人迷，五皇弟那般沒定性的人被妳徹底折服，還有歐陽穆這座冰山，此時也會對妳微笑，待會兒他會不會也把獎賞送給妳啊？」

陳諾曦臉頰微紅，眼底始終掛著笑意，溫柔地看向下面。歐陽穆，會送給她嗎？

老皇帝有意試探歐陽穆的意思，笑著問道：「我的五皇兒將長劍送給佳人陳諾曦，穆哥兒這枚古玉，更適合女孩子暖身佩戴，不知道要送給誰呢？」

歐陽穆微微一怔，眾人卻是沈默地豎起耳朵聽著，尤其是坐在酒樓裡的小姐姑娘們，頓時變得鴉雀無聲，彷彿都在等著歐陽穆的答案。

歐陽穆想了片刻，忽地揚起唇角，笑道：「自然也是送給我的心儀之人。」

「哦，是誰呢？能給我們穆哥兒看上。」老皇帝慈祥地笑著，坐在他身後的太后同皇后彼此隨意聊著，盯著歐陽穆略顯發紅的臉頰，笑出了聲。

梁希宜只覺得渾身出了好多汗。千萬，千萬別說啊……

她同陳諾曦性格不同，梁希宜是真心希望將感情的事情低調起來，她沒興趣應付那般多的凌亂事情，而且她也沒準備好接受這份情感。若是歐陽穆說了，老皇帝見她家世如此，底蘊算是足以匹配歐陽穆，實則是個空架子，興奮之下直接將她賜給歐陽穆怎麼辦！

梁希宜雙手使勁攥著，不停揉搓，渾身泛著冷汗。

歐陽穆沈思了一會兒，他基本可以想像出，若是此時將梁希宜的名字脫口而出，那個女人會是多麼氣憤異常，老皇帝又該是多麼高興無比……

但是，他可沒有讓親者痛仇者快的怪癖，索性不打算將梁希宜推到眾人面前。他所愛的女子定是要被保護在他的羽翼之下，怎麼可能讓梁希宜如同陳諾曦般拋頭露面，被所有人盯著？

他曾經以為自己可以容忍梁希宜同其他人有瓜葛，直到歐陽燦偷偷去見了梁希宜，他才發現他心胸沒那麼寬廣，忍不住同燦哥兒攤牌，更何況是別人將目光聚焦於梁希宜的身上了？

他要保護好她，他不需要大家覺得她多好，唯有他知道她的美好便已經足夠了。所以歐陽穆恭敬地同皇帝行了大禮，認真道：「我心儀她多年，稍後親手交給她，就不在此多此一舉了。」

眾人提起的氣息又被吊了老高。心儀多年，那麼必定是陳諾曦啊！

梁希宜彷彿聽到了背後無數悲傷的嘆氣聲音說：「陳諾曦啊，到底是怎麼樣的女子，可以吸引住所有男人的目光。」

五皇子視線一沈，合著他的借花獻佛，成了多此一舉。

接下來皇家還擺了晚膳，考慮到此地聚集了太多的勛貴家庭，大家長們互相串著聊了一會兒天，依次將馬車牽過來離開。梁希宜帶著幾個孩子，擔心同其他車隊發生剮蹭事件，故意晚了半個時辰才出發，沒想到路走到了一半，車輪居然損壞了。

車夫說兩輛馬車的前輪都有斷裂，彷彿被人用刀劃過，實在是太奇怪了！

梁希宜鬱悶地命令車夫停車，親自下來看了一眼。她出門前就怕發生壞車事件，因此特意挑選了新車，所以判定確有人為痕跡。怕是同他們家有仇的人家，不敢得罪他們家，於是藉著機會故意弄壞了他們家的車子。

她嘆了口氣，管事又跑了過來，道：「姑娘，靖遠侯的車隊在後面，原本是催促我們的，見我們車壞了，說他們那有人手，立刻過來幫換個輪子可好。」

梁希宜微微一怔，臉頰忽地一片通紅。她不由得暗自非議，這車子不會是那人弄壞的吧？否則她實在想不出誰那麼沒品，居然針對一群手無縛雞之力的女眷們車子做手腳，這不是明擺著欺負人嘛！

二小姐梁希榴似乎同靖遠侯府的管事嬤嬤交談了片刻，道：「三妹，旁邊正好有一處客棧，不如先讓老夫人同孩子們進去歇會兒吧。不管是修車，還是從府裡叫車都需要時間，我們堵在路中間，著實影響後面家族的道路。」

梁希宜點了一下頭，如今也只能如此了吧！

客棧老闆聽說是國公府的家眷，急忙騰出了上好的房間供大家休息。梁希宜也不會在銀子方面虧待他，只是心裡沒來由地緊張起來，那傢伙肯定會出現吧。她該怎麼說、如何說是好？

梁希宜小心翼翼進了房間，左看右看，生怕裡面藏著什麼人呢，她手裡攥著帕子，放在胸口，跟隨在她後面的夏墨忍不住問道：「姑娘，妳沒事吧？」

「啊？」梁希宜嚇了一跳，急忙喘了口氣，說：「靖遠侯那邊沒人過來吧。」

夏墨愣了下，不明所以道：「為什麼要過來人呢，沒有呀。」

「哦。」梁希宜神經兮兮地坐在床邊。莫不是自個兒多慮了？可是車子莫名其妙就壞了，這絕對是人為故意弄壞的，她早上特意選的新車……

「姑娘……」夏墨忽地推開門又走了進來，狐疑地看著她。「那個，靖遠侯的大少爺也在客棧呢，他問咱們府上誰管事兒。」

梁希宜有些惱羞。果然如此，她就知道事情沒那麼簡單！

「姑娘，那人就是歐陽穆大少爺，我該怎麼回覆好呢？」夏墨是真心害怕歐陽穆，她同三小姐唯一的一次遇險，差點喪命，就是淪落到歐陽穆手裡。

梁希宜咬住下唇，說：「妳讓丁管事去回話吧，我一個姑娘家，還是不出面了。」

夏墨深表認同地點了下頭，片刻後又折了回來，面色凝重，道：「姑娘，歐陽家大少爺點名要見妳呢，說是有要事相談，我怕他說話聲音太大讓人誤會，所以就趕緊過來回話。咱們家馬車壞在路上面，影響來往車輛，道路有點堵，也有其他家的女眷來客棧休息，我擔心他在外面待久了不好吧。」

真是欺人太甚……

梁希宜皺著眉頭，說：「他點名說見我了？」

「是啊。」夏墨不好意思地點了下頭，偷偷瞄了一眼主子臉色，不像是同歐陽穆有私交的模樣，可是對方卻點名見自家的三小姐。莫非主子趁她不注意的時候，同歐陽家大少爺有了來往？

一陣「叩叩叩」的敲門聲。

主僕二人對視一眼，梁希宜無比鬱悶地打開門，映入眼簾的臉龐再熟悉不過，夏墨關鍵時刻在歐陽穆略顯冰冷的目光中默默的離開了。

梁希宜板著臉，客氣地說：「歐陽大少爺尋我有事兒？」

歐陽穆認真地點了下頭，從懷裡掏出剛才獲得的古玉，遞給她，道：「喏，給妳的。」

梁希宜的呼吸彷彿都無法呼出來了。她詫異地看著他，不知道該說什麼，歐陽穆的手停留在空中，等著她接住他的盒子。

梁希宜渾身彷彿被什麼綁住，一動不動，喉嚨處卡得難受，話說不出來。天啊！到底怎麼回事？

歐陽穆沈沈地盯著她，一雙墨黑色的瞳孔好像海水，徹底將她淹沒其中，她感覺呼吸不了，又跑不掉，唯有老實地任由他將她看個清楚，好像自己一絲不掛，完全被眼前的人看透了似的。

「你……」梁希宜剛才聽得清楚，這人跟聖上說這枚古玉要給心儀的女子，那麼說來，上次的話他不是逗她的嗎？她該選擇相信，還是嗤之以鼻，以防備他不過是故意玩弄於她。

歐陽穆完全不如外表看起來的那般鎮定自如，他很緊張，半空中的手指僵硬，他害怕梁希宜真的不去接住，那麼就糗大了吧！

歐陽穆不知道從哪裡獲得的勇氣，走上前抓住了梁希宜的左手，鬼使神差地將東西放在她的手心裡，然後後退，整個動作一氣呵成。

倒是梁希宜，發現他們居然肌膚相親了，渾身起了雞皮疙瘩，不自在地低下了頭。

歐陽穆咳嗽兩聲，道：「這種玉同其他的不一樣，可以派人雕刻，而且邊沿還不扎手，很滑。」但是萬不及梁希宜的手指柔軟，他偷偷想著……

梁希宜悶悶地嗯了一聲，怎麼辦，她怎麼回覆才是正常的呢？梁希宜忽地身體不太舒服，兩腿間感覺到有什麼滑了下來，低下頭看了一眼，臉色煞白起來。難怪從一早開始就覺得渾身不對勁……

歐陽穆順著她的目光看了下去，頓時傻眼，他不是黃口小兒，自然清楚梁希宜這是怎麼了，但是他該如何反應，才不會讓梁希宜覺得惱怒呢？她居然在這種時候，來了初潮。

歐陽穆的眼底布滿溫柔。他的小妻子，長大成人了呢！

梁希宜整個人都不敢動了，眼眶瞬間發脹，忍不住落了幾滴眼淚，她真是丟人，也怪對方霸道不講理，竟是在陌生男子面前——還是關係不太好的那種男子面前，流了血。

「妳別害怕，也別亂動，我去叫妳的丫鬟過來。」

關鍵時刻，梁希宜沒想到竟然是歐陽穆幫她做了主！

夏墨紅著臉害臊地走了進來，鬱悶地說：「我們沒帶著衣服。」誰會觀賞個蹴鞠比賽，會帶著換洗衣服，又沒說在外面落宿。

梁希宜覺得自己太倒楣了，心裡委屈，忍不住嘩嘩地流眼淚，歐陽穆顧不得男女之防，從外面直接走了進來，他手裡拿著包裹，道：「趕緊幫妳的主子換了吧。」

他抬起頭，看著脆弱的梁希宜，不由得心疼，忍不住囑咐道：「包裹裡還有毯子，妳給三小姐蓋上，女孩子這種時候本容易受涼，對身子不好。」

他本就是發號施令習慣了的人，此時竟然沒察覺到自己的踰越。

「要你管！」梁希宜忽地沒好氣嚷道，又覺得有些不對，忍氣吞聲地淡然說：「我要換衣服，煩請歐陽大少爺快點出去。」

歐陽穆一點都不介意梁希宜發脾氣，女孩子嘛，第一次總會有些措手不及，尤其是在他面前來了初潮，是怪丟人的，難怪她會不快。

梁希宜賭氣似地狠狠脫掉了衣服，換上衣服，那帶著血的長裙被夏墨包裹起來放在一旁。歐陽穆擔心她處理不好，始終在門外站著。

梁希宜聽說他竟然還在，急忙讓夏墨將人帶了進來，道：「你在我屋外站著，讓人看到怎麼辦？」

歐陽穆聳了聳肩，說：「那又如何，明兒個我讓祖父去妳家提親便是了。」

梁希宜不由得惱怒，憑什麼他說提親便提親，她憑什麼就必須嫁給前幾日還討厭她的人。更何況歐陽家本就霸道，她除非傻了才會自投羅網，嫁入這樣的家裡尋不痛快！

歐陽穆曉得她此時心情必然很差，低聲道：「車修好了，妳身子不好，我去和管事說讓他稟了梁老夫人可以離開，這裡有我善後，妳讓夏墨扶著妳先去車裡吧，我放了手爐，不至於凍著妳。」

梁希宜臉頰發紅，十分想發火，又覺得對方的安排讓她無話可說，可是心底依然憋屈、不舒坦，到底哪裡不對勁她也說不出，就是很不舒服，特別討厭他！

歐陽穆望著梁希宜毫不留戀的背影，忍不住唇角揚起，眼底布滿笑意，他瞥見夏墨落在桌子上的包裹，身後傳來小跑著的腳步聲，本能地將包裹扔到了床上。他回過頭，見到夏墨走了回來。

「怎麼了？」他沈靜地看著她，主動問道。

夏墨害怕歐陽穆，但還是硬著頭皮，道：「我們主子落了個包裹。」

「是不是藍色的？」歐陽穆眉頭皺起，猶豫了一會兒，面無表情道：「我剛才讓人收拾起來了。」

開。

「啊……」夏墨一時無語。

歐陽穆寬慰著說：「沒事，回去我看看，到時候整理好了再還給妳家主子。」

……回去還要看看啊？夏墨低著頭，心想事已至此，她又能有什麼辦法，索性默然離開。

歐陽穆見她的背影消失在盡頭，不由得右手扶上胸口，心裡有了一絲暖意，怕是梁希宜下次會主動找他了。一想到可以再次同她見面，歐陽穆就忍不住想要大笑出聲。

他回過身打開了包裹，瞬間紅了臉，竟然是那條沾了血的長裙……

另一廂，梁希宜回到車上就想哭。

梁希宛看了她一眼，又回過頭，說：「咦？妳換了條裙子呀。」

梁希宜強忍著心裡的彆扭感，道：「我來了初潮，剛讓夏墨去旁邊店裡買了條裙子。」

「啊，那妳墊上絹布了嗎？」梁希宛雖然比梁希宜小幾個月，卻先於她有月事。

「哪來得及去找絹布，回去再收拾吧，大不了這條裙子也不要了。」

「那妳原來的裙子要收好。」梁希宛隨意道，卻戳中了梁希宜的心事。她眨巴著眼睛，淚水溢滿眼底，那條帶著血的裙子據說是被歐陽穆收拾起來了。

梁希宜回到家裡急忙命人去打水，打算泡個熱水澡，二夫人聽說女兒癸水來了，心裡極其開心。

府上大部分女孩約莫十三就來了，就她家的三丫頭這都十四了還沒來呢，讓她好一陣擔心，別再有什麼隱疾。

二夫人掛心女兒第一次處理不好，急忙跑到梁希宜的院子，吩咐小廚房煮了紅糖水，還叨叨著說：「希宜，別洗頭，癸水期間洗頭不好。妳泡一會兒就出來吧，時間長了容易染病。」

梁希宜嗯了一聲，泡在木桶裡，捂著臉哭了一會兒，歐陽穆明明什麼都沒對她做，她還是覺得彷彿被欺負了，心裡委屈得不得了，她來初潮居然被其他男子看到，還參與了……

晚上，夏墨用絹布裹了棉花，道：「太太說，棉花吸水，現在都不再單純用絹布，小姐們都喜歡裹了棉花，乾淨。」

梁希宜微微怔了一下，她上一世可沒聽說過這個法子，有錢人家的女孩都用絹布，一次性扔掉，沒錢人家的女孩用普通的布，髒了洗乾淨繼續用，怎麼重生後，處理月事用的絹布都改良先進了？

「這可是最近京城裡新興起來的做法，貌似最開始是玉剪道裁衣坊先推出的試用產品，估計又是陳大小姐的點子吧。」

梁希宜嗯了一聲，陳諾曦推陳出新也不是一、兩次了。這東西用起來還真是比以前墊上感覺軟一些，更舒服，沒那麼冰涼，而且布也不會特別髒，不會洗不透，普通人家還可以二次利用，不過定國公府的姑娘們，必然是用一次性就扔了換新絹布和棉花。

想到此處，梁希宜不由得感嘆，雖然不清楚如今是誰在自己的軀體上重生，但真的是個人才。這般與眾不同的女子，歐陽穆怎麼忽地就又不喜歡她了呢，奇怪！

梁希宜臉頰微微發紅，最可笑的是歐陽穆說心儀她，感覺跟作夢似的，這人明明應該是討厭她才符合常理吧。

夏墨不清楚梁希宜在琢磨什麼，試探地說：「主子，妳說歐陽大少爺到底是個什麼意思，他偏要見妳，妳來了癸水他又那麼幫忙，還給妳備了手爐，想得這般周全，所圖為何呢？」

「誰知道他在想什麼！」梁希宜從來不同夏墨瞞著什麼，自從夏墨上次捨命保她，已經榮升為梁希宜的第一心腹。日後，她定是要把夏墨當成閨女似的，風光嫁出去。

「還有這枚古玉，算是國寶了吧！皇帝剛剛賞給歐陽家大少爺，他不是說要給喜歡的人嗎？」夏墨彆扭地小聲道，其實她很想直接同梁希宜問，歐陽穆是不是喜歡上姑娘妳了啊。

梁希宜渾身發熱，不願意面對這個話題，把被子蒙住了臉，道：「稍後妳也不用守在屋子裡，我累了，想先睡了。」

夏墨點了下頭，將地面收拾乾淨，道：「我在外間躺下，若是姑娘有什麼不適，隨時喚我。」

梁希宜悶悶應了聲，聽到她離開了裡屋，露出了頭，陷入沈思。

她同歐陽穆，有可能嗎？

接下來幾日，梁希宜特別在意自己的健康，在床上休養，每日喝紅糖水，還時不時用暖袋敷著小肚子，擔心受到一點寒氣。

她上一世子嗣不豐，很大原因就是小時候不懂事，沒有養好身子。所以這次初潮，她決定在屋子裡好好保養身體，此時，梁希宜莫名地誰都不想見。歐陽穆所謂的喜歡實在是讓人震驚，她感覺腦袋不太夠用，琢磨不透這事兒。

轉眼間，她人生第一次癸水結束了，再也沒有理由不見人躲在屋子裡，梁希宜如往常般晨昏去祖父那裡請安，陪著他下棋寫字、讀書。雖然同秦家絕了議親的念頭，兩家還是關係不錯，常有往來，秦老夫人心底特別偏愛梁希宜，每次給定國公府送禮，她收到的都比其他人多一點點。

聽說懷孕的女兒身子越來越重，秦老夫人不放心，讓兒媳婦藉著過節來了一趟定國公府。於是秦家溫柔的大夫人，帶著秦府兩個淘氣的小少爺同五小姐登門拜訪。

秦家四少爺略頑劣，是大夫人嫡出的親兒子，此時故意從樹林裡抓小蟲子嚇唬梁希佑。梁希佑快過九歲的生辰了，望著比自己大的秦家四少爺，覺得他無比幼稚，根本懶得搭理他。

秦家六少爺則一直很安靜，偷偷地打量被大伯母拉著說話的梁希宜。他心底本就對梁希宜特別有好感……

出門前，祖母還跟大伯母可惜過不能娶梁希宜進門做孫媳婦，但是二哥哥不能娶，他難道沒資格娶嗎？

梁希佑無聊地應付著比他大許多的四少爺，見秦家四少總是不停欺負秦家小六，忍不住道：「他是你弟弟，你不疼他就算了，老逗著他玩算什麼？」

秦家四少眉頭一攏，不開心地說：「小六都沒說什麼，關你什麼事情。」

梁希佑望著他不講理的樣子，忽地覺得自己平日裡是不是也這般沒道理，微怒道：「大丈夫有所為有所不為，你整日裡爬牆、鬥蛐蛐兒，在後院折騰弟弟、逗丫鬟算什麼本事。」

啪的一聲，秦家四少就將手裡的石頭扔向了梁希佑，道：「我是客人，你一個主人不陪著我玩，淨說這些有意思嗎？明明就是個小孩子，還敢教訓我！」

梁希佑紅著臉，挽起袖子，說：「你怎麼可以隨便扔石子打人！」

他仗著在山中同歐陽穆的小兵學過一陣槍法，回府後也纏著府裡的武師父整日早起鍛鍊身體，並不怕秦家四少爺。

秦家小六拉著梁希佑的胳臂，道：「佑哥兒，我沒事，咱們玩去，不理他。」

梁希佑見秦家小六一臉真誠，又擔心梁希宜稍後說他不懂得招待賓客，隱忍道：「嗯，咱們走，我帶你去看祖父剛賞我的一套前朝筆墨，無價之寶哦。」

「喂！」秦家四少張口大叫，道：「你們不許走！」

梁希佑不屑地掃了他一眼，說：「你算老幾，你不讓我走我還偏走呢！」

梁希佑拉著秦家小六，轉身就跑，秦家四少覺得自己受嘲笑了，撒腳丫子追了過去，抓住梁希佑的後脖領子按到了地上。

秦家小六立刻傻眼，他怎麼可能讓希宜姊姊的弟弟挨打，於是用盡全身力氣推開了秦家四少，同他拉扯了起來。

三人當中，秦家四少最為年長，骨架子又大，還很胖，整個人如一個石頭般堅硬的大胖子，秦家小六生得俊秀，個子又矮，自然接連被他抽了兩下肩膀。

梁希佑站起身子，紅了眼睛，他何時被人如此欺負過，二話不說就撲了過去，兩個瘦子同一個胖子連滾帶爬地打了起來。

秦家四少下手一點都不留情，不一會兒秦家小六的臉頰都腫了起來。

小廝為了讓主子少受傷，乾脆整個人趴在主子身上，替主子挨打，有嬷嬷吩咐人去尋了梁希宜，秦家大夫人正巧同她在一起，聽說孩子們打了起來，急忙小跑著回到後院。

此時，三個孩子都掛了彩，秦家小六最慘，臉頰紅腫，肩膀彷彿被對方的指甲撓破了，現出紅痕。梁希佑此刻只恨平日裡怎麼不多學些招數，真是招數用時方恨少，手背有些青痕，但是沒怎麼掛彩。秦家小四皮糙肉厚，看起來是最沒受傷的，不過是臉蛋上有些泥土，還有梁希佑剛才胡亂踹的腳印痕跡，擦乾淨泥土後，有點發青。

秦家大夫人知道自家孩子什麼德行，她本是儒雅人，急忙同梁希宜道歉。

梁希宜命人拿了藥物，道：「秦夫人，先帶著孩子去客房看一下吧。」

秦家大夫人倒是不推辭，卻是先拉住自個兒孩子的手，而不是受傷重的小六。

梁希宜看了一眼秦家小六，說：「去上藥吧。」

秦家小六臉頰通紅，緊張地跟著梁希宜。前面老太太聽說佑哥兒挨了打，急忙派了大丫鬟過來傳喚他，梁希宜幫佑哥兒稍微整理衣衫，方肯放他離開，臨走前還囑咐道：「切莫說讓老夫人擔心的話。」

梁希佑長長地嗯了一聲，他現在最親近的就是梁希宜，和她說話有時候沒大沒小，道：「三姊姊真是囉嗦，稍後我定哄得祖母特別高興。」

「哼，你就嘴巴硬吧，一會兒要是誰告訴我祖母抹眼淚了，我回頭可不饒了你。」她拍了下佑哥兒的後腦，讓他過去多陪老太太說會話，不用著急回來。

秦家小六望著他們親密的互動，微微心動起來。

梁希宜留下丫鬟伺候他，哄小孩似地說：「桌子上有點心，還有水梨，放了冰糖，先讓丫鬟幫你包紮，一會兒就不疼了。」

秦家小六嗯了一聲，趁著丫鬟出去取藥的片刻時間，鼓起勇氣，小聲說：「希宜姊姊，我聽祖母說妳和二哥哥的婚事不成了，妳若是不介意……可不可以嫁給我呀？」

梁希宜渾身一震，最近是走了什麼桃花運，連眼前這麼個小不點都同她表白？

秦家小六臉頰通紅，脖頸子更是爬上一片緋紅，他一不做、二不休，繼續道：「我聽妳話，家裡妳管家，好不好？」

梁希宜真的被震驚到了，她實在無法對這麼個小孩子認真起來，不由得失笑出聲，卻又在秦家小六堅定的目光裡收斂起笑容，道：「你真是這麼想的？」

「是啊！」秦家小六生怕梁希宜不相信他的決心，站起來同她比了比個子，說：「妳看，我都快追上妳了！我也沒什麼表妹，哦，我連爹都沒有，娘也跟沒有一樣，唯獨祖母疼愛我，祖母也很疼愛希宜姊姊，她好喜歡妳，所以妳嫁給我，不會受任何委屈，我從小就很聽話，希宜姊姊，妳就考慮考慮唄。」

梁希宜目光沈了下來，她忽然發現，秦家小六似乎條件還不錯呢。性子單純，家裡沒有公公，婆婆跟他又不親，家裡人口構成著實簡單，又有明事理的秦老夫人照應著，分家時雖然錢財不會很多，但是薄產是會有的，她比他年長，當兒子似地養著老公，引導他走上正途，雙方也不失一份親情的扶持，她也不夠愛他，若是小六納妾，光想起來她就不覺得難受……她怎麼會有如此自私的想法，這樣對小六不公平吧。

一陣腳步聲音從背後傳來，梁希宜急忙擦了下小六含淚的眼角，道：「收拾起你的情緒，怕是你大伯母來了，我可不想惹什麼是非。」

秦家小六急忙點頭，自個兒擦乾淨臉頰，說：「妳看，我都擦乾淨，誰都看不出的，妳放心，我說過我很聽話的，妳認真考慮考慮，我、我真是認真的！」

梁希宜眉頭蹙起，隱約聽見夏墨同秦家大夫人的聲音，不得已點了下頭，出去迎接她們。

秦家大夫人不好意思地笑著，道：「我來看看小六，聽說妳帶他上完藥啦。」

梁希宜點了下頭，心裡卻是亂極了。先是霸道的歐陽穆突然出現，又是小屁孩秦家小六，這兩個人眼睛抽筋了？居然同時看上她，怕是同祖父提及都會覺得笑掉大牙！

秦家一行人走後，定國公府安靜了幾日，應了太后的號召，定國公同老夫人進宮參加宴會，他們這般歲數的人了，早年的恩怨早就不會太過深究，此時反而樂意見曾經的故人，不管是朋友還是敵人，只覺得大家早晚都是一抔黃土，頓感心心相惜。

作為小輩的梁希宜同四姑娘梁希宛陪著祖父、祖母進京。她琢磨著怕是很難避開見到歐陽穆，那條裙子，是不是可以光明正大地要回來？

第二十三章

歐陽穆整日在書房裡憋著倒騰東西，皇帝賞下的兩枚古玉，一枚他直接送給了梁希宜，另一枚則在他的手裡，準備親手雕刻個掛件送給她，所以近來凡是西北的書信都被扔給了歐陽岑。

除此之外，還有個棘手的活，就是梁希宜的包裹，歐陽穆總不好借他人之手碰這條沾了血的裙子，索性自個兒半夜起床，趁著沒人的時候打水給洗乾淨了，然後疊好放在枕頭邊，每當累了的時候就看一看，渾身充滿了動力！

瞧，梁希宜的裙子如今不是都到手了嗎？

深更半夜的時候，歐陽穆猛然從夢裡驚醒，本能地還會摸摸那條裙子……然後就有了反應，不過這年頭能讓他興起邪念的也只有他的媳婦梁希宜了。

真是不知道要到何年何月才可以娶她過門呢？

反正他是捨不得把裙子主動還給梁希宜的，更何況對方也沒傳話來要呀，就算要還，是不是彼此也要溝通幾次，解了他濃濃的相思之苦，讓他哪怕被梁希宜罵上一罵、瞪上一瞪，還回去才值當。

歐陽岑埋頭於公務之中，還好他媳婦懷孕呢，這樣讓他忙著也省得想那風花雪月的事，只是他打死也沒想到在心中形象無比高大的兄長，會做出扣著人家姑娘裙子不還的事……就差沒抱著裙子睡覺了！想想都是一陣惡寒。

在黎國，百姓非常看重九九重陽節，因為「九」是陽數，九月九日，日月並陽，兩九相重，重陽重九，是非常好的吉利日子，從一早的集市開始，京城各處就充滿愉悅的氣氛。還有一些民間富紳會舉辦一些活動，出遊賞景、登高遠眺、觀賞菊花、遍插茱萸、吃重陽糕、飲菊花酒等等，又因為九九與「久久」同音，九在數字中最大，有天長地久，長久長壽的隱涵意思，故太后鬧著要好好過一回重陽節，還把年輕時的老夥伴們都召集到京城。

梁希宜一早收拾完畢就去給祖父、祖母請安。

梁老夫人在腰間別了個茱萸香包，望著一身白色長裙裝扮的梁希宜，不滿地說：「怎麼打扮得那般素淨，我歲數大了才在腰間佩戴茱萸，妳個年輕娃子做個漂亮的茱萸插花，放在頭上多好。」

梁希宜乾笑兩聲，長輩都說重陽節這一天插茱萸可以避難消災，或配戴於臂，或做香袋把茱萸放在裡面佩帶，還有插在頭上的，更甚者在頭上不插茱萸，直接戴菊花呢，反正這時的菊花也是十分豔麗的。

陳諾曦的裁坊更是別出心裁，推出了幾款茱萸做的頭花和髮髻，頃刻間就賣光了，其他商戶也想仿照著做，卻誰都做不出她家的樣子，眾人再次感嘆陳大小姐乃神人也。

梁希宛考慮著宮中貴人喜紅，她若是再穿紅色未免有些咄咄逼人，索性劍走偏鋒，訂了一套紫色抹胸長裙，露出了白淨的脖頸和誘人的鎖骨。她特意製作了條茱萸鏈子，套在脖子上，十分扎眼。

定國公府二姑娘梁希榴剛剛定了親，此次並不同她們一起進宮。她的未來夫婿是江南織造的兒子，年方十七歲的小舉人，可謂前途可期。江南織造的夫人是秦府大夫人的隔房表妹，所以傳話的媒人是秦大夫人，上次她過來看望大夫人秦氏就是為了這件事兒。

江南織造的官階雖然不高，卻是皇帝心腹，家裡富得流油，若是等到舉人少年郎過兩年參加春闈，金榜題名的時候，怕是定國公府的二姑娘反而配不上他，索性早早定下，了卻大夫人秦氏一樁心事，安心待產。

秦老夫人是真心疼愛自個兒的小女兒，見大媳婦幫外孫女兒解決婚事，近來越發偏疼大房，從而略遠了二房，連帶著看秦甯桓都有些覺得礙眼。

梁希宜最終是懶得換衣服，隨同眾人一起進宮，她如今對宮裡路也算駕輕就熟，梁老夫人被單獨喚進了太后的屋子，她便同四妹妹周旋於大堂之中，隨便應付著京中小姐們。誰也不願意得了孤僻的名聲，所以大家說笑著，她也會隨意揚起唇角，淡淡笑兩聲。

不一會兒，有小宮女走了過來，道：「梁三小姐，皇后娘娘宣妳呢。」

梁希宜一怔，回過頭仔細打量了幾眼小宮女的神色，說：「只宣我一人嗎？」

小宮女淡然點了下頭，道：「說是姑娘上次落在娘娘那裡的東西，容奴婢帶姑娘去取呢！」

唰的一下，梁希宜臉頰通紅，莫非是歐陽穆那個愛欺負人的傢伙吧？她猶豫了片刻，道：「這樣吧，我還有事兒呢，不如妳直接去幫我取了便是。」

小宮女神色一怔，說：「這於禮不合，皇后娘娘只讓奴婢過來宣姑娘，並未說可以幫姑娘辦事。姑娘還是隨奴婢去吧，再耽擱下去就會引起他人注意了。」

梁希宜內心糾結起來，這是皇宮，那傢伙應該不會亂做什麼事情吧，而且他本領不是大著嗎？應該不至於讓其他人發現，陷自己於險地。

「姑娘快些吧，皇后娘娘稍後還要宣其他人呢，那東西留長了被其他人領走也麻煩吧。」小宮女眨著眼睛，絲毫沒有一點懼意，言語中隱隱帶著幾分脅迫之意。

梁希宜略顯惱怒，鼓著嘴角，最後還是悶頭跟隨她離開了榮陽殿門口的院子，進了皇后寢宮的範疇之地。小宮女將她帶到一處沒人的大堂，說：「姑娘稍等，奴婢這就去取。」

梁希宜點了下頭，渾身不自在地環顧四周，忽地見門口處大步走來個英姿颯爽的身影。

梁希宜抿著唇角，這算是什麼，宮內私會嗎？

歐陽穆心神不寧地來回踱步，任由皇后歐陽雪同弟弟歐陽岑調侃自己，一言不發。直到宮女回來覆命，他剛毅的唇角總算微微揚起，目光深邃明亮得恍若一汪清泉，急忙去尋梁希宜了。

皇后望著他慌亂離去的背影，同歐陽岑對視一眼，失笑道：「真是個情種，當初嚷嚷娶陳諾曦，兄長不同意，就跑去軍營一別四年。如今鬼使神差地又對梁希宜著了魔，我今兒個還納悶綠言跑哪裡去了，原來是給我們的大少爺辦差去了！」

歐陽岑咳嗽兩聲，他可是不敢私下非議兄長的，誰讓這是他最尊敬的親大哥呢！

「可憐燦哥兒最近一直把自個兒悶在屋子裡吧。」皇后眉頭皺起，梁希宜到底有什麼好的，接二連三的被他們家孩子喜歡上了，還非她不可。

歐陽岑一怔，淡淡說：「他自己早晚會想清楚的，梁希宜不是他能爭的。」歐陽岑揚著下巴，自信滿滿，皇后不由得搖了下頭，如今靖遠侯府二房勢大，這對世子來說不是什麼好事兒啊。

當年兄長就是怕兄弟鬩牆，有爵位之爭，所以自從二夫人隋氏去世後，隔了好幾年才給老二納了個沒背景的王氏，沒想到王氏倒是老實，卻養出了個歐陽穆和歐陽岑。大房的老三歐陽月和歐陽燦兩個性格差很多，不太和睦，反倒是歐陽穆既可以同歐陽月聊些詩詞古畫，又願意寵著歐陽燦舞刀弄槍。怕是燦哥兒最後還是會放下梁希宜，畢竟十幾年來他一直跟著歐陽穆的，也難怪歐陽岑在這件事情上態度堅決，做兄弟的哪裡能惦記嫂夫人！

歐陽穆跑到了房子門口，一眼就看到了梁希宜的纖纖玉影，他見她回過頭看他，只覺得心跳加速，有些喘不上氣，更不敢上前，兩隻腳彷彿灌了鉛一動都動不了。他站在院子裡的古樹下面，雙手握拳，額頭滿是汗水。

梁希宜見他停下腳步，詫異地揚起眉，這人怎麼不上來說話？

歐陽穆使勁地挺直身子，傾灑的日光照射在他英氣逼人的面容上，撫摸過那飛揚的眉峰，落在剛毅的唇角處，隱隱噙著一抹道不明的淡淡笑容，眼底是從未有過的暖暖深意。

歐陽穆的目光灼灼，他不是秦家小六那種小屁孩，渾身上下帶著成熟男人侵略性的氣息，梁希宜終是先靦覥起來，垂下頭，淡淡地說：「你尋我來幹什麼，裙子呢？」

歐陽穆微微怔住，聲音略顯顫抖，道：「不方便帶進宮裡。」

合著她是被誆來了！

梁希宜忽地抬起頭，有些生氣地望著他，說：「那你還敢讓我過來！」

歐陽穆怔了片刻，大步走上去，拎著一個吊墜懸在空中，道：「給妳這個。」他粗糙的手掌懸在空氣裡，目光懇切中隱約閃動著莫名的晶瑩，十分渴盼梁希宜拿下吊墜。

梁希宜猶豫了一會兒，懶得同他糾纏置氣，索性爽俐地接下吊墜。

這般霸道之人，總是有法子將東西送到她的手上，自己何必在此處橫生枝節。

只是女人不要妥協一次，哪怕只是一小步，便有人得寸進尺，更何況是歐陽穆這種從來只會向前走的男人。他揚起唇角，帶著幾分期待、幾分得意，輕聲說：「好看嗎？我親手雕刻而成。」

梁希宜看了他一眼，自信滿滿的臉龐，眼底溢滿了笑容，如刀刻般分明的容貌似乎活起來，柔和得彷彿一潭秋水將她包裹起來。

梁希宜有些驚訝，表面卻故作不屑地拎起吊墜來，放在眼前晃了晃。

這是一尊笑佛。出乎梁希宜的意料，這笑佛雕得活靈活現，歐陽穆的定力可見一斑，手藝還真不錯呀！

梁希宜不敢不敬佛祖，總不能說不好的，只好收下，道：「謝謝你幫我請來了尊佛。」

歐陽穆站在梁希宜的身前，他身材生得高大，即使梁希宜比一般女孩子高眺許多，依然不足他的肩膀。梁希宜在氣勢上不由得弱了許多，若要同歐陽穆瞪眼，都需要先把頭揚起來，仰視對方。

這種感覺太差勁了！

梁希宜煩了，說：「我先回了，怕是一會兒祖母尋我。」

歐陽穆見她又要跑，本能地攥住她的胳臂，又急忙鬆開手，抱歉道：「對不起。」

梁希宜甩了下袖子，瞬間紅了眼眶，聲音壓得極低，說：「混帳！」

「希宜！」歐陽穆喚住她，他明明有好多話想說，剛才更是心裡默默練習了很多遍，比如妳在家裡都做什麼、生活可覺得乏味、祖父身體可好……但是到了此時此刻，竟是如鯁在喉，一句都說不出。他盯著落荒而逃的梁希宜，無奈地發現自己似乎又搞砸了，其實他只是想同梁希宜待一會兒。

哪怕大家沈默不語，梁希宜不理他，只要在他的視線裡佇足，他就會覺得心滿意足。

梁希宜捂著胸口跑出了院子，隨便尋了個宮女，表示自個兒去茅廁走錯了路，繞到皇后寢宮，麻煩人家帶她回太后的大堂。

宮女倒是沒多問什麼，作為宮女若是想活命，最大的職責便是少說話、少問話、少知道。

梁希宜一邊走，一邊使勁地搓了搓剛才被歐陽穆碰過的胳臂。這人真是太無禮了！她平靜的心湖慌亂起來，歐陽穆獨有的男人氣息似乎直至現在都繚繞在鼻尖難以消散。

梁希宜接下來的活動都異常小心，始終同妹妹梁希宛站在一起。待老夫人從太后宮裡出來後，她便黏著老夫人伺候，即使如此，梁希宜依然如芒刺在背，彷彿有雙眼睛一刻不離的盯著她，實在是彆扭。

總算熬到午後，好多老人需要回家休息，太后就折騰了半日而不是全天，梁希宜歸心似箭般上了馬車，長吁一口氣。

梁希宛笑著看她，說：「妳今天怎麼了，心不在焉的。」

梁希宜疲倦地撇了撇嘴角，發現自己在面對歐陽穆的時候力不從心，根本掌控不了任何事情。她不喜歡這種始終處於劣勢的感覺，總是揪著心，患得患失的，無所適從。

入夜後，梁佐將梁希宜喚去了書房，他捋著鬍鬚，眉眼帶笑。

梁希宜偷偷瞄了他一會兒，試探道：「祖父怎麼了，心情這般愉悅？」

梁佐大筆一揮，望著尚在磨墨的梁希宜，喃喃道：「今兒個在宮裡碰到秦老頭了，太后賞給他的筆墨，他都賠給我了。暫時饒了那個老小子！」

梁希宜心領神會地點了下頭，秦家大少爺的事情，祖父還是挺埋怨秦家老太爺的，管不管得住家裡的兒子和媳婦？若是不看好同定國公府的婚事，你別趕著作主呀！

梁希宜笑著接過丫鬟端來的菊花糕，因為是重陽節，各式典型都以菊花的樣子為主，精緻漂亮，看著就討喜。

梁佐一口吃了個甜點，望著梁希宜，目光莫測高深，道：「別以為秦老頭是真愧疚啦，不過是還想抓著我家孫女兒不放手呢。」

梁希宜微微一怔，想起了前幾日秦家小六的幼稚之言，莫非這事兒他還跟他祖父說啦！

梁佐一口一個連吃了兩塊糕點，差點噎著，梁希宜無語地給他倒水，說：「那麼大的人了，吃甜食還這麼著急，狼吞虎嚥地幹什麼呀！」

「喂，慢點喝水……」

梁佐咕嚕咕嚕地喝著水，眼底興奮異常，說：「那老小子說他們家小六吵著要娶妳，我本來看不上那個小不點，後來深思片刻，發現這門親事值得做呀！當然，關鍵還是看妳的意思。妳若是覺得他太小了，我就不和秦老頭深說了，不過他們家小六我見過，模樣還成，就是身子骨弱一些，他爹去得早，娘又是個不管事兒的，妳嫁給他可以跟在咱家似的，當家作主！妳早點生個兒子，以後把家業漸漸轉給兒子就好，至於小六，有沒有的都無所謂吧。」

祖父，你太直白了！

「小六媳婦若是妳，秦家老太爺更不敢虧待他，更何況他是在秦老夫人院裡長大，不怕到時候分家分得少。秦府又是重名聲的書香門第，他們家大老爺是儒生，講究兄友弟恭，到時候也不會為難沒了爹的侄子。小六年齡也不大，祖父信得過妳調教人的手段，現在連佑哥兒我看都被妳管得服服帖帖，還擔心自稱喜歡妳的小六嗎？等他年歲大了，不喜歡妳了，妳兒子都有了，他愛出去玩也影響不了妳的地位，我感覺這門親事比同秦家二少結親還好，妳覺得呢？」

梁希宜啼笑皆非地望著好像小孩子般開心的祖父，胸口處湧上一股暖流。

祖父日漸衰老，最為感嘆的就是沒把她的婚事定下來，所以祖父此時才會這麼高興吧，興奮得都睡不著覺。他都如此說了，自個兒還能說啥。不過萬一她生不出兒子呢？哎，生不出兒子的女人跟誰過都不太會幸福，這事兒倒也不用考慮了。

梁希宜仔細計較了一番，道：「若是同秦家小六定親，我倒是無所謂的，但是想婚前立個協議。若是秦家不同意，那麼就算了。」

梁佐沈思片刻，捋著鬍鬚點了點頭，說：「自然要有約定書，上次桓哥兒的事情噁心壞我。」

「呸！不要提他了。」梁希宜佯怒地瞪著祖父，眼前忽地浮現出歐陽穆柔和的眼神。這人的事情，有必要同祖父說嗎？

只是若說是歐陽穆喜歡她，別說她難以啟齒，就怕祖父都不相信呢！

「哎，我已經是古稀之年，若是妳父親和大伯靠得住，我也不會讓妳委屈於秦家小六。哪個女孩不願意在別人羨慕的目光下，嫁給英俊帥氣、學富五車的少年呢。」

「什麼叫委屈於他，他是個好孩子，若是大家真能過到一起去，感情再慢慢培養吧。」梁希宜對婚姻倒是看得開，再不濟也比上輩子強吧，主要是為了讓垂暮之年的祖父安心。

重陽節後，皇上下旨賜婚，陳諾曦高調地同五皇子定下婚約。

據說下旨那日，京城城東的陳府上空是一片五彩祥雲，緩緩消散於藍天白雲的盡頭，很多百姓都看到了，於是不知道從哪裡傳出陳諾曦是仙女下凡的流言，一時間拔高了五皇子的形象。

這本是皇上希望聽到的言語，故意在朝堂上問了起來，因為這事兒確實發生過，大臣們為了取悅皇帝描述極其細緻，活靈活現，不由得讓皇上覺得陳諾曦出身不凡、豔冠群芳，隱隱有皇后之姿。

梁希宜聽後覺得好笑，老皇帝想讓五皇子做儲君想瘋了吧，開始藉著陳諾曦蠱惑人心。不過誰當皇帝都同他們家沒關係，她大伯父的官職至今都沒恢復呢。

她想，過沒多久自己的庚帖就要送往秦家了吧，若是吉利，秦家會在過年前同定國公府正式定下這門親事，一切有條不紊且平靜進行著。

二皇子聽說陳諾曦被父皇下旨賜給了五弟，足足有七、八天未曾踏出皇子府一步。但是同樣傳出愛慕陳諾曦的歐陽穆卻一點反應都沒有。

陳諾曦也在等待著歐陽家的表態，自從那日蹴鞠大會時，歐陽穆表示兩枚古玉會贈送給心愛之人，陳諾曦便開始等著，沒想到一直了無消息。

她思前想後，既然歐陽家已對她無意，皇帝的盛情陳府是躲也躲不過，不如痛快應下五皇子婚事，早早選邊站，徹底幫五皇子籌謀奪嫡大業。

所謂五彩祥雲，不過是運用了折射原理故弄玄虛罷了。

陳宛一直認為長女很優秀，不同尋常，他本無意於奪嫡之爭，想一心忠於皇上，但是皇上的賜婚徹底將陳家綁在了賢妃娘娘身上。即使他不幫五皇子，待日後二皇子登基，也會把陳家當作五皇子派連根拔起，所以無奈中只能隨著女兒站在五皇子一邊，早早圖謀。

朝堂上，開始湧出大量言官參奏歐陽家不是，什麼仗勢欺人、圈占土地、欺男霸女，真真假假的摺子如同雪花般不停地被皇帝在朝堂提及，引起眾人議論，還因此罰了幾個歐陽家子弟閉門思過。

從始至終，太后和皇后沒發表任何意見。眼看著這次有人把歐陽穆都參了，突地，一封邊關急件突降京城，將朝堂上對於歐陽家的批判聲音徹底澆滅。

西涼國的二皇子宇文靜，率領十萬大兵已經攻破了黎國北邊邊關的阜陽郡！

「戰報為何此時才進京？」老皇帝氣得在朝堂當中甩掉了奏摺，眾大臣卻沈默地連根針掉在地上都可以聽得到。

靖遠侯唇角不屑地揚了起來，他早就得了北邊邊關處發現西涼國紮營大軍消息，但是當時朝堂上彈劾歐陽家正歡，他們家子弟都閉門思過了，自然寒了任何報效國家之心。在關卡處故意壓了壓送來消息的送信官，讓他延遲。

皇帝自個兒的人馬大多數已經轉給五皇子，所以這封信是先送上五皇子府上的，而不是朝廷，五皇子當時忙於陳諾曦的婚約，哪裡會一一觀看來信，所以發現時已經是一個月以後，西涼國的大軍都攻破阜陽郡了！

大學士諫言，此時已經不是論責的時候，前線既然潰敗，百姓自陷入兵荒馬亂之中，京城若是不立刻做出反應，容易造成內亂啊。

老皇帝見眾人附議，問道：「任誰出征？」

這還用說嗎？阜陽郡位於黎國正北處，挨著西北，歐陽家在西北的人馬此時最合適過去援兵。

原本阜陽郡最初也是由歐陽家的子弟把守邊關，但是近年來老皇帝逐年削減歐陽家的權力，阜陽郡的將領早就替換成皇上和鎮國公府的人馬，此時兵敗如山倒，理當鎮國公府出人才對。

賢妃娘娘聽說後半夜裡哭了好久，給皇帝吹著枕邊風，對方十萬大兵，又打了黎國一個措手不及，最為關鍵的是黎國沒有任何準備，糧草、馬匹都需要調度，第一批去前線的將領不是送死是什麼？他們家人丁本就稀薄，自然無法為國家效力了。更何況北方一直是歐陽家的地盤，關鍵時刻怎麼能讓歐陽家養尊處優？

眾大臣各自有所盤算，雖然很多人願意家裡年輕人出去闖蕩，卻要看是跟著誰去打仗，像上一次南寧平亂就是好差事，有歐陽穆領著一切安好。此次對方真刀實槍，不是小打小鬧，稍有不慎就沒了命，若是主將不靠譜，索性不讓孩子跟著去了，於是談論了許久竟是找不出合適人選。

皇帝想起了靖遠侯府，但是自從罰了歐陽家子弟後，靖遠侯就開始生病在家裡靜養，歐陽穆也於前幾日被他罰下殿堂回家省過，他哪裡有臉不過三、四天就轉臉讓人家出山？

他就不信全天下沒有能打仗的兵了！

老皇帝是認定了不用歐陽家人馬，朝堂上自是沒有官員敢提及，有人出主意從西山軍調度隋家軍前往北方援軍，但是路程遙遠，援軍最快要十餘日後方可抵達北方，到時候還指不定西涼國打到哪裡了。

最後皇帝見湘南侯在京中，索性讓他披掛上陣做大將軍，再集江南的諸位小將軍北上援軍。這個決策並不高明，但是大家都清楚皇帝要面子沒人敢說實話，不過半個月，果然迎來一場大敗。五皇子負責的糧草因為天氣漸涼，湖水結冰翻了一艘船，給戰事雪上加霜。

老皇帝度日如年，算了算晾了靖遠侯府有半個月多，這反思也算夠日子了，再加上他心裡真的著急，所以派人宣靖遠侯進宮述職。然而，靖遠侯一句生病，竟是請了三次都沒來，著實讓老皇帝氣得牙癢癢，還必須對靖遠侯的病情深表關心，親自微服出巡探病。

此時靖遠侯府內，關於這場戰事命誰出征也產生了不同意見。歐陽穆前幾日因為被人參南寧平亂時搜刮民脂，被革了差事，如今無事一身輕地在家修身養性，臨摹定國公的字帖。

他把每日做了什麼都寫成書信，想送到定國公府，又知道定是無人可收，索性攢著待日後見到梁希宜時，一併給她，總要讓她曉得他的真心。

歐陽岑笑呵呵地圍著他的書桌轉了又轉，詫異道：「外面都快吵翻天了，兄長倒是悠閒。」

歐陽穆無所謂地聳了聳肩，這種悠閒日子才是他的追求，當年參軍也不過是為了躲親事，同時擔心靖遠侯府有人發現他不是曾經的歐陽穆，從而索性去了舅舅的駐軍處常住。

「今兒皇上探了祖父的病，我覺得祖父似乎不打算繼續病下去了，而皇帝主張你作主將出征。」歐陽岑的聲音平靜得沒有一點顫抖，緩緩在房間裡響起。

歐陽穆沒吭聲，繼續寫著他的大字，似乎什麼都沒聽見。

「祖父的意思也是你去，然後順道讓來京城的月哥兒跟著你，借此戰事把他推出來，估計戰後考慮到他要襲爵，皇帝會有所封賞，也算順理成章。」

歐陽穆冷哼一聲，說：「月哥兒不成，再說我也不會去的。」

「啊？」歐陽岑從未想過歐陽穆會不去，詫異地說：「那你打算推薦誰去？」

歐陽穆此時正是要盯著梁希宜的關鍵時刻，怎麼可能輕易離開京城，他皺著眉頭，道：「西北姓歐陽的小將軍一抓一大把，況且宇文靜這次為何出征的原因你我都清楚，怕是快結束了，西涼國掌權的一直是俞相一派，宇文靜身為皇子居然統領十萬大軍，這本身就不合常理了，俞丞相怕是比咱們的聖上都擔心宇文靜會一直取勝下去，他肯定會出手的。」

歐陽岑咬著下唇，道：「就是因為如此，祖父才說讓月哥兒去爭個名頭，但你若是不去，祖父會擔心月哥兒的安危，唯有你跟著他才放心。」

歐陽穆扯下唇角，說：「我又不是他爹，管得太多了。既然想讓月哥兒去，大伯父跟著便是。」

「如此肥的差事，兄長為何一再拒絕？」歐陽岑不明白了，他是支持兄長去前線的。

關於西涼國的皇子家事，若說是血淚史都不足以形容。

西涼國皇帝宇文琴當真如同他的名字一般，是個只愛風花雪月的多情男子，自從最為喜歡的一名男寵去世後變得不問朝事，一心向道。後來偶遇同那名男寵容貌相似的俞若虹，癡情之心一發不可收拾地氾濫起來，不停提拔俞若虹，讓俞若虹成為了西涼國權傾一時的奸相。

而對於他為了皇室傳宗接代才生下的幾個兒子，完全不予以關注。宇文琴的大小兒子有九個之多，但是六個都沒養活，有人說是俞相害的，如今活下來的二皇子和六皇子是同母所生，那模樣漂亮得沒話說，還有個嗷嗷待哺的九皇子，坊間傳說，俞相之所以留下二皇子和六皇子兩條命的根本原因，是等著他們長大了當相好呢。

宇文琴前年去世，俞相扶植剛剛滿月的九皇子登基，做了攝政大臣，還把二皇子和六皇子接入宰相府居住。二皇子宇文靜之所以隱瞞身分跟著西涼國商隊踏入黎國，便是為了不讓身心受到俞相的殘害。後來他們生擒宇文靜，俞相花重金贖走了宇文靜，可見是多麼喜愛他。

不過歸根結柢，宇文靜多少是個人物，不知道他用了何種手段，居然從俞相手中調遣出十萬大軍。駐守邊關這十萬大軍早晚會被皇帝收回，因此索性開戰，假若又打了勝仗，西涼國子民必然十分仰慕這位名正言順的二皇子殿下，俞相總是不好公開對他如何。

相信經過此役，西涼國那些士子忠臣之輩私下肯定會樂於投效他，畢竟俞相監國不倫不類，早就有不同的聲浪在朝堂下風起雲湧了。而宇文靜更是藉著上次被俘之事同歐陽穆建立了聯繫，直言此次只想要阜陽郡一地，便會退兵，而且承諾日後有機會登基大統，願意將阜陽郡歸還。

他目前已經攻破兩個郡，若是能夠不興師動眾地打仗，他再許諾些牛馬金銀，怕是皇帝真可能割地給他，畢竟阜陽郡面積很小，又不是什麼很富裕的郡守。

皇帝已有些年紀，朝堂政權正是權力交替之時，難免最害怕打仗。

靖遠侯的意思也是將阜陽郡讓宇文靜占著，誰讓此郡被皇帝滲透地交給了鎮國公府，靖遠侯比任何人都樂於看鎮國公跳腳，讓他們曾經的部署功虧一簣。看看這大黎的國土，誰能幫皇帝守得住！

接下來的日子，靖遠侯可謂意氣風發，不單歐陽家的子弟們解禁，曾經參過他們家的言官都沒啥好下場。老皇帝心裡不爽，卻因為西涼國的戰事不敢輕易動了歐陽家，到時候鷸蚌相爭，漁翁得利，動搖到了黎氏政權，可就得不償失了。

歐陽燦在折磨自己關了幾個月以後，終於走出房屋，跪在地上，求母親讓他去前線打仗！

世子夫人得了信知曉歐陽穆不會去，月哥兒卻被老侯爺送了過去，本就心神晃晃，如今見小兒子也如此，立刻惱怒萬分，說：「你到底要怎麼樣，家裡從小到大沒短了你吃喝，我更是寵愛你有加，難道現在為了個姑娘，不但同兄弟生疏，還要讓娘傷心死嗎？」

歐陽燦清瘦許多，原本圓潤的臉龐都成了尖下巴，看得白容容特別心疼。他咬著下唇，道：「我不同兄長爭，若是希宜喜歡大哥，我祝福他們。如果希宜喜歡別人，那麼我就也祝福希宜，我清楚她如何都不會喜歡我，我認清了，我不夠好，我以後會變得更好的，我要做個有用之人，像大哥那般，才有資格說什麼去喜歡一個人，才有本事給人幸福！」

世子夫人望著兒子倔強的臉龐，竟是一時無語，不知道該說什麼了。她不知道該為兒子突然的成長高興，還是因為他的執著沮喪。

靖遠侯本是打算讓歐陽月領頭功的，如今自然不允許歐陽燦再去。歐陽穆不去，她已經夠擔心月哥兒，大房本就兩個嫡子，要是燦哥兒去了出什麼事，大房一下子就沒嫡子啦。

歐陽穆鐵了心不離開京城，但聽說燦哥兒執意去打仗，為此同白容容、祖父都鬧了起來，一時有些猶豫。

半夜時，歐陽穆忽地收拾了東西，直接去了歐陽燦的屋子裡。他看著歐陽燦面無表情的樣子，道：「你三個月沒出屋子，槍法可是生疏了？」

歐陽燦點了下頭，說：「我從幾天前開始恢復晨練。」

「動不動就停了晨練，可知錯？」歐陽穆眉頭皺起，淡淡地說。

「知錯了，筋骨都有些僵硬，動作不俐落，摸槍感覺生疏，到時候容易拖累了同伴。」

歐陽燦垂下眼眸，他言語生硬，始終有些發涼，他還是無法如同最初般面對歐陽穆。

歐陽穆沈默了好久，深邃的目光彷彿在思索著什麼，忽地啟口，道：「明日起早晚加練，屆時你同我一起啟程！」

歐陽燦微微一怔，臉上揚起了一抹驚訝，嘴唇微張，喃喃道：「大哥……」

歐陽燦沒理他，借著月色轉身離去，歐陽燦咧著嘴角，胸口湧上了一股暖流，兄長的意思是為了他決定離開京城了，他原本鐵定不去的，一切都是為了他吧！

歐陽燦忽地眼眶酸澀起來，前一陣那麼難受，除了感覺梁希宜不喜歡他以外，更倍受打擊的是覺得被在乎的人背叛加忽視了，如今看來，大哥應該還是很看重他的。

若說這世上有誰能讓他放棄梁希宜，怕是只有歐陽穆了！

靖遠侯聽說歐陽穆決定去了，還帶著燦哥兒，一時間無比欣慰，只是感慨，若歐陽穆是白容容的兒子就好了，他們家也不會因為日後肯定要分出去的二房表現超過承嗣祖業的大房發愁。

旁支運勢高於宗族，總是引起家族內部矛盾的開始。

梁希宜記憶裡上一世西涼國也同黎國打了一仗，不過最後莫名其妙就和解了，所以她對於這次的戰爭並不關注，再加上臨近年關，家裡事務繁多，宅子、鋪子、莊家、租戶的一大堆帳都要她來核對，大伯母又要生了，光穩婆她就相了好幾個，最後選了三個風評不錯的婦人，輪流在府上值班，生怕出差錯。

在大夫人秦氏懷孕期間，梁希宜的所作所為得到了所有人，包括秦家大老爺的認可。大老爺心底有幾分愧疚，怕日後生出是非，他同定國公坦誠了曾將梁希宜的庚帖交給靖遠侯家的事情。

梁佐一聽就覺得急火攻心，腦袋一下子懵了，眼前一片昏暗，摔杯子的時候沒站穩，直直地朝著前面倒了下去，嚇得大老爺急忙喊叫起來。

梁希宜心底最敬重祖父，只覺得嗓子眼都掉在了喉嚨處，哭著吩咐人請來陳太醫，他是定國公老友。

拖著疲憊身體的陳太醫，立刻過來給定國公把脈。他眉頭聚攏，不停嘆氣，喃喃道：「表面看是急火攻心，但實則不太像。妳祖父最近可是吃得多卻不長肉，茅廁次數增加了？」

梁希宜紅著眼睛回憶，不知所云，道：「祖父胃口一直很好，尤其愛甜食，上次您說過不讓他再吃甜食，我就稍微控制了下祖父飲食，但是他有時候確實偷嘴。」

陳太醫摸了摸鬍鬚，搖頭笑了起來，道：「歲數大了的人，都是老小孩。從脈象看，國公爺有些陰津虧耗，燥熱偏盛，像是消渴症呀。」

梁希宜一下子愣住，嘴唇微張，眼淚嘩嘩地流了下來，消渴症可是不治之症呀！

所謂消渴症，便是老覺得餓，卻日漸消瘦，不長肉，而且陰損及陽，絡脈瘀阻，經脈失養，氣血逆亂，體內的臟腑受損，會伴隨腎衰水腫、中風昏迷等很多併發症狀。大多數都是富貴人家的老太爺才能得這種病，有人說是吃甜食所致。

「我給他開個方子，妳先抓些藥，隨時關注國公爺的情況，不能吃麵食，最好戒掉晚飯，這病不怕餓著，就怕滋補過剩。」

梁希宜擦了下眼角，仔細記下，生怕漏聽任何細節。

幾位老爺難得成了孝子，輪流親手伺候老太爺，大老爺更是難過異常，望著梁希宜，眼底溢滿著淚花，哽咽道：「三丫頭，怕是還要勞累妳盯著妳祖父，妳大伯母懷著孕，哎……」

「放心吧，我定會看顧好祖父的。」梁希宜才應聲就淚流滿面，一想到祖父可能會醒不過來，她便覺得天空都變得昏暗起來。

第二十四章

過了幾日，定國公梁佐甦醒過來，映入眼簾的是梁希宜清瘦的臉龐，頓時老淚縱橫，嘆氣地說：「祖父是不是太不中用了，以前饒是老三那般丟人，我都不會輕易倒下，現在老大只是兩、三句話，我竟然急火攻心，自個兒都控制不了情緒！」

梁希宜怔了下，將剛剛擦拭過祖父手背的手帕放入淨水盆裡，輕聲說：「祖父，您別生氣了，大伯父說他知錯了，還鄭重道歉，我瞅著他像是真心悔改。」

「呵呵！」梁佐不屑地撇著唇角，說：「他現在不同往日，官職起復無望，還指著我這張老臉走動走動，若是我就這麼沒了，原由還是因為他做出的糟心事，世人豈能輕易放過他呢，他當然會著急，怕是皇帝都想著藉機降他的爵位呢，他可不是真心怕我一睡不醒！」

梁希宜眨著眼睛，仔細觀望祖父的臉龐，見他說話有力，面色紅潤，倒不像是身染惡疾的人。

「三丫頭，祖父餓了，想吃菊花糕。」

梁希宜想起了陳太醫的話，堅決地搖了搖頭，說：「陳太醫說您這像是消渴症，根結就是平時飲食過剩，所以還是喝點粥吧，晚飯吃少一些，總是對身體更好一些。」

梁佐可憐兮兮地望著孫女，梁希宜咬著下唇全當作沒看見，狠心地說：「成了，飯食必須聽我的安排，湘南侯前陣子領兵出征，皇上賞賜了給他許多不錯的畫本，他曉得您以前喜歡這些，就讓人送了過來。我現在吩咐人去取，您看會兒書，總是可以轉移下心裡的飢餓感吧。」

梁佐也清楚消渴症的壞處，在孫女堅定的目光下，點了下頭。主要是不同意也沒人敢給他隨便吃東西的，不如尋些打發時間的活計。

他經過此次大病，心情變得比以前更豁達了，同時對於梁希宜同秦家小六定親的事情，更加急切起來。病好後第一件事情就是給秦老頭寫信。

因為雙方已經問名交換過庚帖，就是等納吉的結果，一般像他們這種人家，除非想要退婚，或者八字實在太差，否則婚事不太可能會卡在納吉這一塊。所謂相生相剋，也不過是聖人一句話的事情。

一個月後，歐陽穆率領大軍將宇文靜逼迫回到了阜陽郡，雙方坐下來和談。

可能是戰事太過順利，朝廷這頭又開始得色，什麼歐陽穆不顧百姓死活，明知道城中有黎國人還投了火炮，什麼歐陽穆所到之處都會搜刮民脂，民不聊生等流言蜚語再次傳出。但是正在經歷戰火的地方，百姓怎麼可能過得幸福？宇文靜主動示好，雖然想留下阜陽郡不予歸還，卻同意補償馬匹牛羊以及金銀。

士大夫們認為，當今西涼國宰相權傾滔天，這是即將亂國的兆頭，不如就將阜陽郡給了宇文靜，讓他同宰相去鬥，豈不是對黎國有利的事情？

老皇帝擔心靖遠侯府藉此戰役又名聲大振，有意快刀斬亂麻儘快解決此事，於是就同意了宇文靜的請求。同時派出五皇子帶領一千人馬前去和談。隱隱有將打贏戰事的功勞往五皇子的名頭上引去。

皇后知道此事，冷笑出聲，一點都不驚訝如此的結局！她們家兄弟為了他衝鋒陷陣，卻讓賤人的兒子領頭功，可能嗎？

兩天後，安王世子突然失蹤！

一時間，老皇帝立刻以身體不適之名，將五皇子召回。

他還是不太敢真逼急了靖遠侯府。

老皇帝忌憚安王世子，是因為安王比他年長，按理說先皇更屬意立安王為儲君。但是當時他同太后李氏裡應外合，絕了先皇念頭，同時誣陷安王謀反，將安王一脈徹底流放，又暗中斬草除根。

此時他剛剛決定讓五皇子去前線領功，安王世子就失蹤了，若是落到了靖遠侯手中，結果不堪設想。怕是對於歐陽家來說，安王世子做皇帝都比五皇子強！

更何況朝廷這幫奴才，或許會對西涼國的侵略義憤填膺，但是安王世子畢竟是先皇血脈，他前陣子不過想將他徹底圈禁，都有人敢議論他涼薄。

直言當年安王起事，安王世子才幾歲？先皇直系血脈已經死絕，安王世子又逃命多年，如今也到了知天命的年紀，皇帝不如寬容大度地留下安王世子，許他個封地，讓他頤養天年吧！

老皇帝每想到此處便覺得糟心，若是他年輕時候，哪裡有人敢這麼建議，還不是凡事都是他一言九鼎，歸根結柢，各人皆有私心，他老了，說話沒人聽了，有人開始在下面上躥亂跳，暗中投靠了某些皇子，謀求自己家族未來的榮耀宏圖。

十一月底，梁希宜同秦家小六的八字也有了結果，簡直是天生一對，天作良緣呀！

定國公梁佐聽到了這個結果，頓時心情舒暢許多，安了心。他約了秦家老太爺吃了頓酒，算是將雙方婚事初定下來。

梁希宜過完年是虛歲十五，秦家小六是虛歲十四，若是雙方家長樂意倒是也可以成親，不過梁希宜想多伺候祖父幾年，定下於後年，虛歲十六生辰過後，及笄了再成親不遲。

秦家對此沒有任何異議，而且秦家小六聽說同梁希宜的親事成了，開心得不得了，日日苦讀，至少要先過了縣試，以秀才的身分迎娶梁希宜。

大黎國定親講究六禮，納采、問名、納吉都已經過了，接下來便是納徵、請期、迎親了。所謂納徵是需要在婚前幾個月方進行下聘，所以還要再等一年多的時間。

此時梁希宜同秦家小六的婚事算是定下，但是如果中途出現變更，退婚毀約都是可以的，因為尚未下聘，只能說是走了一半流程。但是大戶人家重名聲，如果毀約了未必能再尋好親事，所以很少有人會走退婚這條路。

梁希宛聽說了梁希宜的選擇，有些不屑，又覺得可惜。

三姊姊那般爽利的人，居然定下的是秦家小六，且不說小六沒有爹，在府中受盡欺壓，單就是秦家小六的身子骨，也不像是個長命之人，這要是嫁過去，是當媳婦還是當娘去了，別再守了活寡。

不過梁希宛還有幾分竊喜，大家都說三姊姊比她強，明明人不如她漂亮，卻總是可以吸引住所有人的目光，如今好了，嫁了個沒出息的夫君，她日後定是要比三姊姊強的。

男怕入錯行，女怕嫁錯郎，梁希宛的目標簡單明確，她要嫁給未來的帝王，然後讓所有人，包括三姊姊都對她另眼相看！

秦家小六同梁希宜定親的事情在秦家也引起了軒然大波，秦家二少爺秦甯桓彷彿變了個人似的，再也不問任何事情，整日裡憋在屋子裡讀書，望著六弟弟的目光，一片冰涼。他不怪梁希宜，出了表妹的事情，他也沒有臉再說喜歡她，只是，她居然成了未來的弟妹……

秦家二夫人也覺得彆扭，這要是以後進了門，她兒子會不會舊情難忘呀。老太爺真是糊塗，才會還同定國公府結親。

遠在西北的歐陽穆見戰事平定，決定歸京，他都離開京城一個多月了，心裡想梁希宜想得難受。這人呀！就不能有第一次，以前整日裡不見面也不會覺得怎麼樣，這習慣一、兩個月被對方數落一次後，反而忍受不了此刻的相思之苦。他又給梁希宜尋了好玩意，回去就送到她手裡！

靖遠侯府內，歐陽岑不敢置信地盯著眼前的李管事，重複道：「你說誰同秦家六少爺定親？」

李管事見歐陽岑怒目圓瞪，心想著以前都是小公子歐陽燦盯著他打探定國公府的事情，如今怎麼換成二少爺了，還這般認真迫切！

「小人是說，定國公同秦老太爺私下將三小姐梁希宜的婚事定下了。」

「秦家小六？我怎麼不記得他們家還有個六少爺！」歐陽岑捏著下巴，不停回憶。

「別說您覺得奇怪，就連秦家的親戚也是剛剛聽說，此次定國公異常低調，而梁三小姐日夜伺候著他，誰都沒看出一點苗頭，但事實就是兩家已私下交換庚帖、納吉八字，定下了親事。」

歐陽岑恨不得抽死自個兒，這可真是出了大事兒了！

他光顧著同祖父商討如何保安王世子出京，讓老皇帝睡覺都不踏實的事情，沒想到梁希宜轉頭就能定下親事！

定國公明明同秦老太爺鬧翻了啊，更何況定國公不是罹患消渴症？都暈了過去，連皇帝都驚動了，怎麼病好了沒幾天就先把定親這事兒給辦了。

歐陽岑拿起筆墨，想快馬加鞭派封急件給歐陽穆，又有些害怕，寫完後不滿意地撕掉。

他猶豫許久，重新拾起筆寫了一遍，又忐忑不安地撕掉……

這次他真是死定了，歐陽穆走前就交代他一件事兒，不管發生什麼，以定國公府的事兒為先！

歐陽岑鬱悶了幾日終是沒有勇氣寫信給歐陽穆說這件事兒。他擔心兄長路上會出問題，反正定國公同秦家都把婚事基本敲定，暫且誰也無法改變什麼，不如等歐陽穆歸京後見面再說，或者他乾脆藉口想念珍兒，回祖宅算了！

與此同時，五皇子錯失領功機會著實讓他的幕僚們大呼可惜。

自從陳諾曦同五皇子公布婚事，陳宛徹底變成五皇子一黨後，五皇子士氣大振，尤其是在眾多學子心裡，感覺比二皇子更加儒雅、大氣。

但是無論多麼有聲勢，沒有兵權的五皇子終歸不太硬氣，更何況此次失去了去前線談判的差事，五皇子感到異常氣憤，又極度失落。

他十分清楚父皇對如今靖遠侯府如日中天的聲勢十分惱怒，但是歐陽家又是父皇親手捧起來的。如果不是父皇尚在位，又有母親賢妃娘娘的後來居上，這大黎天下怕是早被二皇子繼承。

既然父皇在世，並且對自己寵愛有佳，那麼他自然投其所好，當個老實皇子，備受兄長排擠的可憐孩子。只是這樣下去，似乎還不夠。

他所依仗的不過是父皇的寵愛，那麼萬一父皇不在了，他就什麼都不是！隨著父皇逐漸年邁，他的時間亦不多了！

相較於歐陽家表現按兵不動，等著老皇帝去世順理成章繼承大統，五皇子府內的眾位幕僚之間，瀰漫著對於當前情勢是否應該有所行動的爭執。

這一日，大家又聚集在一起討論起來。

五皇子坐在屋子正中，聽著屬下激烈的言辭，不由得頭痛說：「好了，眾位先生，言歸正傳，前方戰事已經平定，歐陽穆歸京後父皇礙於朝堂壓力，勢必要論功行賞。從最初的慌亂，震驚到將宇文靜的軍隊趕出國土，我都未曾參與，原本說是由我簽訂和談的協議，沒想到安王世子不見了，父皇怕我外出不安全，更擔心逼急了皇后，所以藉身體緣故留我下來，交給目前在前線同歐陽穆在一起的六弟。你們說，此時我該表現出怎樣的形象才好？總不能一直被二哥壓著，現在還要讓六弟分去些聲勢，那麼今年我要怎麼過！」

五皇子前面是四名老者同兩位年輕書生裝扮的男子，這六個人是五皇子最器重信任的幕僚高層，背景不為外人所知。

位於左側的白鬍子老頭徐詠最先開口，道：「敢問五皇子殿下，此次皇帝身體微恙，是緩兵之計，還是當真身體感覺有些不好了？」

五皇子眉頭皺起，憂鬱回覆道：「父皇這個年紀，總是同皇后生氣，若說身體大好本就不太可能。不過父親近來一直休息在貴妃殿裡，想必歐陽家尚不知情，以為是藉口罷了。」

白鬍子老者點了下頭，道：「其實聖上如今思路清晰，在朝堂上餘威仍在，不如進言聖上直接下旨立五皇子為儲君，不管是否於禮不合，總之皇帝表明態度，讓這種聲音在朝堂上響起來，於我們不是壞事。至於其他大臣的反對輿論，日後慢慢撫平便是，總好比不聲不響，日後讓歐陽家奪得皇位好一些吧。」

旁邊傳來一道冷哼，道：「徐老所言即是，只是這事兒討論不是一、兩日，皇后娘娘還沒死呢，莫說歐陽家剛剛打了勝仗，就是歸附於歐陽家的那群言官，怕是為了後代榮耀，願意死諫之人眾多，皇帝殺得了一個，能殺死一群言官嗎？況且皇后背後有強大家族，自身並無大錯，又不是沒有嫡出皇子，主上要有多優秀，方可壓住嫡長子二皇子殿下，成為儲君？

「世人一向對嫡庶之分相當看重，如今徐老居然讓主上勸皇帝挑戰祖上法度，何其之難，到時候再寒了皇帝疼愛主上的心思可就麻煩了！二皇子的幾位老師都是大儒，連皇帝都嫌棄二皇子儒生氣兒重，若當真只是幾個當兵的支持二皇子，事情豈會變成今日的局面！」

他義正詞嚴地說了幾句，轉過頭望向五皇子，鄭重地說：「主上，在下認為，朝堂上不能亂，一旦真亂了，手握兵權的歐陽家反而更容易成事兒！」

五皇子望著說話的年輕幕僚王嶽，道：「你們說的都在理，只是誰都無法預料到日後會發生的事情，那麼依你之見，我們又當如何？我可記著你是堅持主動進攻之人。」

王嶽面色嚴峻，道：「靖遠侯如果是那般容易被扳倒之人，就不會能多次躲過皇上的陷阱，從而高枕無憂。他嚴厲管教自家子弟，當初那些欺男霸女的罪名，大多數是靖遠侯旁支所為，真到了關鍵時刻，不足以置歐陽家於死地。那麼對付靖遠侯府這種人家，我們若是不能一下把對方打死，反而最好不動手，否則徒增對方的警惕。」

「王嶽所說不錯，前一陣順應皇帝心思，我們羅列出不少歐陽家子弟的錯事，就連歐陽穆都被牽連進來，但是一場戰事，就讓我們所有的努力付諸於流水，現在再去探尋歐陽家的惡事，才發現那些不守規矩的子弟都被他們自個兒給抓了，該斷絕關係的斷絕關係，該私下教訓的私下教訓，將所有旁系親屬都震懾一番，如今倒是真挑不出什麼有說服力的案子。」

五皇子心裡一陣煩躁，道：「這些不用你們再和我說了！現在關鍵的問題是我們要在大軍歸京前做些什麼，方不至於讓父皇難做，讓靖遠侯府猖狂起來。」歐陽家要是他的外祖家該有多好？五皇子不止一次這麼想過，但是若當真如此，怕是他便會失去了父皇的寵愛。

這世上永遠是魚和熊掌不可兼得，他有這天下權勢最高之人的寵愛，又即將擁有眾人傳言來歷不凡、美麗聰慧的陳諾曦，當真已然是幸運之人。

王嶽見幾位老者低頭不說話，心裡鄙夷這群老頭子的膽小怕事，趁著皇帝萬千寵愛於五皇子的時候不下手，難道等皇帝死了，面對歐陽家數十萬大軍再出手嗎？

他勇敢地上前一步，揚起頭說道：「主上，屬下日思夜想，如今您不如二皇子的地方不外乎嫡長兩個字。想要除嫡，我們需要走兩步。第一要廢除歐陽雪的皇后之位。第二還要讓皇上冊立賢妃娘娘為后，且不說現下我們挑不出歐陽家的錯事，單就靖遠侯府手底下掌握的軍隊，皇上就不敢輕易廢后。那麼不論這第一條，還是第二條，我們都難以做到，所以屬下認為嫡子之爭，賢妃娘娘一開始便輸給皇后娘娘了。」

五皇子點了下頭，對於王嶽奉承皇后的言辭他一點都不介意，若是隨便同幕僚發火，以後誰還敢真給他出主意呢。

「其次便是這個長字。二皇子之於主上您，論行次確實是長，如同當年四皇子之於您。」

此言一出，眾人一陣心驚，四皇子之死至今是一團迷霧，皇上道已然查明，是小太監伺候不周導致四皇子墜馬，那麼……四皇子不善騎射，為何要去騎馬，還挑了匹烈馬？該烈馬原先被何人餵養等等疑團都無從查起，在皇帝一句四皇子殿內之人全部陪葬的旨意下，徹底被埋葬起來。

現在王嶽說起四皇子，難道是想再次演練一下如此事故嗎？只是皇后都失去了一個皇子，定會更加小心翼翼，不讓任何人鑽得了這個空子。

「主上！」王嶽再次啟口，恭敬道：「不知道主上可記得曾經的二皇叔為何無法繼位？」

五皇子微微一怔，先皇的二皇子是為數不多沒有參與到奪嫡之中的皇子，原因很簡單，他的眼睛有疾，看不清楚事物，雖然年長眾皇子許多歲數，卻從不被任何人看在眼裡。

「皇帝雖然希望主上繼承大統，但是好歹教養二皇子一場，怕是再如何討厭靖遠侯府，對於親生的二皇子還是有一定感情，若是主上略施手段徹底絕了二皇子爭位資本，同時可以保證二皇子生活一世無憂，相信也是皇帝樂意看到的。」

幾位老者一陣沈默，有人附和說：「倒是個想法，只是如何實施的問題。皇后如今對二皇子保護過度，唯有二皇子主動出來的時候，才能下手。」

徐詠再次站出來，道：「在下不支持這個決議。剛才我所說讓皇上下旨詔書立主上為儲君殿下，或許對當今皇上名聲不好，但是對主上名聲無礙，而且皇帝意見鮮明方可安後世輿論，日後哪怕是二皇子繼承皇位，都會有人質疑其皇位的正統性。可是陷害二皇子致疾，卻是會使主上身敗名裂，這世上做得再天衣無縫的事情，也會有源頭。哪怕是走漏一點風聲，都對主上清明的名聲有礙啊。」

「徐老說得沒有錯，但是如今五皇子若想登上皇位，本身就違背了老祖宗的規矩，我們是去爭皇位，若是連這點風險都不願意承擔，那麼我們拿什麼對付歐陽家！」王嶽不屑地說。

另外一名年輕士子也站了出來，道：「主上，事不宜遲，皇帝身體日漸衰老，我們真沒什麼時間了。若是二皇子染疾，自然不適合當皇帝的，餘下兩位皇子，五皇子占長，六皇子占嫡，至少從祖宗的規矩上我們是有資格去爭的。到時候，怕是皇后娘娘沒工夫計較二皇子的疾病，而是主攻六皇子繼位，我們又有皇帝支持，還能同他們較量一番。」

五皇子垂下眼眸，淡淡地說：「此事就按照王嶽所說方向去定，至於如何實施你們回去商討下提個方案吧。」有一句話王嶽說得不錯，他非嫡非長，本就屬於妄圖去爭皇位，那麼承受所該承受的風險是最基本的道理。

五皇子這頭對於靖遠侯府忌憚頗多，靖遠侯對於五皇子近日來在文臣中的聲名大噪，同樣深感頭痛。靖遠侯府聲名遠揚，手握兵權是皇后那一系人馬在奪嫡之爭中的最大優勢，但是世上的事情都具有兩面性，功高震主、手握兵權又何嘗不是皇后同皇帝走向陌路的根本緣由？

世子夫人白容容近日來頻繁出現在後宮中，幫忙給歐陽皇后傳話。她先是在榮陽殿陪太后說了一會兒話，便轉往皇后寢宮。

世子夫人嘮叨著說：「妳可是聽說了？陳諾曦名下的玉剪道裁衣坊，又推出了個新玩意，是專為女人準備的鏡子，還有個好聽的名字，叫做玉女鏡！」

皇后唇角微揚，懶洋洋地說：「自然十分關注，未來五皇子妃發明的東西嘛。」

世子夫人忍不住笑了起來。「這玉女鏡名字起的就十分勾人，東西做得更漂亮。比普通銅鏡清楚太多，能把人臉上的皮膚光澤都照出來呢。鏡子形狀各異，四周鑲上玉飾或者耀眼的寶石，用起來令人愛不釋手，別人孝敬了我幾個，我特意寄回西北，幾位堂嫂果然來信，不問價格、代價地迫切想要呢。」

皇后目光一沈，冷哼出聲，陳諾曦對於五皇子不遺餘力地幫襯，還真是讓她另眼相看呢！

這種玉女鏡最討官家小姐們喜愛，已經有許多依附於歐陽家的人同她請罪，說是家中婦人收了陳諾曦的鏡子。不過是家中婦人和女兒真心喜歡，他們並未有同陳諾曦交往的意圖。

陳諾曦因為壟斷玉女鏡的生產技術，故意小批量產出，吊著官家婦人主動尋她，從籠絡內宅婦人開始，幫助五皇子與那些搭不上話的官員，建立聯繫。

世子夫人感覺到皇后的不屑一顧，試探道：「父親大人說，若是就此讓她開了先例，同我們的人建立起聯繫，影響總是不好。」

皇后點了下頭，嘲諷地撇開頭，說：「兄長的意思我明白，那群人不是說真心喜歡嗎？我會殺雞儆猴，讓他們回家天天對著看去，真當我不知道一些人的小心思，怎麼不見陳諾曦親自把鏡子送到靖遠侯府上呢？至於妳堂嫂子們想大批量的要，我會讓她親自孝敬到我的手裡，若想較勁起來，我還是五皇子嫡母呢！她如今還沒嫁給五皇子，就幫襯到這種地步，身分轉換真快！」

老虎不發威，真當他們家是病貓呢，眼看著你們勾三搭四，誰比誰傻多少呢！

世子夫人深感認同地點了下頭，這年頭除了歐陽家和皇后是真心綁在一起，一榮俱榮，一損俱損外，誰不是盯著碗裡的、看著鍋裡的，同時在兩邊討好呢。

「父親大人還說，陳諾曦此女來歷不明，興許真是什麼九天仙女轉世不成？任由她如此籠絡人心下去，對二皇子來說不是什麼好事兒。」

皇后閉了下眼睛，皺著眉頭，道：「其實關於陳諾曦，我倒是私下特意請教過西菩寺的住持大人，他道是天機不可洩漏，不過陳諾曦心思巧妙地異於常人，怕是前世有些與眾不同，五彩祥雲經過調查也是真發生過的，所以必須予以重視。」

「啊，不會吧？」世子夫人一臉驚恐，她可是從未給過陳諾曦什麼好臉色。平日裡在宮裡見面也是泛泛之交，不會得罪神靈吧。

皇后瞇著眼睛，說：「住持大人說，陳諾曦命數連佛祖都不清楚，全在她自個兒的一念之間。可是前陣子五皇子原本暗淡的運勢，卻因為陳諾曦突然光芒萬丈，所以他說，若是我想讓我兒登基為帝，那麼必須不能讓陳諾曦成為五皇子的妃子，至少不能是正妃！」

世子夫人攥著手帕，輕聲問道：「如此說來，我是否要跟父親建議，對陳諾曦有所行動呢？只是她剛剛同五皇子定了親，天下皆知，況且五彩祥雲的事情出了以後，好多百姓說她是仙女轉世，來歷不凡，要是突然就不見了的話，很容易被有心人扯到妳身上。皇帝正愁抓不到咱們家把柄，若是因為死了個陳諾曦，把妳拉下馬，發生廢后之事，就太不值當了吧！」

皇后沈默了片刻，沒有言語，良久，忽地又笑了起來，道：「所以啊，我縱然那般厭惡她，卻並沒有置她於死地的打算。我必須留下她的命，至少害她的事情，不能由我來動手。我還在想，陳諾曦現在如此忙活，若是日後最後五皇子登基，皇后卻不是她，妳說她會作何感想呢？她還會繼續，如此不留餘地地幫助五皇子嗎？」

世子夫人詫異地揚起眉毛，說：「此話怎講，皇上都賜婚了，還能不給她正妃之位嗎？」

「呵呵……」皇后意味不明地淺笑起來，說：「賢妃的外祖母家是北平王府，目前大黎唯一存留的異姓王，但是因為隋家、李家、歐陽家的先後崛起，北平王府名存實亡，但也正是如今落敗了，他們家的年輕一輩才出了幾個不錯將才，若不是湘南侯暗中同我家示好，同時也為他自己減輕責任，故意將前線戰事誇大，賢妃那個眼皮子淺顯之人，心裡害怕，皇帝是有考慮過派北平王府的人率領此次的軍隊去同西涼國對抗的。」

世子夫人認真聽著，她主要是給靖遠侯傳話，生怕聽錯一個細節。

「據我所知，賢妃是有意於讓鎮國公府的長孫女當嫡妃，這孩子自小也是被作為未來太子妃培養的，然後將兩個側妃位置，一個許給北平王府，一個許給陳諾曦。可是陳諾曦卻拿喬不肯做小，讓賢妃心裡著實不舒坦了一陣，五皇子怕母親厭棄陳諾曦，暗中為此求了皇帝，所以才有賜婚之說。賢妃表面上沒說什麼，但她是心眼兒比針尖還小，怕是心裡恨死了陳諾曦，不過是因為現在用得著對方，從而不曾發作罷了！」

世子夫人對此深感認同，她為人母親，特別能理解兒子為了個女人委屈自己，當娘的是多麼痛心，更何況她剛剛經歷過歐陽燦對梁希宜的執著。

「在這一點上，我倒也如此認為。陳宛不過小小的三品官而已，若論他在士林學子中的地位，雖然是有點分量，但是能和二皇子的老師殿前大學士比根基嗎？五皇子明明不缺任何文官的投靠，他同我兒真正的差距在於兵權。所以當初，鎮國公府還曾想過同隋家聯姻呢，因此若我是賢妃的話，我也覺得許陳諾曦側妃足矣，哪裡容得下她跟我挑三揀四，還為難我兒？更何況，她身為未來的五皇子妃，居然涉足商業賤行，若五皇子當真奪得大統，她能否登上后位可是個問題。所以說，估計現在鎮國公府和北平王府的人都等著她出錯呢。」

世子夫人見皇后一副胸有成竹的樣子，忍不住問道：「那麼妳是否已經有何打算了？」

皇后揚起唇角，微微笑道：「自然是讓她連側妃都沒臉當，而且還不用我出手！」

聽到此處，她已清楚這事兒皇后是要自個兒解決，她算是徹底放下心來。

翌日清晨，陳諾曦進宮同賢妃娘娘請安，礙於宮內等級森嚴，她要先同太后和皇后問安後，才可以去貴妃娘娘的寢宮。

平時，皇后不想應付陳諾曦，從未接見過她，此次卻突然讓她進入宮裡說話。

陳諾曦詫異地睜大了眼睛，小心翼翼來到皇后的面前。她抬起頭，映入眼簾的是皇后大紅色的長裙和精緻的面容，這皇后的派頭就是比賢妃娘娘強上許多。

通過近日來同賢妃娘娘打交道的經歷來說，這女人能做到貴妃的位置，著實應了那句傻人有傻福。或許皇帝看慣勾心鬥角，反而對於賢妃這種心思淺，眼皮子更淺，目光裡只容得下夫君的女子多了些愛護之心。

皇后懶得同陳諾曦繞圈子，直言道：「我聽說妳家的鋪子很有名，還推出了個有意思的鏡子，我想要一百枚，妳何時可以讓人趕製出來？」

陳諾曦微微一愣，一時間竟是沒反應過來。

皇后眉頭皺起，不快道：「嗯？」

陳諾曦急忙低下頭，恭敬地說：「我立刻讓管家吩咐下面的人，月底前就給皇后娘娘送過來。」

皇后眼睛一亮，不由得眯著眼睛仔細打量著陳諾曦，真是個識時務之人。陳諾曦給她的感覺似乎從未有過一絲不想給的心思，著實讓皇后驚訝到了。

不過這樣也好，也不枉費她多年來，難得再次費心機算計人一場。

第二十五章

十二月初，陳諾曦將趕製出來的一百枚玉女鏡送入皇后寢宮。

皇后借花獻佛，帶著陳諾曦直奔榮陽殿，太后瞧著玉女鏡分外稀奇，將宮內稍微有點臉面的宮妃都聚集在了一起說話。

賢妃娘娘臉色不豫，淡淡掃了一眼陳諾曦，身為她的未來兒媳婦，不知道孝敬她一百枚玉女鏡嗎？

陳諾曦暗叫冤枉，皇后當初忽然喚她進宮要玉女鏡的事情，她生怕賢妃誤會什麼早就同她說過了，賢妃應是清楚這事兒不是她主動樂意呀。何況玉女鏡剛上市的時候，她就送進宮給賢妃看了，賢妃想著這稀奇玩意，不如拿去讓陳諾曦幫兒子拉攏高官後宅，沒必要在宮裡使用，否則還要讓東宮那位先挑，反倒成了糟心的事情。卻沒想到如今變成了這樣。

陳諾曦也是有脾性的人，她看著賢妃娘娘拉長了的臉色，心裡不屑地想著，當初拿給妳送人情，妳不想送給任何人，小心眼見不得皇后始終高妳一頭，如今卻擺出這般不耐煩的神色，也不曉得是給誰看呢！

陳諾曦低著頭，沈默不語，皇后統領後宮，賢妃娘娘自個兒都不敢說個不字，指望她替她得罪死對方嗎？真當所有人都同她一般純傻不成！

果然有個不開眼的徐昭儀掩嘴而笑，小聲道：「李姊姊妳真是有福氣的人，皇上喜歡妳，又偏疼五皇子，還給五皇子配了個神仙般的陳諾曦，瞧瞧這玉女鏡的做工，真是好漂亮，讓我愛不釋手。還好皇后娘娘大方得體，有什麼好東西都想要分給所有的人，我們真當要感謝皇后娘娘呢。」

賢妃娘娘冷冷瞪了她一眼，終是沒開口反駁，早知道歐陽雪身為長輩那般不要臉，好意思同她未來兒媳婦去要一百枚玉女鏡，她就不偷著、藏著了！

如今倒好，好人全都是皇后做的，用的還是她兒媳婦的心思！

正當賢妃娘娘氣得快吐血了之際，聽到身後小太監傳來一聲喊叫：「皇上駕到！」

她立刻調整情緒，眉眼瞇了起來，膚若凝脂，柔弱地坐在椅子上，不時咳嗽兩聲，右手拿著手帕輕輕擦拭嘴角，墨黑色的長髮順著白淨小巧的耳垂落在肩上，整個人帶著幾分過分的柔美。

皇上雖已五旬，卻保養得十分得體，看起來像是三十多歲的樣子。他背脊挺得筆直，先是給太后李氏行了禮，然後走到皇后面前，道：「聽說妳今兒個給大家打賞？」

皇后歐陽雪輕輕地笑了一下，眼波流轉，柔聲說：「我不過是借花獻佛，實則是五皇兒未來的媳婦，陳諾曦自製的鏡子，可好生漂亮，讓人移不開眼睛呢。」

「哦？」老皇帝回過神看向了垂頭不語的陳諾曦。

陳諾曦今兒個梳了個簡單的月牙髻，露出了小巧白淨的臉龐，纖瘦的脖頸、性感的鎖骨，老皇帝目光不由得微微一怔，然後為了掩飾尷尬大笑起來，說：「陳家大姑娘一直心思巧妙，我兒有福呀。」

「賢妃也有福氣呢。」皇后淡淡地看了一眼老皇帝，唇角微微揚起。

眾人見皇帝在呢，爭先恐後地表現自己，老皇帝望著眼前姹紫嫣紅的眾多美女後，忽地發現一旁亭亭玉立、默不作聲的陳諾曦顯得沈靜如水，分外惹人目光！

歐陽雪同皇帝將近三十年夫妻關係，自然曉得這個男人虛偽起來可以到何等地步，她注意著他的心不在焉，心中已經有所決斷。不知道是誰，將話題扯到了徐昭儀的娘家身上。

原來徐昭儀的娘家是皇商，祖上靠釀酒賣酒起家，前幾日受徐昭儀所託，皇后剛把宮中酒水採辦的差事交給她的娘家去做了。賢妃娘娘計較剛才徐昭儀故意的諷刺，索性趁此機會多說了兩句，將徐昭儀商家女的身分再次貶低一番。

徐昭儀冷冷盯著賢妃。她如今懷著孕，倒是不怕賢妃能把她怎麼樣，再說這宮裡是皇后作主，賢妃算個什麼東西。

她嬌笑地扭著腰肢，挽住皇帝胳臂，道：「說到經商，誰又有陳大姑娘懂得做生意呢！我可是聽說玉剪道裁衣坊日進千金，這買賣做的，哪裡是我娘家可比呢。」

皇帝微微一愣，他倒是想聽陳諾曦開口說話，卻沒想到是這番略顯侮辱性的話題。

陳諾曦眉頭蹙起，淡定地說：「貴人說笑了，那是我娘家鋪子，下面有管事管理，說不上做生意什麼的，說到底，也不過是一份嫁妝而已。」

陳諾曦心知商人輕賤，除非她腦子進水了才會應下徐昭儀的言語，只能撇清楚關係，再說這也確實是她未來的嫁妝。

皇帝點了點頭，似乎對陳諾曦的大氣非常欣賞，徐昭儀不樂意地撒嬌道：「那麼說來，我娘家經營的鋪子不過也是我的嫁妝而已。」

賢妃不屑地掃了一眼扒著皇帝的徐昭儀，她也就是因為身懷六甲，才沒人擋著她的路，不同她計較罷了，但是別說這孩子沒生出來，連是男是女都說不準，就敢同她跳腳了！

皇上見賢妃娘娘不高興，又不想陳諾曦再次為難，開口道：「所謂商行也是朕的百姓們靠著自個兒的雙手去賺錢罷了，沒那麼多貴賤之分。」

「可不是嘛，皇上英明。」徐昭儀急忙附和，賢妃娘娘更是肚子裡的氣不打一處來。

賢妃不敢同此時懷著身孕、靠在皇上身邊的徐昭儀置氣，只好轉過頭，朝著陳諾曦，斥責道：「不管如何，妳以後還是莫參與到妳家那些鋪子真正的營生去，省得降了我兒的身分！」

陳諾曦咬住下唇，狠狠地道了一句：「是！」

這個傻子未來婆婆，她都說自個兒不過是讓下人管理了，她還把她往商戶那裡去推，豈不是貶了五皇子的面子？還踩她一腳，發脾氣找顏面，有意思嗎？

「好了、好了，這世上身分高貴之人不會因為她買了什麼便宜貨就降低了身分。」皇后開口護著陳諾曦，老皇帝回頭望著她，點了下頭，似乎極其認同這句話似的。

太后有些乏了，望著徐昭儀道：「年初妳娘家送進宮裡的特製藥酒，我喝著不錯，此次可是又帶了些來？」

徐昭儀急忙行了個禮，恭敬道：「自然是帶著呢，前幾日送到滎陽殿的執事嬤嬤手中了。」

「呵呵，徐家這藥酒有幾分講究，皇兒願不願意嚐上一口？老太太我以前貪杯，因為身體緣故好幾年不曾碰酒了，但是徐家這酒，我卻是隔三差五當白水喝的。」

「這般神奇？孩兒自然是想嚐嚐的。」老皇帝面露笑容，眼底是讓人無法分辨的真摯。太后和皇帝都說好的東西，大家豈能錯過？

宮女們先是為大家上了糕點，每人分發幾小塊，陳諾曦觀察眾人都吃了什麼，然後才小嘴輕輕咬一口。若是有必須吃的東西，她大多用袖子擋一下，能不嚥下去的自然是要吐出來。她前世沒少看宮鬥電視劇，對於宮裡的飲食有些忌諱。

至於太后推薦對身體有益的藥酒，除了懷孕著的徐昭儀，其他人都是一飲而盡。陳諾曦注意到大家的酒水都是從一個酒壺中倒出來，而且伺候倒酒的宮女是太后的人，應該不會有什麼大礙，便隨同眾人一起嚥下肚子。

眾人投太后所好，陪她共飲後又說了一會兒話，就有人感到疲倦了。因為皇帝在前堂還有臣子等著回話，率先離開，其他人也沒了繼續表演的心勁，索性趁著太后休息後全部散去。

陳諾曦緊跟賢妃娘娘回到她的貴妃殿，一路上她出現了暈眩的感覺，不過賢妃娘娘臉頰也有些紅潤，陳諾曦倒是沒有太過在意。

賢妃娘娘掃了她一眼，淡淡地說：「已經到用膳的時辰，皇宮離妳家也不近，妳就在我這裡留飯吧，我讓人收拾房間，稍後妳還可以睡個午覺，這酒剛喝沒什麼感覺，後來發現真上頭，一會兒午膳後我也要趕緊躺一下。」

陳諾曦笑著應聲，她何嘗不覺得上頭了，有些暈呢。

皇帝的午膳安排在了前面同臣子一起，貴妃殿便只剩下賢妃娘娘和陳諾曦。伺候她們用飯的是貴妃娘娘貼身的兩位宮女，荷花、蘭韻。幫她們拿碗筷的是二等宮女，熙雲和林芳。因五皇子外出京城辦差，兩、三天內都不在宮裡。

賢妃娘娘怕是真的喝多了，隨便扒了下主食就失陪去休息了。

陳諾曦自個兒一人吃飯，她在貴妃殿留過很多次午膳，倒是不如在滎陽殿那般謹慎小心。

用過午膳後，她帶著陪同她進宮的兩位大丫鬟，香蘭、香墨回房休息。

睡了不到半個時辰，陳諾曦猛地從睡夢中驚醒，她感覺渾身都在出汗，她用力地呼吸，發現自己心神不寧。她努力地想坐直了身子卻渾身軟得不成樣！

該死的！陳諾曦回想今日所有的流程，到底哪裡出了問題？

她在滎陽殿喝了酒，但是這酒所有人都喝了，還當著皇上的面前，她就是想要伸冤都沒得伸。難道問題的關鍵點是剛才的午膳？可是這是賢妃娘娘的府邸，莫非一切都是賢妃娘娘的用意？

陳諾曦垂下眼眸，仔細計較賢妃娘娘算計她的可能性。若是賢妃娘娘有她婚前失貞的證據，日後五皇子登基，皇后絕對不會是她，而且這也是離間她同五皇子的利刃。

那麼，她不怕自己臨時倒戈，因她的算計倒向皇后一派嗎？不過話說回來，此時就算她樂意倒戈，怕是皇后未必信她，賢妃娘娘唯有認定她已經是五皇子綁在一起的螞蚱，才會對她動手！

但是，如果不是賢妃娘娘呢？

有人買通了賢妃娘娘的親信，荷花、蘭韻，還是熙雲和林芳？陳諾曦自認小心異常，她吃的都是賢妃娘娘用筷子挾過的菜品，那麼，為什麼她出事了，賢妃娘娘沒事？

若說此事同賢妃娘娘沒關係，她可是不信的。那麼，會是誰呢？如何下藥，又如何讓她食下去？

陳諾曦思緒一團混亂。若說今日進宮的根結還在皇后身上，會是她嗎？

若是皇后所為，便是想令她婚前失貞，不嫁入五皇子府嗎？畢竟她不過是婚前失貞，又不是殺了她，這種事兒影響最大的是位分，皇帝又不是沒喜歡過大臣的妻子，那不都是已經失貞了的？

皇后若是不想讓她嫁給五皇子，直接殺了她便是，搞些失貞的戲碼，依仗五皇子對她的執著，不會不娶她的，那麼皇后娘娘如此做，有什麼好處？
退一步來說，皇后若是當真如此看重於她，為什麼對她曾經的示好視而不見，不是致力於讓她成為二皇子的側妃，或者歐陽穆的妻子，而是等她已經被賜婚給五皇子後才動手？
不合常理！
她哪裡曉得，皇后最初是看不上她，是因後來出了五彩祥雲的事情，特意去西菩寺算卦，方曉得陳諾曦此女太異於常人，留下是大患，但是這時皇帝已經賜婚，不能輕易對她動手了。
此時此刻，陳諾曦回憶自己一整日所走的行程，將賢妃娘娘當成第一懷疑人，皇后當成第二懷疑人，當然不排除有些人吃飽了沒事撐著，就是看不慣她，順便下手的第三懷疑人。
但是不管如何，事情既然發生，作為有效率的現代人，陳諾曦立刻做出反應。她先是叫進香蘭，輕輕地喘著氣道：「我如今有件事情讓妳去辦，只許成功不許失敗，否則妳我都是一死。」
香蘭一怔，望著臉頰紅潤、眼神迷離的主子總覺得哪裡不太對勁，但是陳諾曦不說，她是沒膽子去問的。
陳諾曦思量再三，心裡不想將自個兒的真實情況告訴任何人，她今日在貴妃寢宮都可以被人暗算下藥，可見對方實力之強大。
「我上午在榮陽殿時遇到了點麻煩，至今思索不清楚，需要試探對方一下。妳同我身高相似，稍後妳換上我的衣服，戴上紗帽，用我的車隊出宮。」

香蘭點了下頭，陳諾曦想法新奇，她在她身邊伺候多年，自然瞭解主子的性格。若是沒有幾分本事，她也混不到陳諾曦大丫鬟的位置。

陳諾曦歪著頭想了片刻，道：「記下妳在路上所遇到的事情和人，不要放過任何細節。若是有人攔車隊，妳就直言累了，誰都不想見，若是有人敢強行讓車隊停下又有合理的理由，妳也莫要反抗，總之是低調處理，不要聲張。」

不管是賢妃娘娘還是皇后，都不會起了殺死她或者她的丫鬟的念頭。這年頭直接殺死對方是最沒有技術含量的把戲，她白日裡剛剛見過太后和皇上，若是丫鬟不明不白地死了，說得過去嗎？徹查起來，便是要在皇上面前留下案底，饒是歐陽皇后應該都不會希望如此。

香蘭在陳諾曦身邊多年，做事謹慎細微，她也不是第一次假裝成陳諾曦了，所以不一會兒就處理得當，率領車隊率先離開。

陳諾曦見她走遠，才令香墨進屋。香蘭和香墨是她身邊難得可以留得住的得力幹將，香蘭做事情沈穩有度，從不多說話，心裡有主意，觀察細微，所以她將如此相對艱鉅的任務給了香蘭。香墨則多了幾分天真，往日裡她私下同一些仰慕者傳遞消息，大多是香墨處理。

此時，香蘭坐在車裡，心裡隱隱有一絲猶疑，不過她一直是處事不驚的性格，否則陳諾曦不會輕易帶她進宮，果然在半路上，聽到旁邊傳來個尖嗓音的聲音，道：「車裡的人，我們主子有請呢！」

香蘭心裡咯噔一下，想到這裡是皇宮內院，對方當她是陳諾曦，既然小姐說過不需要反抗，對方目的應該不是要她性命，那麼便一切順其自然好了。

香墨並不清楚離開的人是香蘭，車裡的主人讓她留在這裡守著，她便聽命沒有離開，沒想到又聽到屋裡傳來小姐的聲音，乍一見眼波流轉的陳諾曦，頓時感到分外驚訝。

陳諾曦渾身戰慄，右手已經不由自主開始不停撫摸自個兒的胳臂，緩解靈魂深處的渴望，她怕是快撐不住了，五皇子不在京中，那麼只好……

「香墨，妳平時幫我給二皇子送信聯繫的是誰？現在我必須立刻見到二皇子殿下。」

香墨有一瞬間的茫然，她見陳諾曦歪著身子，身體曲線顯得十分柔美，水盈盈的眼睛泛著莫名的光彩，尷尬得不知道該如何回覆。

陳諾曦見她沒反應，不由得惱怒起來，道：「如妳所見，我中了算計，對方到底想把我算計給誰我並不清楚，但是總不能就這麼依著讓那人成事。妳與我本是一榮俱榮，一損俱損的關係，我若是當不成五皇子妃，妳們全家一個都活不了。」

香墨渾身一顫，急忙回了神，說：「奴婢立刻去尋李公公，不過二皇子宮殿在外面，離妃子寢宮遙遠，小姐妳的樣子又有些……」

「我自然比妳清楚！」陳諾曦咬牙控制著自個兒的心神，道：「賢妃後院的馬車我早讓香蘭走前就安排好了，留下的是我的車夫，稍後我令他帶我即刻往皇子殿方向走，妳不管用何途徑，立刻去聯繫李公公，二皇子好歹在宮中也經營多年，後宮自然有他的人。上次我來這裡，貴妃殿的小李子便給我送過二皇子的情書，妳先去尋他說話好了！二皇子往日裡對我如何妳是清楚的，此時所有的成敗全在於妳，妳若是弄不好，那麼我不好了，妳們誰也別想好。」陳諾曦急得口不擇言，索性連分析帶威脅都用上了，香墨本是陳家家奴，自然是一心向著陳諾曦。

好在貴妃殿就有二皇子的人，香墨輕易地同小李子取得聯繫，從而見到李公公。她哭著同李公公胡說道，陳諾曦出事兒受傷了。李公公不敢耽擱，沒有細問，小跑著見了二皇子。

二皇子此時剛剛下了學，聽說陳諾曦出事兒，頓時心中一動，皺起眉頭，他原本都要放棄那個夢幻中的女人，沒想到對方倒是求到了他的門下，二皇子自然不想讓心中所愛受到傷害，立刻派人去接陳諾曦，索性直接在二皇子殿外的一處小花園相見。

陳諾曦渾身酥軟，眼波流動，輕聲命令車外不許有任何外人。這對二皇子的安全來說有礙，但是二皇子還是同意了，清空了周圍所有的人，包括陳諾曦的丫鬟香墨。

陳諾曦撩起簾子，站在馬車駕駛的位置，紅著臉頰盯著車下的二皇子。

二皇子書生打扮，他本身生得不難看，身材挺拔、容貌俊秀、臉頰白淨，此時落在陳諾曦眼裡只覺得分外動人，恨不得咬上幾口才能緩解胸口的渴望。

陳諾曦腳下發軟，一下子就跌了下去，二皇子見狀立刻接住她，感覺到手中女子的膚色白嫩、膚如凝脂，渾身又軟又熱，瞬間挑起了他所有的熱情，道：「諾曦，妳這是……」

陳諾曦心裡委屈，哽咽地流下眼淚，說：「我被賢妃算計了，她本就不喜歡我，現在想在宮裡毀我清白，留下證據，讓我吃下這個啞巴虧。我思來想去，寧可將清白身子給我心裡一直愛慕的殿下，也不能便宜了別人去，至少……至少我……我是真心喜歡你的。」

二皇子微微一震，胸口湧上一股莫名的暖流。他望著眼前無助的陳諾曦，心疼不已。她的眼眸泛著水光，晶瑩剔透，五弟實在是太不懂得珍惜了，怎麼可以任由賢妃這般過分欺凌陳諾曦？

二皇子攔腰抱著陳諾曦直奔屋內，頓時按捺不住，同她共赴雲雨。

兩個人足足弄了一個時辰，二皇子都快感到筋疲力盡，陳諾曦的藥效方緩解了一些。她的理智拉回來了，不由得有些後悔。若是害她的人是賢妃娘娘，後來發現她沒有按照預想的路線回府，而是留在宮中，又查到二皇子這裡，該如何是好？

但是，如果害她的人是皇后，這算不算是偷雞不成蝕把米？她總不能讓自己的兒子曝光於光天化日之下吧。陳諾曦稍微有些心安，琢磨著如何不讓賢妃有所發現。

二皇子喚來親信，助陳諾曦立刻出宮回府，分別時還不忘握住陳諾曦的柔荑，道：「妳暫且先做著五皇子妃，待日後父皇歸天，我讓妳當皇后！」

他的目光分外堅定，陳諾曦沒來由感動萬分，這便是女人的天性嗎？因為身體屬於了對方，所以心也跟著身體走了？

陳諾曦平安抵達陳府後，發現香蘭居然尚未歸來，不由得心裡一驚，總歸還是出事兒了！

香蘭此時正坐在小茶房裡，一個明媚的宮女盯著她，眼波流轉，道：「妳不是陳諾曦？」

香蘭咬著下唇，道：「我是她的貼身大丫鬟，香蘭。」

啪的一聲，宮女狠狠地給了她一巴掌，冷聲說：「好大的膽子，竟是敢在宮裡做欺上瞞下的勾當，妳可知道剛才妳伺候過的男子是誰？」

香蘭垂下眼眸，她自然清楚。

她被一個太監引至御花園內，眼前是一座大殿，殿裡居然空無一人，若不是有人特意安排，她如何可以輕鬆進來，並且大殿後面是一處休息房間，當時這名宮女便在那裡伺候一位微醉的男子入寢。那名男子渾身穿戴都是鑲龍刺繡，她若還不清楚對方是誰，豈不是傻子了！

只是那男子見她驚慌失措的站在門口，竟是直直走了過來，醉醺醺地喊著諾曦，她想到自己穿戴全部是小姐的樣子，心底無比震驚，莫非皇上對陳諾曦有想法，否則為何……

事情到底是如何發展的，香蘭都覺得暈暈乎乎的，她和眼前明媚的宮女一同服侍了皇帝就寢，若不是身下隱隱的疼痛告訴她這一切都是真的，香蘭甚至以為自己在作夢。

香蘭臉頰微紅，她一個陳府上的家生奴才，竟然上了真龍天子的床鋪，她真不知道該擔憂，還是企圖通過此次不平凡的經歷，一步登天。

可是對於皇帝來說，他一直以為她是陳諾曦啊！

外面有小太監經過，香蘭不敢抬頭，明媚女子走了出去，兩個人輕聲嘀咕了半天。然後明媚女子便換了個態度，說：「今日之事皇上認定了妳是陳諾曦，那麼妳便是陳諾曦，妳穿著她的衣服、坐著她的車輦，皇上與妳歡好時叫著又是陳諾曦的名字，那麼便是陳諾曦伺候了皇上就寢。此事到此為止，妳可以回去了。至於真相，妳是個聰明人，自個兒想著如何同主子交代吧。」

香蘭百思不得其解，但是保住一條小命總比丟了性命好吧，她坐上馬車，光明正大地離開皇宮。

陳諾曦在府上焦急的等候香蘭回府，見她儀仗浩大，不由得皺起眉頭，道：「妳怎麼回事，明明先於我走了那麼早，為什麼現在才回來？」

香蘭木訥地望著她，明亮的眼睛瞬間溢滿了淚水，哽咽道：「奴婢的車隊被人攔了，然後抵達一處我也不知道是哪裡的地方，再然後……奴婢失了身。」

陳諾曦大腦一片空白，拉著她安慰了一下，道：「是誰攔了妳的車隊？」

「奴婢不知道，但是前面的公公都聽他的話，看樣子是有臉面的大公公。」

陳諾曦陷入沈思，說：「妳可知失身於何人？」

香蘭咬著嘴唇，忍了一會兒，道：「小姐，奴婢犯了大錯啊。」

陳諾曦微微愣住，急忙拉起跪倒在地上的香蘭，說：「是我讓妳假裝我離開的，妳何罪之有？」

香蘭臉頰通紅，小聲說：「我失身的對象是皇上，他剛剛見到我就撲了過來，還口口聲聲喚著姑娘名字，我……我不知道該如何是好。」

陳諾曦渾身一震，她一直懷疑賢妃或者是皇后，從未想過可能是皇上！早在榮陽殿的時候她就覺得古怪，皇帝的目光赤裸地黏在她身上似的，讓她十分厭惡。莫非那時候賢妃看出苗頭，所以做了討好老皇帝的行為？

不對，皇帝若是和她有了什麼，對五皇子最沒有好處了！父子倆爭一個女人，那絕對是不死不休呀！那麼是其他妃子的意圖嗎？既可以討好皇帝，又可以幫賢妃娘娘一把。如果這是真的，那麼貴妃殿裡伺候她吃食的四個宮女，必有叛徒。

現下，此事就不知道是皇帝的人，還是其他娘娘的人所為。

她盯著香蘭看了一會兒，猛然想起，追問道：「皇帝可是認出妳不是我？」

香蘭垂下眼眸，搖了搖頭。

陳諾曦閉了下眼睛，無力地跌坐在床上，她小心謹慎了那麼長時間，居然落了個一女三許的下場，日後若是那臭老頭來尋她求歡，她是應還是不應？

當下不管何人害她，她既然已經不是處子之身，那麼身為五皇子未來的妻子，必須找機會同五皇子共赴雲雨一回，方可解了她婚前失貞的惡果。必須讓五皇子認為是自個兒要了她的初夜，這樣即使日後有人拿她婚前失貞做文章，五皇子也不會去聽的。

老皇帝以為自個兒有了她的初夜，二皇子也認為自己要了陳諾曦的初夜，那麼現在當務之急，她要讓五皇子也如此認為，那麼她在這三個人之間，尚有迴旋的餘地。

陳諾曦心裡難過得不得了，最要命的是到了現在這個地步，她都無法判斷到底是誰害了她！

三更半夜，一個穿著灰色太監服的男子跪在地上，顫抖著雙肩，道：「都怪奴才沒看守住陳家大姑娘，竟是讓她使計錯開，導致大公公搞錯了人，還請主子責罰。」

皇后揉按著額頭，輕輕搖了搖頭，她那個滿腹經綸、自以為是的二兒子，歸根結柢同樣是個男人，但凡男人便是色字頭上一把刀，這要是被賢妃抓住把柄，就是一陣雞飛蛋打的糊塗官司。

好在誤打誤闖之後，皇帝竟是如同她預想的那般，絲毫沒有拒絕送上門的甜頭，毫不猶豫地把「陳諾曦」吃了，倒是符合他偽君子的一貫作風。

陳諾曦果然不是一般女人，該豁出去的時候可真是豁出去了！好在皇上認為伺候自己的就是陳諾曦，那麼日後看五皇子，還會如以往一般順眼嗎？

皇后深深地嘆了口氣，望著跪在地上的太監，說：「我們不需要再有任何跟進的行動，繼續保持低調。你與其在這裡同我請罪，不如將功贖罪。皇子下聘後，會有專業的宮廷嬤嬤對未來皇子妃的身體進行檢驗，她不是處子了，五皇子會如何想呢？所以陳諾曦最迫切的事情便是見到五皇子，勾引他同她發生關係，才能圓了這個謊。」

灰衣太監始終低著頭，低聲道：「屬下明白，必定派人日夜盯著五皇子同陳諾曦。」

皇后唇角微揚，輕笑道：「若是有什麼風吹草動，立刻通知我，我很想看看，若是皇帝看到這二人婚前苟合會如何想呢，畢竟『陳諾曦』才剛剛伺候完他吧，呵呵……」

男人的占有慾，尤其是皇帝的占有慾，該會如何狂亂呢？

翌日清晨，陳諾曦睜著紅腫的眼眶，望著窗外的景色，依舊沒有想通，怎麼就把人生走成了現在的狀況，到底是何人如此高明，至今讓她察覺不出到底是哪個環節出現問題。

香蘭小跑著過來，她的臉色也不大好，但是生活總要繼續，沈穩自持的香蘭一邊幻想著有一日可以被皇帝認出帶入宮裡，一邊又哀怨著因為這一遭事情，她怕是無法嫁入好人家了。

她垂下眼眸，輕輕地朝陳諾曦說：「您讓打聽的事兒有了消息，賢妃娘娘身邊的荷花是她奶娘的女兒，年滿二十五，下個月要出宮了。還有蘭韻，她是賢妃娘家的家生子，據說同鎮國公府家的管家之子訂了親，賢妃娘娘打算等她年底滿了二十就放她走。」

陳諾曦點了點頭，這人乍看之下都是賢妃娘娘的死忠，不可能對她下手，除非是賢妃娘娘幹的。她忽地委屈得想要大哭，她如此熱忱一心幫著五皇子，未來婆婆居然使出這種手段陷害她！

「姑娘，別難過了，還是想接下來怎麼辦吧。」香蘭比陳諾曦還想哭呢，身子都給了別人，對方卻完全不知道。

「五皇子後日回京，賢妃娘娘想兒子想得緊定難靠近，我琢磨了下還是我出城去找他更容易成事兒。」陳諾曦擔心皇上和賢妃盯著，她在京中想做什麼反而不省心。

「小六子說已經同五皇子的長隨取得聯繫，表達了姑娘要見他的意思，五皇子道是明日爭取把差事辦完，約定在西郊別院見面可好？」

「西郊？」陳諾曦想了下，她此次見五皇子可是目的明確，背負任務，不容有失呀！

「西郊不好，那裡盡是京中達官貴人的外院，有些扎眼，不如約在京城外不遠處的劉家莊吧。那兒環境不錯，還有個小池塘，挺風雅，容易辦事。」

香蘭頭皮一陣發麻，他們家姑娘從來是說一不二的女人，現在最主要的目的是撲倒五皇子，所以陳諾曦一心琢磨如何讓五皇子情不自禁呢。

「香蘭，要不，妳去問問小六子，幫我找點藥？」

香蘭臉頰通紅，陳諾曦也有些不自在，她自己被下了藥然後與二皇子有過關係，如今下藥給五皇子，讓他撲倒自己嗎？只是五皇子可不是傻子，怕是這輩子想給他下藥的人有不少呢，最後還是決定不這麼辦，乾脆喝酒吧。人醉了，就容易控制不了身體的本能！

陳諾曦做出決定，晚上便挑選了一輛最寬大的馬車，離開京城，前去劉家莊安置。她特意帶著讓玉剪道為自己量身訂做的全紗質半透明的長裙，企圖以此誘惑五皇子就範。

五皇子聽說陳諾曦主動邀約自己，全身像是湧上熱血般興奮異常，他急忙地將父皇交給他的差事委託給兩個幕僚，自己胡亂尋個理由趕去劉家莊赴約。

陳諾曦沒想到五皇子居然也是晚上便到了，心想他應該是很重視自己才是，既然如此，一切就好辦起來，她紅著眼圈，有些委屈地撲入五皇子懷裡，讓對方受寵若驚。

自從兩個人定親後，雖然陳諾曦為了幫他做過不少事情，但是兩個人在宮裡見面時都是默默偷瞄幾下，便靦覥地低下頭了，哪裡可以見到陳諾曦如此大膽的一面。

五皇子遣退眾人，見陳諾曦已經安排了飯食，右手緊張地摟住她的肩膀，攬著她向飯桌走去，輕聲地說：「別哭了，可是發生了什麼事情？」

陳諾曦咬住下唇，哽咽道：「我前幾日進宮，賢妃娘娘當著我的面侮辱徐昭儀商家女的身分，徐昭儀便拿我出氣，無奈她懷著身孕，我不好多說什麼，賢妃娘娘卻也覺得我有錯，多說了好多，讓我在所有人面前當真沒臉。而且皇后娘娘還施壓要走了一百枚玉女鏡，我不想得罪她，命手下工人連夜趕製出來，被她借花獻佛給了太后，如今宮裡人手一個，大家都感念皇后娘娘仁義，賢妃娘娘因此更惱怒了我，我、我擔心她同你多說我什麼，讓你再誤會於我，心裡有些委屈，就跑了出來。」

五皇子望著梨花帶雨的陳諾曦，見她巴掌大的臉頰快糾結在一起，目光深處隱隱帶著幾分期盼和害怕，不由得心疼萬分，輕輕地拍了下她的額頭，道：「傻瓜，我怎麼會因為母親的幾句話，就誤會了妳，近日來妳對我不遺餘力的幫助和付出，我都看在眼裡，日後定會善待妳的！」

五皇子是真心如此想的，右手按著陳諾曦的腦後，往自個兒的胸前放了，說：「聽，我的心臟都因為見到妳加速了。」

陳諾曦臉頰一片通紅，輕聲說：「你就知道糊弄我，等回到京城，你依然是賢妃娘娘的好兒子，不會為我多說一句好話，看起來一本正經似的。」

「我本就是一本正經的。」五皇子調侃說，嘴唇輕輕地埋在陳諾曦墨黑色的長髮中，吮著屬於陳諾曦的美好芳香。

陳諾曦心知此時若是自個兒太過奔放，怕是五皇子日後回想起來會有所懷疑，於是欲拒還迎地想要掙扎離開五皇子的懷抱，笑著說：「徐昭儀家釀造的酒不錯，賢妃娘娘賞給我了一些，不如，我們先喝點酒可好？」

五皇子望著懷裡臉頰紅潤、眉眼帶笑的女子，只覺得一腔熱血溢滿胸膛，萬分捨不得地將她推離開了一點點，右手始終是環繞著陳諾曦纖細的柳腰，輕輕揉按。

陳諾曦心裡有些癢，表面卻故作淡定，害羞地幫五皇子斟酒，五皇子眨著眼睛，想到反正陳諾曦早晚是他的妻子，言行不由得放肆一些，說：「諾曦先喝。」

陳諾曦瞇著眼睛，斜靠在他的懷裡，右手舉杯，毫不猶豫地一飲而盡，她喝得太急，嗆到嗓子，水滴順著嘴角落下，看得五皇子心裡一陣騷亂。

陳諾曦有些反胃，捂著胸口，哽咽了兩下，五皇子見狀急忙探頭過來，說：「怎麼了？」

她羞紅了臉頰，眼神朦朧，輕聲說：「胸口堵得慌。」

陳諾曦知道這還不夠，使勁灌起了五皇子，沒多少時候，兩個人就有些真醉了。

五皇子藉著酒勁鬼使神差地伸出手，輕輕撫摸著她。陳諾曦眉眼挑逗、含羞帶怯地盯著五皇子，總算是將他徹底惹火了起來。

五皇子二話不說，撲倒了陳諾曦。他不過是十來歲的少年，正值血氣方剛之時，哪裡忍得住這種畫面，讓她如了願。

完事後，五皇子看見她所留下的落紅。陳諾曦擦了下眼角，垂下眼眸，眼底帶著一絲得逞的笑意。在古代做女人真是太不容易了！做幾個皇子同時的女人，真是太糟心，還好暫時的危險，算是度過去了。

陳諾曦暗自籌劃，看來日後不管是誰繼承大統，她都有一線生機，如此說來，她是否還要感謝設局的人呢？不過最讓人煩憂的是皇上那裡，那個老頭子居然也染指了她，古代皇帝果然都是沒節操的混蛋，曾經她以為那些霸占大臣妻女、強姦姑嫂的事情怎麼可能發生呢，但是在這個皇權至上的年代，只要擁有權勢，沒什麼不可能的事！

皇宮裡，自然有人將五皇子同陳諾曦城外見面，並且苟合的事情順其自然地讓皇上發現了。

老皇帝果然心裡有些不痛快，但是想到陳諾曦終歸是五皇兒的媳婦，他占了兒媳婦初夜，也算是愧對兒子，便沒有深究什麼。

安排此局的皇后對此一笑了之，反正坑已經挖下，如何跳、怎麼跳、是否爬上來都和她無關了。

——未完，待續，請看文創風173《重為君婦》3完結篇

文創風 171-173

重為君婦

全套三冊

筆潤情摯，巧織錦繡良緣／花樣年華

前世錯嫁薄倖丈夫，
重生為公府小姐自然得好好挑一門好姻緣！

老天爺真是愛捉弄人，
當她重生為定國公府三小姐後，
自己前世的身軀竟被另一縷靈魂給鳩佔鵲巢，
還陰錯陽差成了對手……
當她想挑一門好親事平穩度過一生，卻接連遭到悔婚告終，
未料，與她一向形同冤家的權貴大少爺歐陽穆莫名轉了性，
不僅一改對她的無禮傲慢，還情真意切地說只對她一人好，
本以為他是犯了怪病或不小心磕壞了腦門，
才會對她這式微的公府嫡女感興趣，
然而，他真立了誓、鐵了心要待她從一而終，
全心全意與她「執子之手，與子偕老」，
她當自個兒這一生覓得了良好姻緣，
誰知，他與她其實是兩世「孽緣」不淺……

愛恨嗔癡慾，信手拈來／雨久花

神醫病殃殃

全套七冊

他以為自己是因為同情她沒多少日子好活才不肯和離，
最終才發現，這根本是他自欺欺人的藉口，
原來，他早已深深愛上了這個女人，他的妻子……

文創風 158 1

她也太衰了吧？穿回古代卻碰上將軍夫婿沈鍾磬迎娶紅顏知己的熱鬧場面，
緊接著，當她還茫無頭緒之際，她丈夫就發話趕她去祖宅住了?!
也好，這種元配都上吊了還有閒情逸致納妾的冷血丈夫，她也不屑！
不料，到了祖宅後，她才發現這副軀殼的原主人甄十娘竟懷孕了！

文創風 159 2

甄十娘化身為簡大夫，靠著寄賣的阿膠打出名號，漸成遠近馳名的神醫，
偏偏就因這阿膠太有名，沈鍾磬也找上藥鋪，欲採買一些送給愛妾，
幸好，除了「瑞祥藥鋪」的老闆夫妻外，沒有外人曉得她就是簡大夫，
若被夫家知道她堂堂將軍夫人竟在外行醫賣藥，還不知要如何收拾她呢！

文創風 160 3

產子時血崩，之後又沒錢調養身子，還得努力工作讓一家子溫飽，
這使得甄十娘空有一身好醫術，到頭來卻落了個燈盡油枯命不久的境地，
既然她沒有時間追尋幸福了，那麼，不和離便是她目前最好的選擇，
想為兩個兒子留下一份家業，最快的辦法就是從沈鍾磬身上獲取！

文創風 161 4

她不祈求和他天長地久，也不奢望他會無可自拔地愛上她，
只希望，這份小小的平淡中的幸福，能夠這麼持續下去，
更希望，他在得知她的大夫身分、得知他有兩個兒子後，能不發火，
唉，要他不發火實在有點難，要不她先自首吧，都說坦白從寬不是？

文創風 162 5

那楚姨娘為了上位，一再對她趕盡殺絕，害她好忙，
嘖，她短命，沒時間浪費，只想專心為兩個兒子打下一番事業啊！
而他明知愛妾痛下殺手之事，卻還將之嬌養在府中主持中饋?!
原來，這就是愛與不愛之間的差別啊，她算是徹底看清了……

文創風 163 6

即便知道為了兩個兒子的生命著想，她該讓他絕育以絕後患，
但，她卻不忍心看他自戕，斷了後半生的幸福。
就算他另有所愛，她也希望他能保重自己，開心地活著，
只要他和兩個兒子過得好，那麼，她在泉下也會瞑目的……

文創風 164 7 完

那一日，她無意間聽見他在佛前起誓，求佛祖把他的命續給她，
他說不求永生，不求永世，只求今生能與她共白首，
結果，因為憂心她日漸孱弱衰敗的身子，他竟一夜間白了髮！
原來，佛祖竟是要他們這樣白髮相守？佛祖，祢何其殘忍……

文創風 172

重為君婦 2

國家圖書館出版品預行編目資料

重為君婦 / 花樣年華著. --
初版. -- 臺北市 : 狗屋, 民103.04
冊 ; 公分. --（文創風）
ISBN 978-986-328-271-6（第2冊：平裝）. --

857.7　　103004185

著作者	花樣年華
編輯	黃鈺菁
校對	曾慧柔　周貝桂
發行所	狗屋出版社有限公司
地址	台北市104中山區龍江路71巷15號1樓
電話	02-2776-5889～0
發行字號	局版台業字845號
法律顧問	蕭雄淋律師
總經銷	知遠文化事業有限公司
電話	02-2664-8800
初版	103年4月
國際書碼	ISBN-13　978-986-328-271-6
原著書名	**《重生之公府嫡女》**，由北京晉江原創網絡科技有限公司授權出版

定價240元
狗屋劃撥帳號：19001626
網址：love.doghouse.com.tw　E-mail：love@doghouse.com.tw